KB274871

행복 뉴스

변두리 아나운서의 행복뉴스
남복희 지음

초판 인쇄 | 2009년 04월 30일
초판 발행 | 2009년 05월 05일

지은이 | 남복희
펴낸이 | 신현운
펴낸곳 | 연인M&B
디자인 | 이희정
기 획 | 여인화
등 록 | 2000년 3월 7일 제2-3037호
주 소 | 143-874 서울특별시 광진구 자양동 680-25호(2층)
전 화 | (02)455-3987 팩스 | (02)3437-5975
홈주소 | www.yeoninmb.co.kr
이메일 | yeonin7@hanmail.net

값 10,000원

변두리 아나운서의

행복뉴스

남복희 지음

연인 M&B

글을 쓰는 것보다 글을 버리는 것이 더 어려웠다. 마치 욕심을 채우는 것보다 욕심을 버리는 일이 힘든 것처럼. 결혼생활의 쓸쓸함을 책을 읽고 글을 쓰면서 지나왔는데 책을 내 보자는 권유를 받고 들춰 보니 버려야 할 것들이 많았다. 그리고 뭐 그리 대수로운 삶이라고 남들 앞에 내 얘기를 내어 놓을까 싶어 망설였는데 정리를 하면서 새삼 얻는 것이 있었다. 나를 들여다보고 다듬기에 더없이 좋은 기회가 됐다. 그래서 나이 한 마흔쯤에는 누구라도 한 번 자신의 생활을 글로 정리해 보는 것이 어떨까 싶다.

그동안 여기저기 기고했던 글과 낙서처럼 써 놓았던 글의 일부를 모았다. 볼품없는 내 삶에도 소중한 가치가 있었고 그리고 무엇보다 주위에 감사한 사람들이 많다는 걸 새삼 알게 됐다. 그 감사한 마음 다 전하지 못하고 산다. 하지만 힘들 때 손잡아 주던 분들에 대한 고마운 마음으로 필요로 하는 이들을 살펴주리라. 더 채우고 깊어지면 누군가에게는 미력이나마 도움을 줄 수도 있을 것이다.

아침이면 맑은 얼굴로 집을 나와 일하고 웃고 이야기 나누다가 혼자 있는 늦은 밤 암보다 무서운 외로움의 병을 앓는 이들이 있다. 가까이에서 위로받고 존재감을 확인해 줄 수 있는 누군가가 있다면 그리 팍팍하지 않을 텐데, 어쩌면 그 역할을 해 줄 수 있는 사람이 주는 상처 때문에 더 힘겨울 수도 있다.

안다. 그것이 얼마나 살맛 안 나게 하는 일인지. 그런 아픔을 혼자 끌어안고 있으면 점점 더 위험해진다. 위험한 순간에 다른 사람의 도움이 있어 지나올 수 있었다. 혼자 힘으로 어찌해 보겠다던 오만이 마음의 병을 키웠다. 혼자 살 수 있으면 사람들 속에 부대낄 필요가 있겠는가.

늦은 시간 "힘들어 죽겠다."는 전화를 받고 한참 들어준다. 죽을만큼 외롭고 힘겨운 이를 위해 해 줄 수 있는 게 고작 얘기를 들어주는 일 뿐이어서 안타깝지만 그것만으로도 다음날 그의 밝은 전화를 받을 수 있다.

강연을 다녀온 부대에서 한 병사가 모든 것을 정리한 뒤 마지막 전화라며 새벽잠을 깨운다. 피 끓는 젊은이가 그 새벽 시커먼 강변에 홀로 앉아 꺼이꺼이 운다. 그의 쓸쓸함에 함께 아파하고 한 며칠은 마음이 번거롭다. 다행히 그가 "저 살아 있어요." 하고 알려온다. 감사한 일이다.

속에 불이 나고 다 타서 재만 가득해도 말쑥한 얼굴로 난 체하고 쌀쌀맞게 굴 때는 내가 거리를 뒀던 만큼 그만큼의 거리에서 낯선 타인이던 이들도 속내를 드러내면서 친구가 됐다. 나를 보이지 않고 그들을 볼 수 없다. 수다스런 내 허물을 보면서 그들도 상처를 열어 보여준다.

그래, 뭐 그리 대수로울 일인가. 지위가 높다고, 돈이 많다고, 유명인이라고 아프지 않고 외롭지 않을까? 나누면, 그러면 좀 덜하다. 법정스님이 아닌 다음에야 사람 속에 살아야 하고 사람과 나눠야 살 수 있다.

필요 이상으로 친절한 여자, 매너 좋은 남자, 치근대는 남자, 가시 돋친 여자 그들은 외로워서 그런다. 허허로운 웃음 속에 담긴 쓸쓸함을 위로해 주고 다독여 주면서 죽고 싶을 만큼 힘들다는 생각 잠시 내려놓고 그래도 살아 있으니 좋다고 얘기하며 살고 싶다.

사람과 사람이 서로 통하는 것만큼 신나는 일도 드물다. 누군가 나를 알아주고 또 그의 뜻을 내가 헤아릴 수 있을 때 그때의 기쁨이라니. 그래서 사람 사람의 소통을 예술 중에서도 으뜸이라고 말하고 싶다. 실체나 흔적도 없는 감정의 소통, 말로써 통하는 것, 그것이 우리가 사람이라는 이름으로 이룰 수 있는 최고의 예술이 아닐까.

매일 그 기회를 갖고도 완성하지 못하지만 그러나 꾸준히 놓치지 않으려 애쓰는 관계 예술을 위해 밤을 새고도 아침이면 사람들 속으로 나아간다. 감사하고 존중하는 마음으로 먼저 인사를 건넨다. "안녕하세요?" 진정 그들의 안녕을 기원하며.

살아 있는 기쁨을 수시로 확인시켜 주는 혜지, 윤섭이와 가족들, 그리고 행복한 직장생활을 도와주는 동료들, 주위에 많은 분들에게 두루 감사한 마음 전하고 싶다. 특히 삶의 의미를 일깨워 주신 김옥진 교수께는 감사의 마음 전할 길이 없다. 보답하는 마음으로 필요한 곳에 필요한 만큼 쓰임받을 수 있도록 하겠다는 다짐으로 대신할 수 있을지. 여러분 고맙습니다. 늘 행복하세요.

2009년 4월

남복희

나로 살기

아나운서로 살기

이 시대 사람으로 살기

이해하며 살기

만나고 헤어지고 다시 나로 살아가기

더불어 살기

엄마로 살기

"엄마 짱이야! 우리 엄마는 슈퍼맨!"
혜지는 그 후 제 엄마가 한참을 날랐다고 큰소리를 쳤다.
믿거나 말거나 어린 혜지에게
엄마는 날기도 하는 슈퍼맨이다.

가족은 마음을 나누는 사이

혜지가 다섯 살 윤섭이가 세 살! 둘이 새로 산 장난감을 가지고 다툰다. 서로 갖겠다고. 생각보다 길어진다 싶더니 주먹이 오가고 결국 둘 다 울음을 터트린다. 무릎 꿇고 손들고 있으라고 벌을 세웠다. 그리고 일장 연설을 했다.

"가족이란 나누는 관계라고, 기쁨도 슬픔도 마음도 물건도 함께 나누는 사이"라고. 혜지가 눈물 콧물 흘리며

"엄마 난 지금 내 마음을 엄마와 나눌 수가 없어요."

꼴깍꼴깍 눈물을 삼키며

"왜냐면, 왜냐면 지금 내 마음이 아프기 때문이예요. 미안해요 엄마."

제 마음 아픔을 엄마에게 나눠주고 싶지 않다는 다섯 살 딸의 말에 부끄럽고 고마워 맑은 눈물이 흘렀다. 우린 셋이서 함께 눈물을 나눴다. 녀석들은 서로 꼭 끌어안고 잠이 들었다.

개구리는 맛있다

늘 혜지 칭찬을 하던 유아원 선생님이 어느 날 면담을 좀 하잔다.

"어머니 혜지가 또래에 비해 말이 빠르고 발달이 잘 이뤄진 것 같은데…… 그런데 가끔 좀 이상해요. 터무니없이 엉뚱한 소릴 하네요."

의성어 의태어를 공부하는 시간이었단다.

"자 여러분! 동물의 소리와 특징을 표현해 보는 거예요. 오리 : 꽥꽥, 토끼 : 깡충깡충, 돼지 : 꿀꿀…… 자 개구리는?"

개굴개굴 소리 사이로 혜지의 똘망한 목소리가 들렸는데 "개구리는? 맛있다." 였다는 것이다. 선생님은 자못 흥분했다.

"아니 말이 돼요? 어떻게 개구리를 맛있다고 표현할 수가 있어요. 혜지가 왜 그러죠?"

혜지는 이모부를 따라 시골에 가서 개구리를 구워 먹었던 기억이 있다. 혜지에게는 개구리가 먹을 수도 있는 것이었지만 이십대 초반의 선생님은 도저히 있을 수 없는 일이라 생각하고 있었나 보다.

서로 알고 있는 게 다르다는 이유로 혜지는 가끔 엉뚱하고 이상한 소릴 하는 아이라는 평을 들어야 했다.

"선생님 저도 아는데요. 개구리는 맛있어요."

어른들은 몰라

혜지가 네 살! 구립 유치원에 보내고 있었다. 그런데 계속해서 가기 싫단다. 이유가 있다. 유치원에서 하는 게 없어 심심하고 친구들과 얘기도 안 통하고 선생님은 귀찮아한단다. 아이의 얘기라고 무시하기엔 논리가 분명했다.

어느 날 오후 일찍 귀가할 수 있어 유치원에 들렀다. 병아리반 선생님은 문틀에 의자를 걸쳐 놓고 앉아 졸고 있다. 한참을 밖에서 기다렸다. 선생님은 아이들이 밖으로 나가지 못하게만 가로막고 있는 것이었고 아이들은 저희들끼리 안에서 놀이를 하고 있다.

기다리다 지쳐 조심스레 물었다. 별 다른 프로그램 없이 늘 이렇게 시간을 보내는지. 오전에는 놀이 지도나 학습이 있지만 오후는 아이들끼리 놀도록 한다는 것이다. 또래보다 말이 빠른 혜지는 상호작용이 잘 안 되는 지루한 놀이로 시간을 보내야 했던 것이다.

사립 유치원으로 옮기고는 아침 얼굴이 밝아진 혜지! 유치원 가는 걸음이 가벼웠다. 어린 나이에도 아이는 나름대로 절실하다. 어른이 무시하는 사이 아이는 진실을 왜곡당하는 좌절을 경험해야 하는 것이다.

그때도 주변사람들은 그랬다. "애가 뭘 알겠어? 가기 싫으니까 괜히 핑계 대는 거지. 애들 얘기 다 들어주다 보면 끝이 없어."

아이에겐 핑계조차도 이유가 있는데 어른들은 편리한 대로 생각한다.

불과 몇 주를 사이에 두고 혜지에 대한 평가는 사뭇 달랐다. "어머니 혜지가 놀이에 소극적이에요."에서 "어머! 어머니 혜지는 새로 배우는 걸 흥미로워하고 놀이를 주도할만큼 아주 적극적이에요. 의욕이 넘쳐서 제가 다 신나요."로.

"애가 뭘 알겠어? 가기 싫으니까 괜히 핑계 대는 거지. 애들 얘기 다 들어주다 보면 끝이 없어."
아이에겐 핑계조차도 이유가 있는데 어른들은 편리한 대로 생각한다.

참 기막히죠?

퇴근해서 현관을 막 들어서니 네 살 윤섭이가 큰 눈을 뎅그렇게 뜨고 손을 잡아끌며 다급하게 외친다.

"엄마 저것 좀 보세요. 참 기막히죠?"

정말 기가 막힐 노릇이었다. 침실 문이 무당집 벽지처럼 원색으로 뒤덮여 있다. 각각의 무늬마다 빨강, 파랑, 노랑, 핑크색으로 칠해져 입이 떡 벌어졌다.

"아 글쎄 문이 너무 심심해 보여서 제가 불어펜으로 칠했는데 하고 보니 저모양이예요. 다른 문은 절대 하면 안 되겠어요. 엄마도 하지 마세요. 아셨죠."

"응? 응!"

난 무릎을 치며 웃었다.

화를 낼 일에서도 웃음을 터트리게 하는 녀석의 묘수! 녀석은 생존 본능이 뛰어난 걸까? 위기 대처 능력이 남다른 걸까? 아주 짧은 순간에 화를 웃음으로 바꿔 놓는 이것은 무엇일까? 이 기막힌 모순을 잘 활용하면 위기에서 기회를 얻는 지혜로운 삶이 될 텐데…….

더럽지 않으세요?

작은아이 배변 교육을 막 시작한 시기에 갑상선 증상이 악화되면서 변 가리는 시기가 늦어졌다. 그리고 뒤처리가 미진하여 엉덩이를 다시 닦아 주다 보니 어느새 습관이 돼버렸는지 일곱 살이 돼서도 화장실에서 엄마 를 부른다. 엉덩이를 물로 닦아주노라니 어느 날

"엄마 더럽지 않으세요? 전 제 똥도 더러운데 엄마는 어떻게 맨손으로 그렇게 제 엉덩이를 닦아주세요." 그리곤 자못 심각한 어투로

"그런데 어떡하죠? 제가 엄마 엉덩이를 닦아줘야 할 때 더럽게 생각되 면……."

"네가 엄마 엉덩이를 왜 닦아줘?"

"엄마가 할머니 돼서 잘 못하면 제가 해 드려야 되잖아요. 더럽지 않아 야 할 텐데."

갑자기 자리에 누운 아버지를 씻겨 드리려고 고무장갑을 끼웠던 일이 생각나 얼굴이 달아올랐다. 자식을 아끼는 맘처럼 부모를 섬기기는 어려 운 일일까?

삼일절(유관순의 후예)

초등학교 3학년 혜지, 1학년 윤섭이 둘을 앉혀 놓고 삼일절의 의미를 일러줬다. 이틀 뒤 아이들이 분주하게 움직이는 소리에 잠을 깨 보니 뭔가를 들고 밖으로 나갔다가 들어온다. 새벽 네 시다.

아침에 거실 벽에 잘 그린 태극기와 애국가가 적힌 두 장의 비장한 맹세문이 붙어 있다. 밤새 작업하느라 늦게 일어난 녀석들은 또다시 밖으로 뛰어 나갔다가 들어온다.

어린 유관순의 위대한 행동에 감동을 받아 밤새 태극기를 그렸단다. 그리고 어린아이들이 그린 태극기라면 사람들이 소중하게 생각할 것이라 여겨 집집이 돌렸단다. 나가 보니 같은 층 오피스텔 문마다 태극기가 붙어 있었다.

비뚤비뚤한 색칠의 태극기를 본 이웃들은 어떤 생각을 했을까? 그들은 적어도 어느 집 아이들의 소행인지는 금방 알았으리라. 우리 현관문 밖에는 대형 태극기가 위세 당당하게 붙어 있었으므로.

아! 대한독립 만세다. 적어도 우리 집안의 삼일절은 그렇게 비장하게 기념되고 있다. 일본의 독도 망언 따위가 거슬리지 않는다. 유관순의 정신을 이어받은 아이들이 적어도 둘은 있으므로.

엄마 사랑을 어떻게 알아요?

"엄마! 엄마가 없어지면 어떻게 하나 가끔 겁날 때가 있어요."

어릴 때부터 직장생활하느라 떼어 놓은 때문일 게다.

"그래, 윤섭이는 엄마가 없어지면 어쩌나 걱정되는구나."

"네."

오로지 의지하는 엄마가 혹 사라지면 어떻게 하나 불안했던지.

"엄마, 저를 얼마나 사랑하세요? 그 사랑을 어떻게 믿어요?"

"지금 엄마가 어디 있어?"

"제 앞에요."

"눈을 감아 봐. 엄마가 어디 있을까?"

"응, 제 앞에요."

"그걸 어떻게 알아?"

"그냥 제 앞에 계시다고 믿으니까요."

"보이지도 않는데?"

"그래도 알아요. 그렇게 믿으니까요."

"그래 사랑도 그런 거야. 사랑한다고 믿는 거 그게 사랑이야. 엄마는 늘 그렇게 널 사랑하고 너와 함께 있어."

"아, 그렇구나. 이젠 불안하지 않아요. 엄마도 제가 사랑하는 거 알아요?"

"그럼. 엄마는 언제나 그렇게 믿고 있단다."

나를 만드는 아이들

"엄만 어쩜 그렇게 요리를 잘하세요? 엄마는 어쩜 실이 보이지도 않게 바느질을 잘해요? 마술 같아요! 엄마는 아무 옷이나 입어도 멋있어요! 엄마는 화장 안 해도 예뻐요!"

세상에 이처럼 믿고 싶은 거짓말이 또 있을까? 그런데 놀랍게도 아이들의 절대적인 그 지지가 힘을 발휘하는 거다. 아이들의 칭찬을 들으며 점점 그 말처럼 되어 간다는 거. 내가 좋은 엄마인 줄 알았는데 사실은 아이들이 나를 좋은 엄마로 만들고 있었다.

아이들의 이유 없는 믿음과 맹목적인 지지가 나를 바로 그런 사람이 되도록 하는 것이다. 아이들은 마술 같은 힘을 갖고 있다. 아이들을 잘 키우려면 바로 그런 방법을 활용하면 될 것이다.

네 감기 나 줘라

아이들 어릴 때 번갈아 가며 병이 나면 힘들다. 그래서 병치레 끝에는 내가 병이 난다. 그걸 반복하다 보니 하나가 아프면 지레 겁부터 먹는다. 아무래도 더 어린 녀석이 먼저 시작할 때가 많다.

윤섭이가 감기 걸려 콜록대면 혜지를 뚝 떼어 재우면서 머리맡에서 "감기 엄마 줘라." 했다. 차라리 내가 앓는 게 낫다 싶기도 해서.

한 번은 열을 내리느라 자다 깨다 자다 깨다 하다가 보니 제 건사하기도 힘든 어린 혜지가 윤섭이 이마를 쓰다듬으며 "네 감기 나 줘라." 하고 있다. 그 어린 소견에도 동생이나 엄마가 아픈 것보다 제가 대신 아픈 것이 나을 듯싶었던 게다.

코끝이 아렸다. 의레 몸도 마음도 지쳐 또 병이 나련 했던 게 병을 부른 건 아닌가 싶어 독하게 맘 고쳐먹으니 그때 감기는 윤섭이에서 끝났다.

아이들은 다 안다 1

변두리 아나운서의 행복뉴스

어릴 때 엄마가 텃밭에 토마토며 고추가 맺힐 때면 빨갛게 예쁘게 잘 영글라고 노랫말처럼 흥얼거리는 소릴 들었다. 병아리나 강아지에게 사람 대하듯 얘기하는 거야 그러려니 했지만 채소나 과일은 좀 뭐 하다 싶어 물으니 엄마는 그래도 생명이 있는 건 다 통한다고 하신다.

당시로 엄마는 어느 연구 논문이나 인터넷 정보가 있어 아는 것도 아니고 그저 자연스레 느끼는 것이거나 경험으로 아는 정도, 아니면 그냥 그렇게 믿고 싶은 것이었는지도 모른다.

하지만 엄마를 믿는 만큼 정말 그런가 싶을 때가 있다. 첫 아이를 낳고 서툰 엄마 노릇 하랴 힘에 부칠 때 아이 얼굴을 보며 투정을 했다. 그런데 신생아의 얼굴이 일그러진다. 몇 번은 대수롭지 않게 넘겼다. 하지만 첫 아이 때야 경험이 없는 대신 정성이 지극할 때니 아이 오줌 똥은 기본이고 하품, 표정, 손짓, 몸짓에 온 신경을 집중하게 되니 반복적으로 관찰할 수 있는 것들이 있었다. 쓰다듬으면서도 말을 어떻게 하느냐에 따라 녀석이 웃거나 찡그리거나 하는 것이다.

"예쁜 우리 혜지." 하면 방긋 거리다가도 "낳으면 수월할 줄 알았더니……." 하면서 푸념이 섞이면 어느새 얼굴이 실쭉샐쭉한다.

엄마가 그러셨다. 나을 때 못난 녀석이 커서 고와지는 게 왜 그런지 아느냐고, 부모 고약한 것만 닮고 태어나도 키우면서 매일 쓰다듬으며 "곱다 곱다." 하면 고와지는 거라고. "준이네 아줌니 나보고 당신은 나쁜 씨 주고 우리만 좋은 것 뿌린 거 아니냐고 투덜대지 않디?"

그랬다. 우리 고추 농사 실한 거 보고는 내년엔 당신도 그 씨 가져다 뿌려야겠노라 하고는 거둘 때면 와서 한바탕 속없는 소릴 하곤 했다. 그럴 때면 엄마는 같은 씨를 뿌려도 볼품없이 여는 건 꼭 땅이 나빠서만은 아니라신다. 주인 맘 씀씀이 때문이라는 거다. 밭에 나와 못된 말만 하고, 가족 탓, 세상 탓 해대면 고추가 그 모양이 된단다. 뭐 꼭 그 말 때문이겠는가 만은 그런 마음으로 가꾸니 제대로 농사를 짓겠냐는 의미는 알 법하다. 농사도 그런데 영리한 사람이야 말해 무엇 하겠냐시던 말씀이 문득 생각나면 장난 삼아 해 본다. "비취 같이 맑고 깊은 눈, 딸기 같이 달고 고운 입술, 우리 아기는 어쩜 이리 예쁠꼬." 하며 세상에 좋은 말은 다 모아 예쁘다 곱다 하다 보니 점점 더 예뻐지는 듯했다.

사실 처음 얼마간은 "얘 코가 어디에 있어?" 하고 우스갯소리할 만큼 콧대가 낮아 걱정 아닌 걱정을 했었다. 그런데 앞뒷집에서 아이들 크는 모습 함께 봐 오던 이웃이 어느 날 그런다. "어머 이제 보니 혜지 콧날이 섰네. 사실 아기 때 콧대가 없어서 크면 수술해 줘야겠다 싶은데도 혜지 엄마만 모르고 있나 했거든. 하도 예쁘다고만 하니 말야."

꽃이 꽃인 이유는 이미 예뻐서이기도 하겠지만 곱다 생각하고 그렇게 부르기 때문이듯이 아이가 예쁘기 때문에 예쁘다고 하는 것만은 아니리라. 예쁘다 예쁘다 하면서 예쁜 아이로 생각되어지기도 할 것이다.

투정하면 멀쩡한 고추씨도 삐딱한 고추를 틔우고 자꾸 탓하면 반듯한 얼굴도 시원치 않아 보이지만 좀 부족하고 성에 덜 차도 계속 곱다 하면 적어도 보는 눈이 바뀐다는 것. 그래서 나중엔 정말 고와 보인다는 것. 혜지는 크면서 콧날이 서고 날로 예뻐진다. 어린아이도 안다. 그리고 아이는 받는 만큼 되돌려 주는 질서를 잘도 따른다.

아이들은 다 안다 2

친구 둘이 비슷한 시기에 아이를 낳아 고만고만하게 어울렸다. 그중 둘 낳고 연년생으로 쌍둥이를 낳은 친구가 있어 아무래도 그 집에서 모이게 됐는데 쌍둥이 중 한 아이는 우리가 갈 때마다 늘 운다. 더군다나 함께 간 친구가 좀 안을라치면 꼬집듯이 운다. 우연히 그러거니 했다.

그런데 시간이 좀 지나고 나서 그 친구 말이 쌍둥이 엄마 젖병 소독하러 간 사이에 한 녀석을 안아 올리려다 그만 아이를 반으로 접고 말았다는 것이다. 엉덩이를 들고 일어서려다 팔에 힘이 들어가 아기 머리와 발이 닿도록 한 것인데 좀 놀란 듯했지만 신생아라 유연해서 그런지 별 탈이 없더라고. 그래서 친구에게 따로 말도 하지 않고 잊었는데 이후 가까이 가기만 해도 그 녀석이 자꾸 우는 게 왠지 또 안을까 봐 겁을 먹어 그러나 싶다는 것이다.

엄마가 늘 하시던 말씀이 있다. "아이와 물은 패인대로 고인다."고. 저 예뻐하는지 아닌지, 안전한지 그렇지 못한지 아이는 본능적으로 안다고 했다. 아이 마음은 자연스레 저 유익한 데로 기운다는 거다. 마치 물이 높은 곳에서 낮은 곳으로 흘러가는 이치처럼.

부끄러운 우울

내가 우울해 보인다 싶으면 두 아이가 깜짝 이벤트를 연출한다. TV 광고와 개그를 접목하고 패러디해서 제법 그럴듯한 프로그램을 보여준다. 일단은 이유 달 것 없이 유쾌한 웃음을 터트리지만 한편 어른을 기쁘게 해 주려는 아이들의 노력이 안쓰러울 때도 있다.

"엄마 기분 좋게 하려고 너무 애쓰지 마." 그런데 아이가 더 속이 깊다.

"첨엔 엄마 기분 좋게 해 주려고 웃기는 거 만들었는데 만들다 보니 저희가 더 즐거워지는 걸요."

아이들은 세상을 밝히는 방법을 알고 부정을 긍정으로 바꾸는 능력을 갖고 있다. 부끄러운 우울에 오래 빠지지 말아야 할 일이다. 우울 속에 스스로를 가둬 두지 말고 아이처럼 다른 일을 꾸미다 보면 어느새 웃고 있는 나를 발견하게 될 것이다. 아이들은 그런 지혜를 아주 쉽고 재미있게 일깨워 준다.

쓰다듬어 주면 윤이 나는 아이

엄마가 그러셨다. 아이는 많이, 늘 쓰다듬어 주고 안아주라고. 많이 쓰다듬어 준 아이는 윤기가 흐른다고. 토마스 카알라일의 "우주에는 성전이 하나뿐인데 그것은 인간의 몸이다. 인간의 몸에 손을 델 때에 우리는 하늘을 만진다."는 말을 엄마는 모른다.

스킨십이 말보다 강하다는 걸 책에서 읽은 것도 아니다. 하지만 많이 안아주고 입맞춰 준 아이가 그렇지 않은 아이보다 건강하게 자란다는 걸 엄마는 익히 알고 계셨다. 꼭 그 말씀 때문만은 아니다. 자랄 때 늘 안기고 칭찬받고 도닥여 주던 것이 기억에 깊이 남아 있어서일 것이다. 나도 아이들을 쓰다듬고 안아준다.

엄마 말씀으로 전에 어떤 집에 남편이 밖에서 아이를 낳아 들여왔는데 본 부인 마음이 착해 들여온 아이를 제 배 아파 낳은 아이보다 더 잘 거뒀단다. 먹이는 거 입히는 걸 친 자식보다 잘해 주니 주위에서는 모두 칭찬이 자자했지만 정작 들여온 아이는 생기가 없고 배들배들 마르더란다. 그 이유가 아무리 잘해 줘도 사람인지라 쓰다듬고 끌어안는 건 내 자식처럼 되지 않더라는 거였다. 그래서 아이들은 손 가는 만큼, 마음 쓰는 만큼 윤이 난다고 하셨다.

아이들 어릴 때 밖에서 놀다 들어오면 끌어안고 입맞추고, 학교나 학원 가는 길에도 안고 인사를 하니 큰아이 친구 엄마가 유난스러운 거 아니냐며 웃는다. 자기 아이들은 안기는 걸 좋아하지 않는다고. 그런데 그 아이가 우리 집에 놀러 오면 내 아이와 함께 안고 도닥여 주니 으레 품에 안긴다.

한 번은 제 엄마 앞에서 내 무릎에 앉으니 깜짝 놀라며 웬일인가 하는 것이다. 한 번 해 보라고 권했다. 안아주고 쓰다듬어 주고도 그래도 아이가 싫어하면 그때 다시 얘기해 보자고. 얼마를 지나 잊고 있을 때쯤 그녀가 그런다.

"우리 애가 엄마가 안아주니 마음이 동그래지는 것 같다고 하네."

그런데 윤섭이가 4학년이 되고부터는 친구가 놀러 오면 가볍게 머리를 쓰다듬거나 손을 잡는 정도로 인사를 한다.

"엄마 마음은 알지만요. 괜히 제 친구들 엉덩이 두드리고 그러면 성추행한다고 그럴지도 몰라요."

후후. 함께 집을 나서는 윤섭이 친구에게 재미있게 놀고 오라고 손을 탁 마주쳐 주니 멀어지면서 친구가 한마디 한다.

"윤섭아 너희 엄마 손은 참 부드럽다."

엄마는 슈퍼맨

옆집에 아이가 많은 이웃이 살았다. 단골 세탁소 사장님과 그 아이들 얘기로 늘 유쾌했다.

"말도 마세요. 저 집 이사 올 때 주인집 아주머니가 치매가 온 줄 알았다잖아요."

세탁소에서 마주 보이는 마당 있는 집 지하에는 방 둘에 아홉 명의 아이와 젊은 부부가 살고 있다. 이사 올 때 집주인은 아이가 둘만 넘어도 세를 안주려고 했다. 시끄럽고 집을 함부로 쓴다고 해서.

이미 유사한 경험이 있는 주인아주머니는 이사 오려는 부부에게 아이가 있는가 물었다. "하나요?" "아뇨." "둘이요?" "아 아뇨." "그럼 셋?" "!!" 해서 주인은 그저 한 셋은 되는가 보다 하고 세를 놨다.

이사 오는 날 아이가 집으로 들어가는 걸 내려다보고 있는데 잠시 후 같은 아이가 다른 옷을 입고 다시 들어가더란다. 이상하다 했는데 또 그러고 또 그러고, 주인아주머니는 자신이 때 이른 치매를 앓나 보다 싶어 화들짝 놀랐단다. 고만고만한 아이가 일곱에 그 집 와서 다시 아이를 둘 더 낳았다.

혜지와 저녁 산책을 마치고 돌아오는데 그 집에 네 살쯤 된 아이가 저보다 어린 동생을 자전거 뒤에 태우고 앞서간다. 그런데 자전거가 덜컥거리며 뒤에 탄 아이가 자전거 뒤로 나뒹구는 순간이었다. 꽤 되는 거리에

서 반사적으로 몸을 날려 손으로 아이 머리를 받치며 넘어졌다. 다행히
아이는 좀 놀랐을 뿐 다치진 않았다.

아이를 안고 진정시키며 집으로 데려다 주고 오는 길에 혜지가 큰 숨을
내쉬며 한마디 한다.

"엄마 짱이야! 우리 엄마는 슈퍼맨!"

혜지는 그 후 제 엄마가 한참을 날았다고 큰소리를 쳤다. 믿거나 말거
나 어린 혜지에게 엄마는 날기도 하는 슈퍼맨이다.

꽤 되는 거리에서 반사적으로 몸을 날려 손으로 아이 머리를 받치며 넘어졌다.
다행히 아이는 좀 놀랐을 뿐 다치진 않았다.

영호 마음을 제가 어떻게 알아요?

윤섭이가 초등학교 2학년 때인가 싶다. 답을 쓰지 않은 문제가 있어서 다시 한 번 풀어 보자고 했다. 충분히 알 수 있는 문제를 풀지 않은 것이다.

문제 : 영호가 오백 원으로 딱지를 백육십 원 어치 샀다. 구술은 얼마치 샀을까?

"윤섭아 이걸 왜 몰라? 먼저 식을 세워 봐. 오백 빼기 백육십이잖아. 그럼 답 얼마야?"

"엄마도 선생님과 똑같군요. 그것도 모르냐면서, 문제를 보세요. 영호가 딱지 사고 남은 돈으로 모두 구술을 샀는지 얼마만 샀는지 말이 없잖아요. 영호 마음을 제가 어떻게 알아요? 영호가 누군지도 모르는데."

윤섭아 미안하다. 어른들은 이미 익숙해진 방식대로 그대로 따라하길 좋아한다. 선생님이나 엄마나 너의 그 순수한 마음을 놓쳤구나. 그래 영호 마음을 우리가 어떻게 알겠니.

눈이 큰 윤섭이

윤섭이는 동그랗고 큰 눈에 세상을 다 담은 듯하다. 윤섭이와 눈을 마주하고 있으면 기쁘기도 슬프기도 아름답기도 허허롭기도 하다. 윤섭이는 대상을 그대로 담아주는 신비로운 눈을 갖고 있다. 그 눈에 아름다움은 아름다움대로 슬픔은 슬픔대로 비춰지는 것이다.

초등학교 1학년 때 눈꼬리가 살짝 쳐져서 눈을 내리뜨면 잠이 잔뜩 온 것처럼 보여 간혹 오해를 사곤 했는데 하루는 수업시간에 존다고 선생님께 꾸지람을 들었단다. 다른 날은 졸았기 때문에 억울하지 않았는데 그날은 책을 보고 있던 터라 마음을 상하게 했다. 그래서 곰곰이 생각해 보고는 수업이 끝나고 선생님을 찾아갔단다. 그리고 졸지 않고 책을 보고 있었노라 얘기하다가 그만 울음이 터져버린 것이다. 선생님은 윤섭이 손을 꼭 잡아주며 오해해서 미안하다고, 마음이 많이 상했겠다고 정중하게 사과를 하시더란다. 윤섭이는 자기같이 어린아이에게 미안하다고 사과하는 선생님이 은행나무처럼 커 보이더라고 했다.

이후 윤섭이는 학교생활이 유쾌했다. 그 선생님 말씀이라면 어떻게든 지키려 노력했다. 비슷한 일이 이후에도 일어났다. 전학 이후 학년이 올라가고 수업시간에 같은 지적을 받는데 선생님은 오해한 것에 대해 정정은커녕 졸았던지 그렇지 않았던지 항상 졸리운 눈으로 보인다며 상처를 남기는 말까지 서슴지 않았다. 윤섭이는 그 선생님이 거미 같다고 했다. 아주 작고 볼품없는.

딸기

새벽 두세 시면 위층에서 거슬리는 소음이 들려온다. 거의 매일 일정하게 들리는 소리에 어느새 나도 모르게 소리의 수를 세고 또 무슨 소리인지를 분석하고 있다. '하나 둘 셋…… 술병 구르는 소리, 다시 병 따는 소리, 화장실 가려다가 넘어지는 소리…….'

그러면서 은근히 화가 치민다. 자연 아래층 사는 사람 입장을 헤아리게 되어 수시로 아이들을 조심시킨다. 그런데 어느 날 아이들이 유난스레 시끄럽다 싶어 주위를 주고 샤워를 하는 중에 아래층 사람이 엄마 좀 내려오라며 화를 내고 가는 소리가 들린다. 미안한 마음이 들어야 하련만 오히려 반발심이 생겼다. '나이도 어린 게 어딜 오라 가라야.' 하는 마음도 들고.

그리고 다시 며칠 후 아이들이 오피스텔 실내 계단을 오르락내리락하는 소리가 좀 크다 싶더니 아니나 다를까 아래층 사람이라며 초인종을 누른다. 순간 대답에 가시가 돋힌다. 내 아이들 잘못을 바로잡기는 해야겠으나 낯선 사람의 비난을 맥없이 감수하지는 않으리란 각오 하에 문을 벌컥 열었는데 과일 접시를 쑥 들이밀며 여학생이 쌩끗 웃는다. 그가 말도 꺼내기 전 어느새 나는 민망한 웃음으로 사과를 하고 있었다.

정작 그는 과일 접시만 내밀었을 뿐인데 나는 충분히 미안해졌다. 그래서 너스레를 떨었다. 그리고 아이들이 쪼르르 나오며 넙죽 사과를 한다.

심지어 작은아이는 "아이들이 둘이나 있어서 그러니 누나가 좀 이해를 하시라."고 한다. "아이들은 그러면서 크는 거라."고 시키지도 않은 말로 능청을 떤다. 그런 말을 하기엔 좀 어리다 싶었는지 이번에는 그 학생이 도리어 미안해한다.

"어 정말 어린아이가 둘이나 있네, 그렇지 뭐 아이들이 그럴 수도 있지, 그냥 아래층에 가끔 놀러 오라고."

우리는 함께 무엇을 말하고 싶은지 알고 있었으므로 그저 계면쩍은 웃음을 나눴다. 참 미안한 일을 얼굴 붉히지 않고 잘 해결했다. 그 학생의 지혜와 우리 아이들의 순수함이 갈등을 접시 속에 빨간 딸기처럼 달콤하게 풀어줬다.

놀랍게도 그 후 위층에서 들려오는 소음이 단지 시끄러운 소리로만 들리지는 않았다. 때론 측은한 맘이 들기도 한다. 그 새벽 잠 못 이루고 있는 나나, 그제서야 집에 들어서는 그나 안타깝긴 마찬가지다 싶기도 하고. 혹 소음이 지나쳐 화가 치밀라치면 나도 딸기 바구니 들고 올라가 볼까 싶다.

화가 일어나면

지나치게 피로감을 느낄 때면 평소 웃고 넘어갈 일도 거슬려 하고 필요 이상으로 화를 내게 된다. 아이들 행동의 문제보다 내 마음의 문제로 일관성 없이 행동하게 될까 염려돼 설명을 해 준다.

"엄마가 또 갑상선 증상이 재발했는지 피곤하고 조그만 일에도 화를 내게 되는구나."

혜지가 걱정스런 표정으로 위로를 한다. 제법 위로가 된다. 그런데 윤섭이는 무거운 분위기를 반전시키는 밝고 가벼운 음성으로

"아유 그러게 제가 뭐래요. 엄마도 인생을 좀 즐기시라니까요."

혜지는 분위기 파악 못하고 엉뚱한 소리한다고 질타를 하지만 윤섭인 굴하지 않고

"엄마! 절 보세요. 저라고 스트레스가 없는 줄 아세요. 선생님 때문에 얼마나 스트레스 받는다고요. 삑 하면 벌 세워요. 그래서 아예 즐기잖아요. 이것 좀 보세요."

팔에 근육을 만져 보란다. 단단하다. 벌을 자주 서다 보니 팔 힘이 세지니 좋은 것도 있더란다. 그래서 벌도 즐기면서 받는단다. 또 친구와 같이 벌을 받다 보니 더 가까워지더라며 웃는다.

제가 잘못해서 혼날 때는 진지하게 듣지만 선생님의 일방적인 오해가 있거나 잘못한 것에 비해 과도한 벌을 받을 때는 '선생님이 남편과 싸우

고 나오셨나.' 생각하면 그다지 힘들게 느껴지지 않는다나. 일관성 없고 감정 기복이 심한 선생님의 속성을 아이들은 나름대로 파악하고 있고 그래서 피할 수 없는 상황을 즐기는 법을 터득하고 있었다.

그러고 보니 까맣게 잊고 있었다. 아이들도 스트레스가 있다는 것을. 거기에 엄마와의 관계도 스트레스로 작용하면 어쩌겠나 싶어 화가 일어날 때면 스스로 화를 들여다본다. 무엇에 화가 났고 어떻게 화를 낼 것이며 정말 화를 낼만한 일인가를. 그런 단계를 거치다 보면 이미 화로 끓어올랐던 마음이 식고 말로 표현하더라도 사뭇 부드러워진다. 며칠 신경 써서 훈련하다 보니 갑상선 증상을 핑계로 멋대로 감정을 터트리려던 것이 부끄러웠다.

무엇에 화가 났고 어떻게 화를 낼 것이며 정말 화를 낼만한 일인가를. 그런 단계를 거치다 보면 이미 화로 끓어올랐던 마음이 식고 말로 표현하더라도 사뭇 부드러워진다.

돈이 많으면 버릇이 없어진다?

혜지가 초등학교 6학년이 되고 제법 용돈 관리하는 재미를 붙였다. 돈이 생기면 모아뒀다가 요것조것 제 필요한 걸 장만하기도 하고 또 모아둔 돈으로 영화를 보는 즐거움을 느끼기도 하고. 가깝게 지내는 후배가 생일 선물을 무엇으로 해 줄까 물으니 돈으로 줬으면 좋겠노라 했던 모양이다. 편지와 함께 혜지에겐 제법 큰 돈을 선물했다.

돈을 세며 좋아하는 누나를 보던 윤섭이

"엄마 도대체 그 이모! 아니 왜 어린이에게 저렇게 많은 돈을 줘요?"

"!"

좀 흥분한다 싶었다.

"돈이 많으면 버릇이 없어진다고요."

"아무렴 그럴라고?" 했더니 정작 혜지 하는 말

"아냐 맞아, 돈이 있으면 마음이 건방져져 나도 그런데 지금."

"!!"

윤섭이는 부러워서일까? 정말로 걱정스러워서였을까? 아무튼 아이도 몇 만원의 돈으로 건방져진다니……

반지하에 드는 햇살

아이들에게 미안하다. 이유야 어찌됐건 한참 예민한 성장기에 열악한 환경에서 자라게 한다는 것이 무거웠다. 이런저런 계산 끝에

"미안하다. 우리 일 년 더 반지하에서 살아야겠다." 했더니, 윤섭이

"괜찮아요. 반지하라서 햇볕이 안 드니까 잠도 푹 자지요. 또 훔쳐갈 것 없어서 도둑도 안 들지요. 그리고 뛴다고 싫어하는 아래층도 없잖아요."

위로 치고는 웃음 나오는 이유들이었다. 혜지는 제법 컸다.

"엄마가 미안하실 일 아니에요. 좋은 집 살았으면 몰랐을 것도 알게 됐고요. 우리 말고 반지하 사는 사람들 많잖아요. 집이 반지하지 사람이 반지한가요?"

"그래 그렇지! 그렇구나."

우리는 깔깔깔 웃었다. 그런데 속에서 쓴물이 자꾸 목구멍으로 치받친다. 하지만 '그래! 아이들 맘껏 뛰놀아도 되는 반지하에서 햇살 가득한 집으로 올라갈 때까지 희망만은 가라앉지 않도록 하자. 그때까지 반지하의 특권, 늦잠 맘 편히 즐기면서 반올림을 꿈꾸자.'

반지하에서 2층으로

약속한 시간이 지나 2층으로 이사를 하게 됐다. 실상은 그나마도 못한 곳으로 옮기는 것이지만 반지하 탈출의 명분은 세우게 됐다. 이사 사실을 알게 되고 윤섭이가 친구와 나누는 얘길 들으며 마음이 짠하다.

"상헌아, 이제 우리도 너희 집처럼 위층으로 이사 가게 됐다. 이사 가면 환해서 낮에 불 켜지 않아도 된대."

반지하보다 좁은 공간에서도 아이들은 다시 장점을 찾아내며 즐거워한다.

"엄마 집이 환해서 늦잠 자는 게 왠지 이상해요. 이제 부지런해지겠어요." "먼저보다 학교가 멀어서 운동 되겠는 걸요." "집은 좁아도 방이 워낙 크니까 답답하지 않아요." "엄마 괜찮아요. 반지하에서도 우리는 행복했어요. 그리고 지금이 조금 더 좋아요."

"그래 엄마는 무엇보다 빨래를 햇볕에 바짝 말릴 수 있어 좋다."

어디에서 사는가 하는 것이 중요하지 않을 수는 없다. 그러나 누구와 어떻게 사는가가 더 중요하다는 걸 우리는 매일 확인하며 산다.

엄마 힘드시죠?

아이들은 어릴 때는 있는 그 자체로 이미 효도를 다한다고 하지. 바라보는 것만으로 행복하고 함께하는 것만으로도 충분히 다 채워주지. 그런데 어찌 좋은 날만 있겠는가? 물론 힘든 날보다 좋은 날이 훨씬 더 많지만 그래도 한바탕 신경전을 벌이거나 크게 나무라기라도 하고 나면 이런저런 생각에 잠긴다.

그런데 웬 두꺼운 손이 어깨를 툭 툭 치며

"엄마 힘드시죠? 자식 키우기."

아이고 참 사람 마음이라니. 바로 직전까지 혼자서 자식 키우기 힘들다 생각하고 있었는데 작은아이의 능청스럽지만 속 깊어 보이는 한마디에 언제였냐는 듯 마음이 돌아선다.

"윤섭아! 엄마는 너희를 키우는 게 아니고 너희들과 함께 사는 거야. 걱정마 많이 힘들지 않아. 힘들어도 할 만해 너희와 함께하니까."

성적에 대한 다른 생각 1

기말고사에서 윤섭이 성적이 좋지 않아 걱정이라는 얘길 했더니 함께 일하는 작가도 초등학생인 아들이 성적이 별로라 역정을 냈다고 말한다. 80점밖에 못 받아왔다고. 윤섭이는 60점대여서 점수 얘기를 차마 할 수 없었다. 저녁에 과일을 먹으며 아이들과 그 얘기를 하니 윤섭이 표정이 밝지 않다. 나도 80점대 점수를 두고 성적 걱정을 했으면 좋겠다는 말에

"저는 엄마가 제 점수를 만화에서처럼 표현하셨음 좋겠어요."

"?"

"만화에서는 아이가 50점을 받아왔는데 엄마가 5자 옆에다 동그란 과자를 두 개를 놓으면서 우리 아들이 오백 점이나 맞았네 그런단 말이예요."

성적에 대한 다른 생각 2

"윤섭아 노력을 요함도 있네."

"엄마 매우 잘함도 있잖아요."

나는 좋지 않은 성적을 먼저 봤지만 아이는 잘한 걸 봐줬으면 한다.

"윤섭아 이렇게 많이 틀렸어."

"엄마 맞은 게 더 많아요."

틀린 문제가 있어 마음에 걸리는데 녀석은 맞춘 문제가 더 많다고 기세 등등이다.

"몇 등이니? 이렇게 공부하면 꼴찌 하는 거 아냐?"

"아이구 염려 마세요. 제 뒤에도 몇 명 있어요."

아이도 나도 기막혀 한다. 서로 다른 이유로.

나는 성적표를 보면서 걱정을 하는데 녀석은 성적표를 내밀 때마다 재미있어 한다. 먼저보다 조금 더 나아졌다며 다음을 기대하란다. 사실 그렇다. 윤섭이는 매일 조금씩 커간다. 조금씩 나아지고 그리고 그만큼씩 늘 기쁨을 준다. 더 잘했으면 좋겠다는 생각을 천천히 만족시켜 준다.

윤섭이의 낙천성은 내게 행복바이러스다. 빈 날들을 매일매일 다른 재미로 채워준다. 그래서 내가 만든 성적표에는 녀석의 성적이 상향곡선이다. 노력을 요함보다는 잘함, 매우 잘함으로 기록되고 있다.

보일러가 고장나도

저녁부터 말썽을 부리던 보일러가 이내 작동을 멈췄다. 24시간 서비스 체제라는 말이 무색하게 현장 서비스는 다음날 늦게나 될지 말지라 하고. 오래된 건물이라 바깥벽에 달린 보일러는 후래쉬를 입에 물고 한 손으로 매달려야 겨우 작동을 해 볼 수 있었지만 쉬이 수리가 되지 않는다.

어렵사리 설명서를 읽을만한 거리에서 목을 치켜들고 집 안에 혜지와 전화로 소통을 하며 애를 썼는데 결국 기술자가 올 때를 기다릴 수밖에 없는 상황이었다.

불과 얼마만에 냉기가 돌기 시작하고 시원치 않은 전기담요도 도움이 되지 않는다. 셋이 끌어안고 온기를 나누다 보니 난방이 되지 않는다는 상황은 금방 잊어버렸다. 유쾌한 이야기와 장난 때문에 추운 줄도 잊은 채 잠이 든 두 녀석 살피느라 밤새 뒤척였다. 발이 얼새라 양말을 신기고 걷어차는 이불을 덮어주노라니 어머니가 생각난다.

'내 어머니가 이렇게 날 키우셨구나.'

책장을 넘기는 손이 시려왔다. 물을 끓여서 머리를 감기고 차가운 옷을 헤어드라이기로 데워 입히면서도 이내 처량하지 않은 건 아이들 때문이다.

"엄마 이것도 나름대로 재미있네요. 우리가 무척 가난해진 것 같아요. 그런데 이상한 건 집이 추워지니까 가족이 더 가까워진다는 거지요."

작은아이의 정서는 섬세하다. 외부 자극이 내부 결속을 다진다는 걸 아는 게다. 전에보다 더 많이 끌어안고 더 많이 얼굴 부벼주며 아침 인사를 나눴다. 두 아이는 밤새 추운 기억도 없이 해맑게 웃으며 행복한 등굣길에 올랐다. 그렇구나, 추위는 그저 추위일 뿐이었다. 그것 때문에 서글플 필요는 없어.

"엄마 이것도 나름대로 재미있네요. 우리가 무척 가난해진 것 같아요. 그런데 이상한 건 집이 추워지니까 가족이 더 가까워진다는 거지요."

위험한 호기심

잘할 거라 믿었다. 혼자서 오히려 더 잘 키울 거라 각오했었고. 진심으로 최선을 다해 노력하면 안 될 일이 없을 거라 생각했기 때문에 자신 있었다. 그런데 친구들과 술을 마신 딸을 등에 업고 비탈길을 오르며 눈물이 한 움큼씩 쏟아졌다. 다 마른 줄 알았던 눈물이 가슴팍으로 타고 내린다.

'거봐라 잘난 체하더니 꼴좋다' 는 비아냥이 들리는 듯하고, 왜 이리 엄마가 보고 싶은지. '엄마도 나 때문에 이렇게 아픈 적 있나' '엄마도 자신 없어 엄마 자리 내놓고 싶을 때가 있었을까?' 아이에게 가려야 할 말이 화풀이 정도로 튀어 나오고 이제껏 배움이 다 무슨 소용인지, 무지하고 우매한 엄마로 돌아가려 한다. 네가 이러면 나도 훌륭한 엄마일 수 없다는 초보 엄마 같은 마음이 울컥 일어났다. 그런데 그때 중심을 잡아주는 사람이 있다. 작은아이가

"엄마 침착하세요. 엄마 잘해 오셨잖아요. 호기심에 일어난 일이에요."

깊은 아이의 마음이 잠깐의 혼란스러움을 가라앉혔다. 안에 끓던 화를 들여다보며 아이에게 화풀이를 해서는 안 되겠다는 평상심을 찾았다.

녀석은 무엇이 얼마나 잘못됐는지 무엇을 하고 무엇을 하지 말아야 하는지 빼곡히 정리하면서 어리석은 호기심이 스스로도 두렵노라고 한다. 행여 삶을 빛내줄 밝은 호기심마저 상처받지 않아야 하겠지만 고약한 호

기심을 자제하는 일은 아이와 나의 공동작업이 될 것이다.

그러나 어디 아이뿐이랴 어른도 가지 말아야 할 길에 한 발 슬쩍 들였다가 눈물 쏙 빠지게 후회하는 일이 있는데…… 아이의 호기심은 만회할 기회가 있지만 어른의 위험한 호기심은 삶을 송두리째 흔들 수도 있는 것을…….

"엄마! 엄마는 세상에서 제일 괜찮은 엄마예요. 엄마가 있어 든든해요."

어린 윤섭이의 믿음처럼 어떤 상황에서도 아이들을 믿고 시련을 이겨나갈 것이다. 고맙다. 너희는 어리석은 나를 바로 세워주는 스승이다.

어디 아이뿐이랴 어른도 가지 말아야 할 길에 한 발 슬쩍 들였다가 눈물 쏙 빠지게 후회하는 일이 있는데…… 아이의 호기심은 만회할 기회가 있지만 어른의 위험한 호기심은 삶을 송두리째 흔들 수도 있는 것을…….

처음 먹은 마음

결혼하고 준비되지 않은 상태에서 임신 사실을 알았을 때 무조건 기쁘지는 않았다. 더구나 쌍둥이란 사실은 신비감만큼이나 두려움도 갖게 했다. 배는 풍선처럼 빠르게 불러오는데 직장에서 혹 임산부란 이유로 불편한 시선을 받을까 염려됐다. 그래서 애써 부지런을 떨었다. 당시로써는 배부른 여자의 직장생활을 반기는 분위기가 아니어서 더욱 그랬다.

아침 출근길 버스를 타기 위해 바삐 가다가 발을 삐끗하면서 어이없이 풀썩 주저앉았다. 무거운 상체를 지탱할 힘이 부족했던 모양이다. 발목에 깁스를 하고 목발 집고도 옥탑방 좁은 철계단을 오르내리며 장봐서 식사 준비하는 착한 아내 노릇을 쉬지 않았고 하루하루 출근길이 천근만근 힘겨워졌다.

235mm 구두를 신던 발이 270mm 남자 운동화를 신어야 할 만큼 부어오르고도 무던히 참고 견디면 되는 줄 알았다. 너무 배가 불러 보기 흉하다느니 그런 배로 어찌 직장생활을 계속하는지 모르겠다느니 하는 주위 말에 오기를 부리며 명랑한 척했다. 조금만 참으면 두 생명을 얻는다는 설레임이 커질 무렵 힘겨움도 극에 달했다.

8개월 들어서는 그날은 더 이상 견딜 수 없어 병원을 찾았는데…… 무리한 탓에 아이의 호흡이 지장을 받고 있다고 했고 입원한 날 저녁 한 아이의 심장박동이 멎었다. 그리고 이어 다른 아이도 천천히 숨을 멈췄다.

임신 사실을 알았을 때 처음 마음가짐이 쇠절구가 되어 가슴을 찍었다. 나의 어리석음이 귀한 두 생명을 죽였다는 죄책감은 삶의 의미를 일순 앗아갔다.

모든 것을 놓아서일까. 이미 생명력을 잃은 둘은 나를 벗어나지 않았다. 자연분만을 유도하기 위해 과도하게 촉진제를 맞다 보니 부작용이 나타나고 수술도 불가능한 상태가 된 채로 사흘을 보냈다. 몸도 마음도 만신창이가 됐다. 더 이상 방법이 없단 상황에서 인턴이 배 위로 올라가 무릎으로 밀어내기를 몇 시간, 곁에서 손을 잡고 위로하던 노 수녀님이 꺽꺽 소리를 내며 울었다. 입에 물렸던 손수건이 너덜너덜해지도록 이를 악물어도 해결이 나지 않고 결국 의료진은 포기하고 주저앉았다.

사흘 동안 여러 방법을 동원한 끝에 들어간 수술실에서 침묵이 이어지자 기다리던 가족들의 울음소리가 들려왔다. 그들의 수고를 끝내줘야겠다 싶어 안간힘을 쓰길 다시 몇 시간, 기력을 다 소진하고 욕심도 미련함도 다 쏟아내서 심장을 움직이는 붉은 피마저 동이 날 때야 나로부터 떠났다.

살아갈 면목이 없었다. 죄를 짓는다는 것이 이런 것이구나 싶고. 넋을 놓고 세월 위를 떠내려갔다. 아이를 가질 수 없다는 진단을 받고 일 년 후 기적처럼 새생명이 찾아왔다. 정신이 번쩍 났다. 소중한 딸을 낳기까지 또 다른 고비를 넘겨야 했다. 아이를 지키기 위해 침묵을 택한 것이 부부로서의 연을 다하게 하는 불행의 싹을 틔우게 된 것인가 보다.

쌓여가는 문제들을 밀어두고 두 아이에게만 매달렸다. 아이만 잘 키우면 된다는 최면을 걸면서 치열하게 사는 사이 점점 거리는 멀어지고 있었던 것이다. 웃으며 방송하는 내 속에 소용돌이치는 고통을 주위에서는 아는 이가 없었다. 평온하고 원만한 모습을 연기하는 동안 안으로는 곪고 있었다. 그때그때 풀지 않은 일들은 임계상태에 이르러 화산처럼 뜨거운 불덩이를 토해냈다.

두 아이를 잃고 다시 두 아이를 얻기까지 반은 눈물로 보낸 시간이다. 그리고 더 이상 눈물로 아이들을 키우지 않겠다는 결심은 늦은 결정이었는지도 모른다. 그러나 더 잃기 전에, 아니 다 잃고 난 후 앞으로의 삶을 지켜야겠다는 결심이었다. 내가 한 일 중에 제일 잘한 것은 아이를 낳은 것이고 다음으로 잘한 일은 잘못된 생활을 그즈음에서 그만두기로 한 것이다.

이혼 이후 엄마가 웃음을 찾아 아이들도 행복하다고 하니 웃어야 할지 울어야 할지. 두 아이들과 행복한 시간에 세상을 보지 못한 잃어버린 두 생명을 생각한다. 미안함. 처음 맞을 때의 그 마음, 기쁘고 감사해도 모자랄 순간에 부담을 먼저 느낀 것에 대한 벌을 받은 건 아닌지. 그런 내게 다시 허락하신 두 아이를 네 명의 아이에게 기울이는 정성과 노력으로 키워갈 것이다.

살면서 사람이든 일이든 그것을 처음 대할 때의 마음을 애써 좋게 가지려 노력한다. 첫 마음가짐이 중요하다는 걸 너무 많은 대가를 치르고서야 알게 됐음으로.

아이가 아플 때면

어린 딸아이의 병간호 하는 머리맡에서 엄마의 얘기를 떠올린다. "네가 이담에 엄마 되면 내 맘 알거다." 딱 내가 그 입장이 되고서야 그 맘을 헤아리는구나 싶어 죄스럽지만 여전히 내 자식 챙기기에만 급급하다. 그래도 단 한 번 서운한 기색 없이 당연한 것이라고, 원래 사랑은 내리사랑이라고 오히려 위로하시는 어머니다.

그 어머니의 자식 사랑을 받고 이만큼 살아와서일까? 내 자식사랑을 두고도 주위에서 좀 유난스럽다고 한다. 자식 귀히 여기는 맘이야 어디나 뿐이랴. 간단한 감기런 하면서도 열이 올라 끙끙 앓는 어린아이를 밤새 들었다 놨다, 그래도 안 되겠으면 업고 동네로 나간다. 시원한 바람에 열이 내리면 다시 들어오고 내려놓으면 울어 또다시 들쳐 업고 동네 한 바퀴 돌고 들어오면 어느새 훤히 날이 밝아온다. 그리곤 아픈 녀석 남의 손에 맡기고 회사로 나서는 길엔 가슴을 가마니 바늘로 쿡쿡 찌르는 느낌이다.

밤을 새고 눈이 벌겋게 충혈돼도 하루를 견딜 수 있는 건 자식에 대한 마음 때문이리라. 한 삼사 일 두 녀석 번갈아 감기 뒷수발 하고 나면 녹초가 된다. 그렇다고 누구에게 표내고 위로받을 수도 없는 일. 직장생활 하면서 아이들이 아플 때가 가장 힘들다. 홀로 마음 졸인다. 윤섭이가 수술했을 때 병원에서 밤을 새고 출근하면 온몸이 방망이로 두드려 맞은 듯했다.

혹여 집안일과 직장 일 구분 못하는 아마추어로 보일까 싶어 아무렇지 않은 척하면서 일 마치기 무섭게 다시 병원으로 달려가면 입에서 타이어 타는 냄새가 난다. 힘겨움보다 아이에 대한 미안함과 안쓰러움이 크다. 마음 조리고 초조했던 시간들이 잠든 아이 머리맡에서 한꺼번에 몰려오면 손톱 끝마저 파삭하게 마른 듯했다.

친정어머니와 언니들 도움을 받을 수 있었던 건 내게보다도 아이들에게 축복이었다. 두세 시간 자면서 남의 손 덜 빌고 엄마 노릇 잘하자고 했던 것이 오래지 않아 탈이 났다. 그사이 남편을 놓쳐버린 것. 고단함을 감수하면 큰 상이라도 받을 줄 알고 오만을 부렸는데 정작 그의 설 자리를 내어 두지 않았다. 멀어져 가기 전에 먼저 밀어냈던 건 아니었을까.

새싹 같은 손가락을 힘껏 펴 브이자를 만들면서 떨어지기 싫어하는 아이들을 뒤로하고 짠한 마음으로 출근했는데 혹 아이들에게 무슨 일 있다는 전화라도 받고 나면 직접 확인하기까지 그야말로 속이 시꺼멓게 탄다. 세 살이던 혜지가 응급실로 실려갔다는 연락을 받고 병원으로 가는 길은 긴 터널을 지나는 것처럼 길고 답답했다. 마치 정신 놓은 사람처럼 엉엉 엉 소리내 울며 뛰어가는데 다리에 힘이 풀려 휘청휘청하고.

응급실 커다란 침대 위에 벌거벗긴 채로 뉘여 있던 아이가 나를 보자 자석처럼 달라붙어 자지러지게 운다. 수술을 해야 할지도 모른다는 말과 아이의 고통이 가슴으로 고스란히 스며들어 어찌할 바를 몰랐다. 곧 수술을 할 판인데 가슴팍을 파고들며 울던 아이가 설사를 하더니 곤한 잠에 빠지는 것이다. 그날의 일은 해피엔딩으로 끝나 두고두고 어른을 놀래킨 앙큼한 녀석이란 우스갯소리로 묻혔지만 억만금을 준대도 다시 겪고 싶지 않은 순간이다.

잠 못자고 쉬지 않고 열심히 키우면 적어도 한 사람, 함께 그 아이들을 낳은 사람으로부터는 인사를 받을 줄 알았는데 욕심이었다. 사치스런 욕심이었다고 억지로 생각하려니 쓸쓸하다. 지혜롭지 못한 구식 엄마다. 현명한 엄마들처럼 아이들에게나 남편에게 에너지를 적절히 나눠주면서 균형감을 유지해야 하는데 아이들에게 잘하면 알아줄 거라 믿는 미련한 여자였다. 심지어 잘 하고 있는 줄 착각했었다.

하지만 후회나 자책도 적당히 해야겠다. 잃을 것은 어찌해도 잃게 되더라고. 그리고 다행인 것은 내가 하는 만큼 얻을 수도 있다는 사실이다. 아이들을 얻었으니까 다 나쁜 것은 아니었다. 그래서 여전히 그 질서를 믿으며 미련하지만 다시 내 도리를 다할 것이다. 이제는 지혜롭고 현명해질 일이다.

아이들을 뒤로하고 짠한 마음으로 출근했는데 혹 아이들에게 무슨 일 있다는
전화라도 받고 나면 직접 확인하기까지 그야말로 속이 시꺼멓게 탄다.

아이의 기특함이 안타까워

아빠가 야근이거나 늦게까지 들어오지 않을 때 초등학교도 들어가지 않은 작은아이가 목검을 현관 앞에 세워 놓으며 "오늘은 제가 엄마를 지킬께요." 한다. 얼핏 보면 참으로 기특하다는 생각을 하게 하지만 울면의 분석대로 '역할역전' 인 듯하여 안타까웠다.

부모의 부적절한 행동을 경험하면서 아이도 엄마를 홀로 두는 것에 대한 죄책감을 느낄 수 있다는 것인데 녀석이 그런 건 아닐까 싶어 무거웠다. 작은아이의 기특함이 마음의 병이 아니길 마냥 바랄 수만은 없었다.

이후 일이 정리되고 시간을 지나면서 그때 그것이 기우가 아니었음을 알게 됐다. 아이는 다시 아이로 돌아왔다. 목검은 장난감 용도로 바뀌었다. 보통의 아이로 일상적인 사고 패턴을 갖는다는 건 감사한 일이다. 아이가 아이다워야 함을 어른들은 간혹 잊는다.

문제를 안고 있는 가정일수록 아이의 역할역전을 합리화하거나 위안으로 삼는다. 심각한 역할역전 상황에서 "우리 아이는 어쩜 저리 어른스러운지 몰라요. 어른보다 낫다니까요." 하는 소릴 들을 때는 아이가 안쓰러워진다. 편안한 가정에서 어른이 어른다우면 자연 아이는 아이다울 수 있는데 말이다.

강한 엄마, 건강한 엄마

엄마가 지나치게 드세면 아이가 스스로 할 수 있는 일이 적고 엄마가 약하면 아이의 미래가 불완전하다. 에너지가 충만할 때는 우선 매사 자신 있으니 아이들에게도 건강한 관심을 쏟게 된다. 웬만한 소란이나 어지럽히는 것에도 관대할 수 있고 함께 이런저런 경험을 하러 다니니 아이들도 활동적이다.

그런데 어느 날 잔소리가 늘었다는 생각이 들어 돌이켜 보니 아이들이 유독 거슬리는 행동을 하는 것이 아니라 스스로 에너지가 떨어져 있었다. 정신적이든 건강상의 문제이든 힘에 부친다 싶으니 움직임이 적고 뭔가 하려면 엄두가 나지 않으니 입으로만 해결하려 드는 것이다. 심지어 아이들의 웃음소리조차 시끄럽게 들리기도 한다. TV 시청 시간이 늘었다고 잔소리를 하니 아이들이 억울해한다. 정작 이전보다 시청시간이 줄어 있었으므로. 오히려 내가 TV 앞에 매여 있다는 걸 뒤에 알았다.

상대에게서 느껴지는 문제는 어쩌면 자신이 더 심각하게 안고 있는 것인지도 모른다. 혀 짧은 훈장이 제자에게 "바담풍 하지 말고 바담풍" 하랬다는 말처럼 내 얼굴에 재를 묻히고도 상대 얼굴에 티를 웃지 않으려면 수시로 자신을 들여다봐야 한다.

아이들에게 "도대체 너희들은 누굴 닮아 그 모양이냐고." 하는 것처럼 한심한 비난이 또 있을까. 아이들이 마뜩치 않을 때 돌아본다. '내가 도대체 뭘 잘못하고 있는 건가.' 책에 몰입해 있다가 고개 돌려 보니 어느새 아이들이 곁에서 책을 읽고 있다. 책 좀 읽으라고 말할 때는 슬금슬금 귀찮아 피하더니…….

엄마가 건강해야 아이들에게 건강한 에너지를 쏟을 수 있다. 그리고 엄마가 강해야 아이들이 시들지 않고 그 싹을 파랗게 키워 갈 수 있다. 때문에 엄마라면 스스로 강하고 건강한 에너지를 유지해야 한다. 아이는 온몸으로 성장하는데 어리석은 부모일수록 말로 키우려 한다. 잔소리할 때보다 먼저 실천해 보일 때 아이들의 웃음소리가 커진다.

엄마가 건강해야 아이들에게 건강한 에너지를 쏟을 수 있다. 그리고 엄마가
강해야 아이들이 시들지 않고 그 싹을 파랗게 키워 갈 수 있다.

용돈

봉급날을 기다리듯이 아이들도 용돈 받는 날을 기다린다. 나름대로 그 날을 기준으로 계획을 세워 놓았는데 기다림도 무심하게 날을 넘겨버리면 아이의 낯빛이 변한다. 많든 적든 일정한 계획대로 경제 개념을 익히길 바라는 마음에 틀을 정해 놓고 나니 이게 되려 나를 묶는 끈이 될 줄이야.

봉급날 이래저래 빠져나가고 나면 카드 서비스를 받아서라도 용돈 만들어 주는 걸 아이들이 알까? 내 어릴 때도 그러했으리라. 줄 수 없는 돈을 만들어 등굣길에 쥐어주는 엄마 마음도 몰라라 쌩하니 들고 내달렸던 것을.

때론 야속키도 하다. 그러나 어쩌랴 작은아이 말대로 부모는 주기만 하는 존재요 자식은 받기만 하는 존재인 것을. 혹 좀 무리가 되나 싶으면 작은아이가 반달눈을 하고 말한다. "엄마 살림살이가 힘드시죠. 우리가 워낙 많이 먹어서." 먹는 게 뭐 그리 대수랴 싶지만 한 달 먹고 입고 사는 돈이 만만치가 않다.

전에 어머니가 쌀독에 쌀 주는 게 무섭기도 재밌기도 하다셨는데 내가 꼭 그렇다. 쌀이 주는 걸 보며 아이들 자라는 게 신통하다가도 통장 잔고가 없고 보면 내심 불안하기도 하다. 하기사 한 달 용돈이라야 몇 푼 되지도 않지만 용돈 명분으로 주는 게 그렇고 실상은 아이들이 생각지도 못하는 돈이 드는 건데 녀석은 좀 올려줬음 하는 마음을 슬그머니 감추며 감사하다고 볼에 입을 맞춘다.

곱다. 게임 아이템도 사고 군것질도 하고 백 원짜리 오락도 하고 그리고 가끔 부모 없이 할머니와 사는 친구를 위해 떡볶이도 사준다니. 아이의 한 달 씀씀이가 밉지 않아 좀 더 올려주고 싶은데 다음달에는 다음달에는 하면서 속임수를 쓴다. 어르신들 말씀대로 평생 '이만하면 됐다' 싶을 만큼 충족하기는 아예 틀린 것 같고 씀씀이가 지혜로워지는 수밖에.

곱다. 게임 아이템도 사고 군것질도 하고 백 원짜리 오락도 하고 그리고 가끔
부모 없이 할머니와 사는 친구를 위해 떡볶이도 사준다니.

성장통

너무 교만했나? 아이들이 예쁘다고, 아이 키우는 재미로 산다고, 할 수만 있다면 더 나을 걸 그랬다고, 결혼은 안 해도 아이는 꼭 나아서 키워 보라고 오만을 떨었던 때문인가? 큰아이가 사춘기를 겪으면서 말이 쏙 들어간다. 힘들다 힘들다 해도 자식 문제만큼 힘든 일은 없는 듯하다.

늦은 시간 연락도 안 되고 들어오지 않은 아이를 찾아 헤맬 때는 지나가는 개, 굴러다니는 돌멩이에게라도 물어보고 싶을 만큼 애가 탄다. 아이에 대한 불신 때문이 아니라 험한 세상 탓에 집에서 기다릴 수가 없다. 다른 일로는 잘도 참는데 아이일은 방정이라 해도 어쩔 수 없을만큼 속을 끓인다.

녀석이 그런다. "엄마 내 맘 나도 모르겠어. 속에서 뭔가 뜨거운 게 불쑥불쑥 튀어나오고 그래."

"그래 생각해 보니 나도 그랬다. 그땐 그렇게 뜨겁더라. 다 꺼내 놓을 수는 없고 살살 달래기도 하고 다스려도 보고 우리 함께 이때를 잘 지나자."

나도 사춘기를 함께 앓는다. 아이는 끓었다가 식었다가 올랐다가 내려갔다가를 반복하면서 아이에서 어른으로 거듭나기 위해 성장통을 앓는다. 나도 함께 이 시기를 지나고 나면 이전보다 더 어른스러워질 수 있을 것 같다.

세상에 공짜가 어딨어

　힘들게 하던 문제가 정리되고 몸도 마음도 한가로워졌다. 얼마간의 평온함. 여유로운 한편 게으른 시간을 보냈다. 말로는 직장 일에 대학원 공부, 아이들 돌보기 등 분주하다고 하지만 사실 쉬이 보내던 시간이었다. 그러다 큰아이의 사춘기가 정신 번쩍 들게 한다. 덩달아 홍역을 치른다. 마치 폭풍의 한가운데 들어 있는 기분이랄까. 다른 아이들의 문제에는 냉정하게 조언할 수 있었는데 막상 내 아이 일이고 보니 처음 얼마간은 혼란스러웠다.

　밤을 꼬박 새면서 지나온 시간들을 몇 번이고 돌려 보았다. 내가 어찌해야 아이가 덜 힘들게 이 시기를 보낼 수 있을지, 특히 지난 사춘기의 기억을 열심히 돌이켜 보았다. 까마득히 잊은 그 시절을 하나하나 끄집어냈다. 그리고 아이의 마음으로, 아이의 시각으로 바라봤다.

　그랬다. 많이 달랐다. 그 시절 내가 그랬듯이 아이는 지금의 나와는 다른 눈으로 세상을 보고 있다. 내가 보낸 가장 긴 밤이었다. 아이를 기다리는 시간이.

　한 두어 달 마음 끓이고 보니 급작스레 흰머리가 늘었다. 그리고 밤을 지새는 날이 많으면서 기억력이 감퇴되는 느낌. 내게서 삶의 수분이 날아간 만큼 아이는 그만큼 더 성장하고 있으리라. 일련의 과정을 겪으면서도 내 믿음만큼 크기 위해 나름대로 애쓰고 있다는 것과 선한 기원은 반드시 전해진다는 믿음이 있어 다행이다.

나와 주변에 아이를 아끼는 사람들의 기도와 바람이 어떤 식으로든 아이에게 전해지고 있었다. 또래 집단에 휩쓸려 놀이에 빠져 있으면서도 한편에서 그래도 집으로 돌아가야 한다는 생각을 놓지 않는 건 바로 그 절실한 믿음과 기도가 전해지기 때문이다.

아이는 이래저래 나를 끊임없이 성장시켜 주고 있다. 잠시 한가로운 틈에 맘 놓고 늙으려 하니 놀래키며 긴장하게 하니 말이다. 열심히 정말 열심히 마음을 열고 녀석의 얘기를 들어준다. 나의 힘든 과정이 아이에게도 상처가 될 수 있었기에 더 많이 안아줬어야 했다. 어린 녀석이 의젓한 모습을 보이려니 얼마나 힘들었을까 싶다. "그래, 너도 많이 힘들었지? 엄마가 힘들 때 너도 함께 아팠었구나?" 하니 나를 자기 가슴팍으로 끌어당긴다.

녀석이 엇나갈 때는 속된 표현으로 '그분이 오셨다' 고 표현할 만큼 다른 아이 같다. 눈빛이며 말투, 행동이 전혀 이전의 내 딸이 아니다. 마치 귀신들린 사람처럼 낯설게 굴었다.

"싫어, 안 해, 됐어, 그만." 하고는 탁 닫아버린다. 주위에서 수도없이 들어왔던 그 말들이 바로 내 일로 닥치고 보니 당혹스럽다. 처음 사태 파악을 못하고는 "너 왜 그래?"를 했더니 쌩하고 더 달아나기에 아차 싶었다. 수련하는 마음으로 도 닦는 자세로 감정을 누르고 아이에 대한 믿음과 격려와 칭찬을 한다.

그래도 고맙다. 멀리 달아나지 않고, 아예 문 닫아버리지 않고, 닿을 곳에서 틈 사이로 소통하고 그러면서 마음을 나누고 있어서. "혜지야, 너무 멀리 가지 마." 했더니 "엄마 잠시 나갔다 돌아올 거야." 한다. 내가 내 부모에게도 드렸을 아픔에 대한 뼈아픈 속죄를 했다.

아침에 별일 없다는 듯이 엄마에게 전화를 걸었다. "편안하시지요? 그냥 생각나서." "힘드니?" 하는 말에 와락 눈물이 쏟아진다. 참으로 죄송하고 뭐라 할 말이 없다. 내 어머니도 이렇게 아프게 날 키우셨겠지. 한순간도 그 관심과 애정을 놓지 않으시는 그분께 마음의 사치를 부리고 싶을 때나 전화 한 통 하는 불효를 딸을 통해 호되게 혼나고 있다.

녀석이 저녁을 함께 먹으며 그런다. "엄마 난 딸 안 낳을 거야." "왜?" "나처럼 속썩이는 딸 낳으면 어떻게 힘들어서."

'그런데 아니야. 힘들지 힘들지만 그러나 그 대가로 주는 기쁨이 얼만데, 그러니 걱정 말고 예쁜 딸 낳아서 키워. 너처럼 예쁜 딸. 네가 얼마나 예쁘고 귀한 존재인데. 힘든 거? 그거 감수해야지. 세상에 공짜가 어딨어? 그런데 혜지야. 너무 멀리는 가지 마. 멀리 가면 돌아올 때 힘들잖아. 엄마는 언제나 이곳에서 널 기다리고 있단다.'

'그런데 혜지야. 너무 멀리는 가지 마. 멀리 가면 돌아올 때 힘들잖아. 엄마는
언제나 이곳에서 널 기다리고 있단다.'

그리고 나서

혜지는 수개월의 사춘기를 성난 파도처럼 휘몰아치고는 이내 잔잔해졌다. 한껏 성장한 듯하다. 혜지로 하여 나 또한 단단해졌다. 혜지 덕에 다른 사람들을 대하는 것에 더 지혜로워질 수 있었다.

평소 강연 때 자주 하던 말을 실천하고 있다. "도대체 왜 그러냐."고 질타를 하는 게 아니라 "정말 왜 그러는지." 궁금해하는 거. 혜지를 통해 확인했으므로. 아이가 나름대로 행동하는 것에 대해 왜 그 모양이냐는 식으로 말하면 서로에 대한 신뢰가 깨진다. 왜 그러는지 진심으로 궁금해하면 아이도 함께 고민한다. 자기가 하는 행동에 대해 다 알 수는 없으므로, 왜 그랬나 고민하고 잘잘못을 가리려 나름대로 애쓰게 되는 것이다.

이해를 해 준다는 거 쉽지 않은 일이다. 진실로 사랑하는 사람에 대해서도 그의 입장에 서서 이해하려면 대단한 인내와 에너지가 있어야 한다. 아이가 잘되길 바라는 마음에서 하는 말이나 행동이 정작 아이를 엇나가게 할 수도 있다는 걸 쉬이 잊는다. 그래서 애써 노력한다. 질타나 꾸지람보다 궁금해해 주고 들어주고 이해해 주고 그리고 칭찬해 주려고.

함께 일하는 사람들에게도 그렇게 하려 애쓰는데 노력하는 만큼 그 사람이 가까워진다. 진실은 통한다. 감사한 일이다. 그리고 행복하다. 엄마로 사는 거.

연수

　자격 연수 때문에 집을 비울 일이 있어 회의를 했다. 이런저런 방법 가운데 아이들의 의견을 수렴하기로 했다. 마음이 놓이지는 않지만 저희들끼리 나흘을 보내겠노라고. 비상대책을 세워 놓고 일단 믿어 보기로 했다. 나나 아이들이나 연수생의 입장이 된 것이다.

　함께 장을 보고 챙길 것들에 대해 얘기하며 거사를 계획하듯 비장함마저 보였다. 연수 중에도 늘 마음이 쓰였는데 돌아와 보니 괜한 염려를 했었다는 생각이 든다. 나도 모르는 사이 아이들은 스스로 설 수 있는 준비를 하고 있었던 게다.

　큰아이가 한마디 한다. "엄마 내가 잘하고 있었다고 해서 자주 집 비우면 안 돼." 며칠만의 해후에 우린 이산가족 상봉처럼 감격스런 만남을 가졌고 서로의 소중함에 대해 한참을 얘기했다. 작은아이의 진지한 한마디. "엄마 전 이제 확실히 알았어요. 엄마 없이 못산다는 걸." 아이의 말에 뿌듯한 존재감을 느낄 수 있어 좋다. 짧은 이별로 함께한다는 것의 소중함을 흠뻑 느낄 수 있는 멋진 인생연수였다.

　살면서 만나는 이들에게 그럴 수 있어야겠다는 생각을 해 본다. '당신이 있어 좋아요.' '당신이 꼭 필요해요.' '당신과 함께라서 행복해요.'

나로 살기

나이가 들면서 이름이 무거워진다.
어른들의 기원을 진중하게 실현해야겠다는 책임감 때문일 게다.
원래 이름대로 복 많이 받고 그래서 빛나는 삶이라면 더없이 좋겠지만
그것이 어렵다면 엎드려 빛나는 것도 나쁘지는 않을 듯싶다.
그래서 욕심이 차서 마음이 번거로울 때면 가만히 들여다본다.
내 이름 '伏熙'

이름대로 산다?

비가 억수로 퍼붓던 그해 여름, 장대비 속을 한 걸음에 내달아 도착한 면사무소에서 꼴머슴은 난감했다. 한지에 곱게 적힌 이름이 줄줄 흘러내리니 이십여 리를 되돌아갈 수도 없고 들은대로 이름을 전하니 면서기가 저 아는 한자를 써 넣었다. 휴대전화는커녕 집전화도 귀하던 시절이고 보면 난감했을 것이다. 할아버지가 숙고하여 지어주신 이름이 뒤바뀐 사연치고는 어이없다.

초등학교 입학 후 호적등본을 떼었다가 한자 표기가 福자가 아닌 伏자로 돼 있는 것을 보고 아버지는 정정요청을 해야겠노라고 했지만 할아버지가 만류하셨다. "엎드릴 복이 뭡니까? 엎드릴 복이."

그랬다. 원래대로라면 복 많이 받고 빛나는 삶을 살라는 기원이 담긴 글자여야 하지만, '엎드릴 복' 에 '빛날 희' 는 딱히 풀이도 되지 않는다. 할아버지는 어린 나를 앉혀 놓고 이름이 뒤바뀐 의미를 들어 당부의 말을 해 주신다. 당시로는 다 헤아리지 못하고 그저 마음속에 새겨 뒀는데 성장하면서 성찰의 기준으로 삼게 됐다.

흔히 하는 말로 난시며 타고난 기가 세서 팔자가 사나울 것이라 했다. 게다가 걸음마를 시작하면서 나무를 타거나 높은 곳에 즐겨 올라 다니다 보니 다치기를 일삼았다. 잠시도 엉덩이를 붙이지 않으니 게으르거나 느린 성품은 아닌 듯하다. 걸어야 할 때 뛰고 뛰다 보니 몸 성할 날 없어 어른들 걱정이 이만저만이 아니다.

사고로 1년여를 생사를 넘나들며 병원생활을 하고 나니 할아버지는 많은 생각을 하신 것이다. "앞으로 세상 살아가면서 항상 남에게 엎드린다는 마음으로 살거라 그러면 빛날 것이다." 겸손할 것이며 사람을 섬기는 자세로 살라셨다.

학창 시절 나는 교만한 아이였다. 내세울 것도 없으면서 잘난 줄 알았다. 내 주장이 옳고 바른 생각을 하고 있다는 자신감에 웬만해서는 의지를 굽히지 않고 한껏 난체를 했다. 선생님과도 얼굴을 꼿꼿이 들고 옳고 그름을 따지려 하니 친구들 사이에서는 여전사니 잔다르크를 빗대어 남다르크니 하는 별명으로 불리기도 했다. 그런데 하나 둘 좌절과 시련에 직면하면서 드센 기가 꺾이고 실패를 통해 나를 돌아보기 시작했다. 사람들 속에 더불어 살아가는 한 사람일 뿐임을 알게 된 것은 이십대를 다 보내면서였던 것 같다.

뜻대로 되지 않은 일들, 옳아도 옳은 게 다 좋은 건 아닌 현실, 잘 하는 일인 것 같은데 길이 그곳에 나 있지 않다는 사실이 끊임없이 갈등하고 좌절하게 했다. 그런 과정에서 무엇이 잘못되었는지를 진중하게 돌아보기 시작했다. 사람들과 갈등할 때 할아버지께서 하시던 말씀이 생각나는 것이다. "어떻게 너만 옳으냐." 초등학교 때 학급 일을 하면서 반대하는 친구 때문에 속상해하니 허허 웃으시며 하신 말씀이다. 그래 어떻게 나만 옳겠는가? 나와 대립하는 대상도 스스로 옳다고 믿으니 굽히지 않는 것이고 그러다 보면 끝이 보이지 않는다.

어떻게 매번 내 주장만 옳고 좋기만 하겠는가 싶어 말하기에 앞서 한 번 더 생각해 보고, 먼저 숙이고, 한 번 더 상대를 인정해 주면서부터는 갈등이 적어진다. 나만 잘났다고 목소리를 높일 때는 잘났다고 하지 않던 이도 그를 인정해 주니 나를 높이 사주는 것이다. 당연하고 자연스런 이치를 깨닫는데 어찌 그리도 많은 시간이 걸린 겐지. 엎드리면 빛날 것이라는 할아버지 말씀이 큰 가르침이 되고 있다.

타고나기를 좀 건방진 게다. 가진 것도 없는데 없으면서 굴지 않고 오르지도 않고서 내려다보려 들고 그래서 자꾸 넘어졌는지 모른다. 삶의 질서는 정직하다. 못된 것을 언제까지 내버려 두지 않는다. 그래서 모나고 비뚤어진 것을 자꾸 깎고 두드려 반듯하게 만들려 하는가 보다. 미리 내다보시고 할아버지는 내 이름이 뒤바뀐 것에 나름대로 의미를 부여하며 그렇게 살라 하신 모양이다. 그 뜻을 서른을 다 넘기면서 조금 깨우치게 됐으니 늦었지만 다행이다.

여전히 어리석음으로 고초를 겪지만 어제보다 나아지고 내일은 더 가벼워질 것이라 믿는다. 왜냐하면 이제는 이름에 담긴 뜻을 알기 때문이다. 일찍부터 조심한다고 하면서도 그러했으니 만일 경계의 말씀 없이 잘난 줄 알고 살았다면 얼마나 더 깎이고 힘겨웠을까. 겸손이나 고개를 숙이는 것도 그럴만한 능력을 갖춘 사람이 할 수 있는 태도이고 보면 여전히 부족하다. 다만 그런 마음가짐으로 다른 사람을 귀하게 여기고 존중하려 노력하는 것이다. 빛나기 위해 엎드리는 것이 아니라 다른 사람을 우러를 줄 알아야 진정 삶이 궁색하지 않을 것이라 믿는 것이다.

방송 일 하다 보면 간혹 제 잘난 맛에 겨울 때가 있다. 정작 잘난 사람들의 삶을 비춰주고 또 그런 사람들에게 스스로의 부족함을 드러내고 있다는 건 잊을 때가 많다. 어리석음과 부족함을 함부로 드러내어 주위와 내 스스로를 번거롭게 하지 않아야겠다고 이름 석 자를 들여다보며 되새긴다.

무르익어 절로 단맛이 넘치는 과실은 그 빛이 현란하지 않다. 꽃도 만개상태 그 절정의 순간에는 화려함보다 소박한 아름다움을 보인다. 공자도 덕이 넘쳐 사방에서 가르침을 받고자 하고 정치에 쓰임을 받기 전에는 스스로 지식의 높음에 교양하여 세상을 쉬이 봤을 때가 있었다. 작고 볼품없어도 그 향이 깊으면 천리에 이른다는 '천리향'을 보고서야 무릎을 치며 스스로 차고 넘쳐야 비로소 주변에서 알아준다는 것을 깨우쳤다는데 우리네 범인이 어찌 조그만 재주를 믿고 경박부허(輕薄浮虛)할 수 있겠는가. 이름이 바뀌어서 팔자도 바뀐 것이지, 아니면 꿈보다 해몽이라고 어차피 잘못된 일을 두고 좋게 풀이하신 할아버지의 가르침을 잊지 않은 덕인지 경거망동을 줄이려 애쓰고 있다.

지었다고 다 이름이 아니다. 대법원에서도 이름에 쓰이는 한자로 정한 인명용 한자가 있고, 성씨 별로 한자의 획수에 따라 쓰지 않는 자도 있다. 이름자로 쓰기를 꺼리는 불용문자를 굳이 쓴다면 가리는 것보다 더 큰 쓰임의 이유가 있어야 할 테지만 옛사람들의 가르침이 대부분 삶을 이롭게 하는 것을 보면 그 뜻을 따라 나쁠 건 없을 듯하다. 요즘이야 군이 한자어가 아니어도 순 우리말이나 외래어식 이름자도 많으니 그 기준이 좀 너그러워질 필요도 있겠지만. 음과 의미를 부여하고 가리고 고심하여 짓는 이름이니 그 사람 존중하는 마음이 지극하지 않는가.

대법원 제정 인명용 한자 중 인명으로 쓰기에는 독음이나 훈이 부적합한 자로는 惡, 凶, 死, 哭 등과 骨, 怪, 橘, 惱이 있고, 天, 地, 日, 月, 星, 春, 夏, 秋, 冬, 金, 銀, 石, 山, 江 등은 자연의 이름이라 특별하거나 불가피한 경우가 아니면 피한다. 李씨 성의 知, 祉는 좋으나 志나 智는 쓰지 않는데, 이는 흉한 수리를 만들어 가정 운이 흉해지기 때문에 가리는 것이다.

부족한 기운은 채우고 넘치는 기운은 빼주어야 조화가 이루어지는데 水가 넘칠 때 水氣를 가진 자를 피하며 火기가 넘칠 때 火氣를 가진 자를 피한다. 이는 사주나 성별에 맞지 않다고 한다. 또한 여성에게 특별히 피해야 할 경우가 있는데 글자의 의미나 어원, 기가 좋지 않은 경우로 妃, 非, 悲나 亞, 兒, 牙 등 각각 부정적인 기가 있는 것으로 풀이된다. 불구,

미숙, 신체 등을 나타내는 글자 역시 그 글자의 기가 좋지 않다 하여 이름 자로 짓지 않는다.

음양오행에 관한 총체적인 이해를 바탕으로 피하는 글자가 있고 그밖에도 이름 짓기에 대한 많은 주장과 방법론이 있어 이를 다 알고 따르기는 쉽지 않다. 그러나 그만큼 신중해야 할 일임에 틀림없다. 이름자에 나름대로의 氣가 있다고 여겨 좋은 기를 담은 이름을 짓고자 한다. 좋은 氣가 담긴 이름을 지으면 그 氣로 하여 바른 품성을 지니게 되고 평탄한 삶을 이어갈 수 있다고 믿었고 흉한 氣가 흐르는 이름을 갖게 되면 그 이름에 담긴 기운이 박한 인생으로 유도할 수도 있다고 생각하여 이름대로 산다는 이야기가 오래도록 이어 내려오고 있다. 식물이나 심지어 물에도 좋은 氣나 고운 말을 불어 넣어주면 그 입자 모양이 아름답게 변한다는 설이 있고 보면 사람의 이름 짓기의 의미야 새삼 강조할 필요가 있을까 싶다.

한자의 생긴 모양이나 획수 등은 놔두고라도 그것에 담긴 의미를 생각하며 그렇게 되기를 바라거나 그 방향으로 이끌려는 마음가짐이라면 이름대로 된다는 말은 크게 어긋나지 않는 듯하다. 그렇다고 잘 모르고 지은 이름에 담긴 좋지 않은 의미 때문에 비천하게 여길 필요는 없을 것이다. 비록 이미 쓰인 이름에 의미가 좋지 않다 하여도 이름을 짓는 이의 마음가짐이 정성스럽기는 마찬가질 것이므로.

애완견 한 마리를 선물받아 아이들과 정성 들여 이름을 지었다. 아이들이 내놓은 단어들 역시도 저희들 마음을 한껏 담고 있음을 알 수 있었다. 희망, 보람, 새싹, 미래, 고운, 행복 등 자기 안의 기원을 다 쏟아냈다. 의논 끝에 정한 이름이 '사랑' 이었다. 부를수록 정겹고 사랑스러웠다. 다른 집에서 일 년여를 자란 후에 온 터라 불리던 이름이 아니어선지 적응되는 데 시간이 필요했다.

그런데 사랑이라 부르면서 재미있는 변화가 일어났다. 처음에 녀석은 천방지축 안정감이 없었다. 그런데 수개월 지나면서 차분해지고 모습도 순한 것이 우리 아이들처럼 돼 간다는 느낌을 받게 된 것이다. 아이들도 "사랑아, 사랑아." 부르니 녀석이 더 사랑스러워지는 것 같다고 했다. 집에 새로 물건이 들어오면 아이들은 이름을 붙인다. 하나같이 고운 뜻을 지닌 이름이다. 이름 부르면서 더 정겨워짐을 느끼게 되는 건 유난히 감성적이어서만은 아닐 것이다.

나이가 들면서 이름이 무거워진다. 어른들의 기원을 진중하게 실현해야겠다는 책임감 때문일 게다. 원래 이름대로 복 많이 받고 그래서 빛나는 삶이라면 더없이 좋겠지만 그것이 어렵다면 엎드려 빛나는 것도 나쁘지는 않을 듯싶다. 그래서 욕심이 차서 마음이 번거로울 때면 가만히 들여다본다. 내 이름 '伏熙'

"앞으로 세상 살아가면서 항상 남에게 엎드린다는 마음으로 살거라 그러면 빛날 것이다." 겸손할 것이며 사람을 섬기는 자세로 살라셨다.

대한민국에서 여자로 출세하려면

모 라디오 방송이 개국하면서 경력 아나운서 채용 제안을 받았다. 먼저 나서지 않고도 불러주는 것이 반가웠다. 주위의 몇 사람이 자리를 옮긴 터여서 이력서를 들고 찾아갔다. 그런데 만나기로 한 장소가 불편했다.

방송국이 아닌 곳에서 그는 맥주를 주문해 내 잔을 채운다. 본인은 건강 때문에 술을 할 수 없다며. 잔을 입에 대지 않으니 재차 권한다. 거절하자 안색이 싸하다. 무언의 실랑이가 시작됐다. 그때가 오후 네 시. 만남의 목적에만 충실하면 된다는 태도가 무리였을까 내게 융통성 없는 사람이라며 마뜩찮아 한다.

일이 틀어지고 있음을 느낄 즈음 그는 담배를 한 개비 피워 물더니 가없은 눈길로 바라보며 일갈한다. "대한민국에서 여자가 출세할 수 있는 방법 네 가지! 아나?" "?" "여자가 무지하게 예쁘던지. 여자가 돈이 아주 많던지. 여자가 빽(뒷 배경)이 좋던지." 그리고 삼분의 일쯤 탄 담배를 재떨이에 비벼 끄며 뜸을 들인다. "그도 저도 아니면 시키는 대로 잘 따르던지……."

인내심은 이미 바닥이 났지만 숨을 고르고 그를 똑바로 쳐다봤다. "능력이 있으면 되지요?" "능력?" 그는 한심한 친구라는 표정이다. 능력이 있다 치더라도 그 능력을 펼칠 자리를 무슨 수로 얻겠냐는 것이고 그 기회조차 앞서 말한 네 가지 조건 중에 하나 이상은 충족돼야 주워진다는 식의 설명이었지만 피가 팔딱거려 마저 듣지 못하고 발딱 일어나 이력서를 구겼다. "네! 말씀대로라면 저는 대한민국에서 여자로 출세하긴 글렀네요." 하고 뒤도 돌아보지 않고 돌아 나왔다.

등 뒤로 한심하게 바라보는 그의 시선이 느껴지고 일어설 때 쓰러진 병에서 쏟아진 맥주가 테이블을 타고 바닥으로 떨어지는 소리가 들렸으니 짧은 순간에 출세할 수 있는 기회가 그렇게 쏟아지고 있었는지도 모른다.

이후 출세하고 싶은 욕망이 일 때마다 그 말이 떠오른다. 대한민국에서 여자가 출세하려면…… 다시 비슷한 상황이 되도 같은 결정을 하겠지만 그러나 그의 말이 단지 그 한 사람의 오만에서 비롯된 것만은 아니라는 생각을 할 때면 씁쓸하다. 출세할 기회를 놓치고 혼자 마시는 맥주의 씁쓸한 맛처럼.

"여자가 무지하게 예쁘던지. 여자가 돈이 아주 많던지. 여자가 빽(뒷 배경)이 좋던지." 그리고 삼분의 일쯤 탄 담배를 재떨이에 비벼 끄며 뜸을 들인다. "그도 저도 아니면 시키는 대로 잘 따르던지……."

거져예요

혜지를 업고 동네를 한 바퀴 돌다가 옷가게 앞에서 걸음을 멈췄다. 진열돼 있는 짧은 모피가 눈에 들어왔다. 무스탕이 유행하던 그때 큰맘 먹고 백화점에서 하나 샀다가 남편 핀잔 때문에 환불을 한 터라 오기가 발동한 것인지. 기웃거리다 모피를 만지며 가격을 물으니 "아 그거 비싸요." 싸늘한 한마디를 던지고 쳐다보지도 않는다.

냉대에 놀라 거울을 보니 두꺼운 겨울 포대기로 아이를 들쳐 업고 화장기 없는 쑥쑥한 모습의 아줌마가 서 있다. 젊은 엄마들 아이는 생각 안 하고 제멋 내느라 짧은 포대기 두른 것이 한심하다시며 엄마가 이불집에서 옛날식의 빨간색 솜포대기를 만들어 주신 터라 더욱 폼이 안 났던 게다.

그리고 며칠 후 퇴근길에 다시 그 쇼윈도 앞에 서게 됐다. 며칠 전 말 한마디 못하고 쫓겨 나오다 싶이 했던 게 못내 화가 났다. 그런데 주인이 호들갑스럽게 뛰어나와 문까지 열어주며 환대를 한다. 손목을 잡아끌면서 안 사도 좋으니 구경만이라도 하란다. 그리고 이웃 저옷 권하다가 모피를 꺼내 입혀주며 딱 내 옷이라고 추켜세우기까지 한다.

웃음이 났다. 불과 사나흘 사이로 달라진 것이라곤 옷차림과 화장, 그리고 아이를 업지 않았다는 것뿐, 같은 사람인데. 가격을 물었더니 "이거요 얼마 안 해요. 사모님께는 거져나 마찬가지지요. 딱 사모님 옷인데 그냥 입고 가세요."

나를 위한 삶을 넘어

시트를 덮으며 단호한 어조로 의사가 말한다. "집으로 데려 가시지요." 그러나 어머니는 믿을 수 없었다. 바로 전까지 마당을 뛰놀며 깔깔거리던 녀석이 그렇게 쉽게, 아무렇지 않게 눈을 감는다는 사실을 인정할 수 없었다. 그래서 믿지 않았다. 죽음을 믿은 건 의사뿐이었다. 병원을 서너 차례 옮기면서 죽은 아이를 들고 다니느냐는 핀잔조차 들어야 했다. 그리고 마지막 중앙의료원(어머니의 기억으로는 대한민국에서 제일 크고 용한 병원)에서 도박 같은 수술을 받고 깨어났단다. 다시 살아났다고 해야 맞을 것이다.

긴 병원 생활로 당시로써는 꽤 큰 재산을 소진했다. 주위에서는 큰 부자가 아니었으면 살릴 수 없었을 것이라 했고 또 황소 몇 마리에 황금 논 몇 마지기로 사 온 녀석이라고도 했다. "너 살리지 않고는 집으로 들어오지 못한다는 할아버지 말씀이 어찌나 엄하던지 의사 속 고쟁이 붙들고 매달렸다."며 엄마의 간절함이 나를 살렸노라 자랑처럼 말씀하신다.

시골 부자 일부자라고 하던 70년대 초였다. 옛날 부자 아닌 사람 어디 있고 왕년에 공부 못했단 사람 없다는데 아무튼 당시 시골서 부잣소리 듣던 남 아무개네 셋째딸이 어찌나 입이 잰지 옹아리할 때 어른 훈계할 정도라 삼십 리 밖에서 구경꾼이 몰려올 지경이었단다. 과장치고는 웃음 나는 표현이지만 말이 앞서기는 했던가 보다. 해서 제 또래 그것도 계집애들과는 성이 안 차 서너 살 윗 사내놈들과 어울리다 보니 노는 양이 거칠고 드셌다. 그러니 신주단지처럼 귀히 여기던 할아버지는 식솔들 경계하기를 책 읽듯 하셨다. 특히 사랑채 머슴에게 꽁무니를 한시도 놓치지 말라 하셨다.

그리고 마을에서 귀하던 두 대의 리어커를 잘 간수하도록 했다. 마당에 곡식을 펴 말리거나 농사일거리를 늘어놓을 일이 많았으므로 대추나무 밑에 거꾸로 세워 손잡이를 나무에 꼭꼭 매어 놓으라 귀가 닳도록 일렀거늘 일이 날려니 꼭 한 번 거른 그때를 놓치지 않았다. 동네 큰 사내녀석들과 뛰어 놀다가 거꾸로 세워진 리어커 밑바닥을 타고 올라갔다. 먼저 올라간 녀석이 리어커를 밀쳐버렸다. 내가 리어커 끝에 오르고 있을 때. 바닥으로 떨어지고 그 위를 리어커가 덮쳤다. 그것을 버티기에 다섯 살 나이는 너무 어렸다.

버스도 자주 다니지 않았던 그때 논에서 피를 뽑고 있던 영순이 아버지가 면소재지까지 안고 달렸다는데 그 길이 이십 리다. 그로부터 더 큰 병원 더 용한 병원 해서 서울에서도 제일 유명하다는 병원까지 가도록 피가 흘러 종래는 나뭇가지 같은 모습만 남았단다. 번쩍 들으니 후루룩 날아갈 것 같더라나. 가망 없음을 넘어 이미 죽었음을 선고받고도 살아났던 것이다. 어쩌면 그것이 내 쉽지 않은 삶의 예고였는지 모른다.

할아버지는 늘 곁에 두고 벼가 어찌 자라는지 공자님 말씀이 어떠한지 구절구절 일러주셨다. "사람은 한 번 태어난다. 그래서 제 몫의 삶을 산단다. 그런데 너는 네 몫을 한 번 이미 살았구나. 그러니 앞으로는 다른 것을 위해, 다른 사람을 위해 살거라." 그래야 하거니 하고 자랐다. 나를 위해서가 아니라 다른 누군가를 위해 살아줘야 하는 것으로 알았다.

성숙하기 전에 짐이 너무 무거웠던 게다. 크게 사는 것이 어떤 것인지마저 깨우치지도 못했는데 할아버지는 더 이상 길을 일러주시지 않았다.

그래서 할아버지 같은 사람을 찾았던 게다. 남성상이 할아버지에서 아버지로 크고 넓거나 혹은 그렇지 못한 사이를 넘나들며 비현실적으로 형성됐던 것이다.

한 번, 두 번 죽음과 삶의 경계를 넘나들며 깊은 가르침을 조금 깨우친다. 나를 위해 살아야 남을 위해 살 수 있음을. 나를 사랑할 수 있어야 진정한 사랑을 할 수 있음을. 나는 그분들의 뜨거운 사랑이었으므로 나도 누군가를 그렇게 사랑해야 할 것임을.

"사람은 한 번 태어난다. 그래서 제 몫의 삶을 산단다. 그런데 너는 네 몫을 한 번 이미 살았구나. 그러니 앞으로는 다른 것을 위해, 다른 사람을 위해 살거라."

자반고등어

"요놈은 이담에 고등어 장사에게 시집보내야겠다." 할아버지 말씀에 식솔들이 한가로이 웃는다. 큰 상을 두 개 펴야 할 만큼 대가족이던 시절이다. 가장 서열이 낮은 나는 할아버지 바로 옆 상석을 차지하고 부사령관 역할을 했다. 찬이 짜네 어쩌네, 호들갑을 떨어도 누구 하나 역정 낼 수 없는 자리였다.

할아버지는 고등어를 사러 이십 리 길을 날이 마저 밝기 전에 걸어서 다녀오신다. 금방 바다로 돌아갈 것 같은 등이 퍼런 고등어를 이글이글한 장작불 화로 위에 구우면 굵은 소금이 자작자작 타며 냄새만으로도 찬이 된다. 발이 굵은 석쇠에 통째로 올려 굽다가 한쪽에 노릇노릇 기름이 끓을 즈음 석쇠를 덮고 뒤집어 구워야 제맛이다.

사고 같지 않은 교통(리어커)사고로 입이 심하게 돌아갔던 나는 다시 입이 돌아가면 위험하다는 의사의 충고 덕에 귀한 대접을 받고 자랐다. 할아버지의 특명도 지엄했거니와 사실 오랜 병원생활에 워낙 마르고 부실하니 그럴밖에. 그래서 좋다는 것은 무엇이건 해 먹이려는 어른들 노력은 아랑곳없이 가진 까탈을 부렸다.

어머니는 삶은 밤에 감자, 잣을 으깨서 동그랗게 경단을 만들어 주시기도 하고 개구리를 폭 삶은 물에 국을 끓여주시기도 하지만 한 숟가락 넘기는 게 고작이다. 그런데 유독 그 자반고등어는 잘 먹으니 할아버지는 떨어질 새라 오일장 중간에도 면소재지까지 다녀오신다. 먹는 것만도 고마워 "고놈 참, 고놈 참." 하시며 마저 먹을 때까지 바라봐 주시곤 했다. 힘이 없다 싶으면 "에미야 자반 떨어졌냐 저녁엔 자반이나 구워라." 하신다.

저녁 어스름할 때 집 앞을 흐르는 도랑에 발을 씻을라치면 저만치 구수한 냄새와 함께 솔솔 연기가 피어오른다. 여지없이 고등어를 굽고 있는 것이다. 자반고등어가 물릴만할 때도 열심히 먹었다. 그땐 이미 꾀가 나서 맛있게 먹는 것을 할아버지가 좋아하시기에 애써 먹어 드렸다.

힘들고 외로울 때 할아버지의 말씀이 생각나곤 한다. "고놈 고등어 장사에게 시집보내야겠어." 뭐 있겠는가. 좋아하는 거 할 수 있고 마음 편하면 되는 것을. 결혼생활 대단할 거 있을까. 좋아하는 음식 함께 먹으며 지난 얘기 나누고, 사는 거야 어차피 만만치 않으니 서로 무엇이 힘겨운지 얘기하고 들어주고 위로하고 달래주며 할아버지 할머니가 그랬듯이 그렇게 두런두런 한세월 보내는 거 아닐까? 그런데 그처럼 쉬운 일이 어찌 이리도 어려운지. 아마도 고등어 장사에게 시집가지 않아서 그런가 보다.

할아버지가 우스갯소리로 하신 말씀이 아니다. 결혼은 참으로 거창한 이유나 명분이 있어야 할 것 같지만 정작 좋아하는 자반고등어 맘껏 먹을 수 있게 해 주는 사람과 사는 것이 최고일 수 있을 만큼 간단하고 단순한 것인지도 모른다. 결혼에 너무 많은 것을 기대하고 큰 무엇이 있어야 할 것으로 생각하는 것에서부터 스스로 불행을 자처하는 것은 아닐까.

지금도 자반고등어를 구우려면 울컥울컥 그때가 생각난다. 빨간 화롯불 위에서 자글자글 익던 고등어와 냄새보다 구수하던 이야기들. 그저 고등어 얘기만으로 저녁 식사시간이 시끌시끌하고 정겨웠던 그때, 그분들은 그렇게 치열하지도 억척스럽지도 않으면서 절로 넉넉했었다. 다시 할 수 있다면 할아버지 말씀대로 고등어 장사에게 시집가고 싶다.

사랑방

할아버지의 사랑방은 마실방이었다. 겨울밤이면 이른 저녁을 먹고 마을 어른 두어 분이 어김없이 찾아오신다. 오가는 말이 많지도 않은데 세상 살아가면서 들어야 할 꼭 필요한 말은 그때 다 들은 듯싶다.

화로에서는 밤이 툭툭 터지고 하얀 문창호지 밖으로는 눈이 사록사록 쌓여 마실꾼 털신을 탐낸다. 어느 만큼 시간이 흐르고 침묵이 지루해질 즈음이면 어머니가 얼음 둥둥 뜬 식혜를 내오신다. 달게 드시며 이내 구수한 이야기가 이어진다. 그분들은 주로 농사일 얘기며 호랑이 담배 피던 시절 얘기로 밤을 밝히신다. 매일 매일 같은 듯싶으면서도 다른 그 얘기들은 화로에서 노랗게 익는 밤, 고구마처럼 고소했다.

마실꾼이 한 분, 또 한 분 줄면서 종기 아버지가 유일한 손님으로 남았다. 마실꾼 수만큼 말수도 줄고 종기 아버지의 곰방대는 쉼없이 빨간 불을 뿜었다. "아무개 아범도 세상 버리고 아무개 할아버지는 자리 보존하고 누웠소." 하는 말이 쓸쓸함을 넘어 자연스럽게 들리면서 세상 버리는 것이 차라리 홀가분해지는 듯 초연해지심을 느꼈다.

종기 아버지는 할아버지가 말을 잊으실까 봐 오신다고 했다. 단 하루도 거르지 않는 그분의 방문이 고와 보였다. 수염이 허연 노인이 할아버지 앞에서는 어린 사람처럼 더러 철없는 소리도 한다. 할아버지는 "거 참 사람하고는." 하는 정도의 응수를 하면서도 유쾌하게 웃으셨고 얘기가 떨어질라치면 내가 재잘재잘 공백을 메웠다.

서로 다른 나이와 경험을 가진 세 사람은 그렇게 한동안 사랑방에 밤을 즐겼는데 할아버지는 그 사랑방에서 세상과 연을 다하셨다. 계룡대에 있던 때라 임종을 지킬 수가 없었다. 일을 누구에게 맡기기도 어렵거니와 휴가문제를 놓고 심통을 부리는 선배 말에 걸려 머뭇거리고 있을 때 할아버지는 마지막 고비를 넘기면서 몇 번이고 문을 쳐다보시더란다. "복희 보시려면 뭘 좀 드셔야 해요." 하니 며칠 딱 끊었던 곡기를 다시 몇 모금 넘기시더라고 했다.

할아버지 편찮으신 걸로 많은 일 젖혀두고 휴가를 내야겠냐는 선배가 미워 스튜디오 문을 닫고 엉엉 울다 잠이 들었다. 그런데 꿈인 듯 생시인 듯 할아버지가 곁에 앉았다 일어나 나가시며 어딘가 가야 하노라고 하신다. 비몽사몽 울고 있는데 문이 열리고 집에서 연락이 왔으니 가 보란다.

그렇게 뵙지 못하고 보내 드렸는데 남기신 말이 더 가슴 아프다. 어린 것이 번 돈으로 해 준 틀니로 맛나게 자셨노라며 가져갈 테니 염할 때 틀니를 빼지 말라셨단다. 군에서 받은 두 달 봉급 고스란히 틀니를 해 드렸는데 보석처럼 아끼고 닦으셨다. 그리곤 무거운 입을 여실 때면 "고맙다 맛있다." 하신다.

그 후 텅 빈 사랑방에 들를 때면 어머니는 아랫목이 눌도록 불을 지피셨다. 나와 할아버지와 마실꾼의 추억이 담긴 사랑방이 썰렁하지 않도록. 유난히 할아버지를 따르던 내 아픔을 어머니는 그렇게 뜨거운 군불로 위로해 주셨다.

가끔 꿈을 꾸면 그 사랑방에서 뒹굴뒹굴 버릇없이 굴던 것이며 가륵가륵 웃으며 재미있는 얘기를 재촉하던 거며 종기 아버지 담뱃대, 할아버지 고운 한복자락 사각거리는 소리가 들리는 듯하다. 고약한 일 겪고 허망한 날엔 그 푸근한 웃음과 바닥이 누른 사랑방 아랫목이 생각난다.

무엇을 선택할 것인가?

법의학자 문국진의 『명화로 본 사건』에서도 인간사에는 드러난 사실과 가려진 진실 사이에 차이가 있음을 얘기하고 있다. 필요에 의해 가려지거나 해석되는 과정에서 진실이라고 정의되는 것이 과연 얼마만큼 진실일까? 이 진실과 거짓에 대하여 옳고 그름의 잣대를 들이대면 사건은 본질로부터 더 멀어질 수도 있다. 개인이나 혹은 다수가 내리는 결론이 늘 옳거나 사실이지는 않다.

고대 희랍에 프리네라는 헤타이라(결혼한 부인이 다른 사람 앞에 설 수 없었으므로 손님 앞에 주부의 역할을 대신하는 고급 접대부)가 있었다. 뛰어난 미모 때문에 고관대작들의 관심의 대상이 될 수밖에 없었으나 돈과 권력으로도 그녀를 살 수 없자 이에 분노한 에우티아스라는 고관은 그녀를 '신성 모독죄'로 법정에 세운다. 관객 앞에 신비극을 공연하며 알몸을 드러낸 것이 죄목이었다.

'신성 모독죄'가 적용되면 사형에 처하게 된다. 배심원들은 그녀의 죄를 인정하는 분위기였고 변론을 맡은 프리네의 전 애인 히페레이데스는 극단의 방법을 생각해낸다. 배심원들 앞에 천으로 싸인 프리네를 세우고 갑자기 천을 벗긴다. 순간 프리네의 알몸이 드러나면서 부끄러워 얼굴을 가리는 모습을 보며 "이토록 아름다운 여인을 죽여야 하겠는가?"라고 반문하자 배심원들은 그녀의 아름다움은 신의 의지라며 신적 아름다움 앞에 법적 효력을 발휘할 수 없음으로 무죄 판결을 내린다며 입장을 바꿔버린다.

배심원들의 선택이 프리네의 목숨을 죽음에서 살렸다면 찰리 채플린 경우는 배심원들의 어이없는 선택으로 억울한 입장에 처한 경우다. 한때 그와 사랑을 나눴던 여배우 지망생이 이별 후 아이를 낳아 채플린의 자식임을 주장하자 법정은 친자 감별을 의뢰한다. 그 결과 둘 사이에 태어난 아이가 아니라는 감정 결과가 나왔음에도 배심원들의 판결로 채플린의 아이라는 결론이 내려진다. 때문에 채플린은 양육비와 변호사료를 지불해야 했다. 당시에 대한 분분한 해석 가운데 의학적으로는 친자가 아니지만 그 여인을 동정하여 내려진 판결이었다는 것이 대세다. 재판에서 진실이 가려진 채플린으로서는 그저 억울할 뿐이었다. 법정은 진실보다는 진실 그 이상의 어떤 것을 선택했던 것이다.

6.25 참전 소년병 참전수기 『우리들의 아름다운 날을 위하여』를 집필한 류형석 씨가 방송에서 들려주는 어느 베트남전 참전용사의 경험담은 순간 선택의 결과를 극명하게 보여준다.

전쟁 중에 군인의 선택은 자의에 의한 것이기보다 국가와 상관의 명령에 의한 것일 수 있다. 그러나 최종 실행은 역시 각개 장병의 몫이다. 그 참전용사도 총격전 끝에 베트콩을 포위하고 들어갔다. 숨어서 총격을 가하던 적군을 기습하여 총을 겨누고 보니 어린 소년이더란다. 순간 방아쇠를 당길 수가 없었다. 함께한 동료 전우는 처리하고 올 것을 믿고 먼저 자리를 비운 터라 상대와 본인만이 놓인 상황에서 갈등해야 했다.

단지 두 가지였다. 쏠 것인가 말 것인가? 방아쇠 위에서 검지가 몇 번을 떨다가 결국 말 것을 선택했다. 그 어린 적군의 눈을 보며 방아쇠를 당길 수가 없어 무기만 회수하고 보내줬다고 했다. 군인으로서는 어리석은 선택이었는지 모르지만 훗날 생각해 보면 그가 살아서 베트남 어딘가에서 가정을 이루고 살겠거니 하는 생각에 안도의 한숨을 쉬곤 한단다.

대적관이나 전쟁 읽기에서 여러 가지 엇갈린 평가를 받으면서도 수많은 관객을 불러 모았던 영화 〈웰컴 투 동막골〉에서 표현철 소위(신하균 분) 역시 다리를 폭파하라는 명령을 어기고 탈영해 자살을 시도하다가 또 다른 낙오병과 만나면서 동막골 사람들 속으로 흡수된다. 작품 속 선택이긴 하지만 무고한 인명을 살상할 수도 있는 상황에서 그의 선택은 명령불복종이었다. 명령을 따르는 것이 쉬운 선택이었을지 모른다. 단순히 전쟁논리로 볼 때는 실패한 군인이고 잘못된 판단일 수 있지만 짧은 순간에 그는 명령보다 사람을 선택한 것이다. 선택의 결과는 스스로 목숨을 끊고자 할 만큼 감당하기 힘든 것이었음에도.

프로스트는 〈가지 않는 길〉에서 훗날 어디선가 한숨 쉬며 숲속에 두 갈림길이 있었고 사람이 적게 간 길을 택하였다고 그리고 그것 때문에 모든 것이 달라졌다고 이야기할 것이라 했다. 노란 숲속에 두 갈래의 길을 다 갈 수 없음을 안타깝게 생각하며 한 길을 선택할 수밖에 없었다. 그것이 선택의 순간에 우리가 내리는 결론이다.

둘 다 선택할 수 없을 때 무엇을 선택할 것인가? 지난 경험과 선택해야 할 것에 대한 선행 지식이나 정보, 그리고 선택 결과로 자신에게 주워지는 이해관계 등에서 계산하고 갈등하여 내려지는 결론에도 미련이나 후회는 따른다. 그래서 최고의 선택이란 있을 수 없다고 한다. 최선의 선택을 할 뿐이지. 두 가지 물건 가운데 하나를 고르는 정도의 선택이 아니라 길을 선택하고 다른 사람의 운명까지 바꿀 수 있는 선택을 해야 하는 상황이라면 선택으로부터 십 년, 이십 년 후의 해석도 고려해야 할 것이다.

한때 역사의 소용돌이 속에서 진실이나 정의와는 무관한 눈앞의 이익이나 일신상의 편의를 선택한 사람들이 후일 정의의 심판 앞에 부끄러워지거나 그 이상의 혹독한 대가를 치르는 예를 보아왔다. 과거사 진상

규명이니 역사성 검토니 하는 거창한 구호가 아니더라도 스스로의 운명 앞에 고개를 바로 세우기 위해서는 어떤 선택의 순간에 정직해야 하고 용기 있는 결단을 내려야 한다. 선택의 순간이 왔다면 진지하게 물어볼 일이다.

무엇을 먼저 선택할 것인가? 먼 훗날에도 역시 같은 선택을 할 것인가? 내 자식이라면 나의 어떤 선택을 바랄 것인가? 옳고 그름은 때론 현란한 위장술로 선택에 혼선을 불러일으키기도 하고 또 더러는 달콤한 변명으로 유혹하기도 한다. 자기만의 논리를 세워 이기적 선택을 합리화하려는 순간 스스로 올가미를 만드는 것이다. 그러나 대부분 안다. 그 선택이 진실되지 못하거나 크게 어긋난 것일 때는 스스로 꺼려지기 때문에.

일전에 가족 홈페이지 글을 엮어 『시루 밖에서도 자라는 콩나물처럼 커 가라』는 책을 낸 공군 전투기 조종사 김정렬 대령의 아내에게 살아오면서 어떤 일이 가장 힘들더냐고 질문을 하니 무엇인가를 결정해야 하는 선택의 순간이 제일 어렵더라는 얘길 한다. 평범하고 또 어찌 보면 추상적인 듯도 싶은데 사실 그렇다. 모든 것은 '선택' 의 연속이고 그 선택이라는 것은 결정적일 수 있는 것이기에 어려우면서도 중요한 일이다.

보통 샐러리맨들이 겪는 갈등. 적당히 윗사람이 원하는 것을 주고 지위를 상승시킬 것인가 아니면 오르지 못하더라도 스스로 부끄럽지 않았노라 자족할 것인가? 어떤 선택이 옳았느냐는 가늠하기 쉽지 않을 수도 있다. 적당히 힘을 쓸 수 있을만한 위치에 올라야 잘못된 것을 개선할 여지가 생기므로 다소 부당한 방법이라도 일단 선택할 것인가 아니면 끝까지 스스로의 양심의 지시를 따르면서 약자로 남을 것인가? 그것은 숲속에 막연한 두 길 중 하나를 고르는 일만큼 혼란스러울 수 있다. 그때도 역시 최선의 선택을 할 뿐이다.

주역에서는 작은 선택에서는 의리를 지키고 큰 일에서는 의리를 생각지 말라고 한다. 큰일을 함에 있어서는 의리를 지키는 것보다 더 중요한 선택을 해야 한다는 의미다.

선택의 결과가 편안할 수 있으면 그것을 택하는 것이 순리일 것이다. 간신은 충신보다 더 충성스러워 보인다는 말처럼 때론 거짓이 진실보다 더 진실돼 보일 수도 있다. 거짓과 진실은 같은 옷을 입고 같은 말을 하기도 한다. 그 속에 들어 있는 진실을 볼 수 있는 것이 지혜이고 그 지혜를 실천하는 것이 용기이다.

옳고 그름에 대한 판단에 따라 행동을 선택하지만 판단과 선택이 늘 일치하는 것은 아니다. 바른 판단과 그 판단에 따른 최선의 선택은 어쩌면 살아가면서 하기 가장 힘든 일인지 모른다. 오늘도 어떤 선택을 두고 고심한다. 무엇이 진실이고 어떤 길이 최선일 것인지.

거짓과 진실은 같은 옷을 입고 같은 말을 하기도 한다. 그 속에 들어 있는 진실을 볼 수 있는 것이 지혜이고 그 지혜를 실천하는 것이 용기이다.

집안의 신발은 다 어디로 갔나

검은 고무신을 신은 미숙이는 자꾸 내 신발로 눈이 꽂혔다. 노란색 장식에 진한 녹색 가죽, 도널드 덕 상표가 붙은 랜드로바는 전교에서도 드문 신발이었다. 미숙이는 당시 예쁜 신을 신은 나와 친구라는 것만으로도 으쓱했다는 고백을 해 함께 웃었던 적이 있다. 그게 뭐 대수일까 싶었지만 당시 친구들의 부럼을 사기에 충분했음을 나중에서야 알았다. 빨간 멜빵 가방 역시 검은 나일론 천으로 책가방을 대신하던 친구들에겐 특별해 보였으리라.

아무튼 당시 신발은 귀한 물건 중에 하나였고 그래서 새 신은 더 곱게 신었던 때였다. 초등학생이던 나는 건강이 썩 좋지 않은지라 밖에서 노는 시간보다 집안에서 보내는 시간이 많았고 지루한 겨울방학에는 뭔가 끊임없이 궁리를 하지 않고서는 배기기 어려웠다.

할아버지의 작업장이었던 뒤꼍 장작더미 옆에다 둥지를 틀고 집안의 신발이란 신발은 모두 갖다 놓고 일을 시작했다. 물론 거기엔 할아버지 새 털신까지 포함돼 있었다. 신발에 바퀴를 달면 쌩쌩 달릴 거라는 생각에서다. 비포장도로에서는 어렵더라도 일단 얼음판에서는 폼나게 달릴 수 있을 것 같았다. 외발 썰매를 갖은 기교 부려가며 쌩쌩 달리는 아이들이 몹시도 부러웠던 터였기에.

일단 미닫이문을 만들 때 쓰고 남은 도르래를 신발 밑창에 달기로 한 것은 좋았는데 생고무 신발 밑창에 못이 박힐 리 없다. 구멍을 뚫어서 다는데 성공해도 도르래 윗편이 평평하지 않아 중심이 잡히지 않는다. 그래서 다시 나무 판자를 신발 모양으로 오려 밑창에 대고 홈을 파서 그곳에 도르래를 끼우고 다시 못을 박기도 하면서 열중하다 보니 아뿔싸 도대체 망가뜨린 신발이 몇 개인지. 근심이 시작된 시간은 이미 저녁이고 더럭 겁이 나서 벽장 속에 몸을 숨겼다가 깜빡 잠이 들었다.

가위로 오리고 구멍을 뚫고 너덜너덜해진 신발들을 찾아낸 가족들의 소동을 가라앉히는 것은 역시 할아버지의 나직한 음성이다. "허 그놈! 그놈! 뭔 궁리가 이리 많았나? 아 그래도 당장 신을 것은 남겨 놨구나." 시니 슬그머니 벽장을 열고 내려와 저녁상에 합류했을 때도 누구 하나 그 문제로 시비를 거는 사람이 없었다.

그리고 한두 해가 더 지난 어느 겨울방학에 동대문에서 포목상을 하는 이모할머니 댁에 놀러 왔다가 참으로 쓴 경험을 해야 했다. 고갯길을 롤러브레이드를 신고 달리는 삼촌과 그의 친구들을 보며 입이 소태를 씹은 듯했다. 그토록 열심히 만들던 것이 이미 예쁜 모양으로 나와 있을 줄이야. 할아버지에게 그 얘기를 하다가 분에 차 그만 엉엉 울어버렸다.

그런데 다 울도록 가만히 기다려 주시더니 "이제 다 울었냐? 또 해 보거라 하고 싶은 게 있으면 그때도 또 그렇게 해 보거라. 남보다 뒤지는 게 있으면 앞서는 것도 있으련." 할아버지는 최면을 걸어주듯 사랑채 마실 온 분들에게도 그렇게 얘기하신다. "하 저놈이 글쎄 굴러가는 신발을 만든다니. 참 저놈이 한자리 하긴 할 놈이오." 내가 듣고 있는 걸 아셨을 거다. 자는 척 눈을 감고 생각했다. "그래 한자리 하긴 할 모양이야, 해야겠어!"

새로운 아이디어나 엉뚱한 발상이 떠오르면 용기를 내서 해 보는 건 새 신을 망가뜨린 미안함을 떨쳐주신 할아버지 예언을 믿기 때문이다.

이놈 말로 먹고살겠네

어느 집보다 많은 병아리가 마당을 노랗게 굴러다닐 즈음이면 이른 농사일로 절골 다락지 논에 가는 일이 잦아진다. 할아버지는 지게에 소쿠리 얹고 낫 시퍼런 날을 새끼로 돌돌 감는다. 할아버지 지게 위 소쿠리에 올라앉아서 바라보는 하늘은 참싸리 가지 사이사이 참 곱기도 하다.

춤추듯 너풀너풀 고갯길을 오르실 제 들려오는 노랫가락마저 구성져 스르륵 잠들면 당신 웃옷 벗어 밭머리에 뉘여 놓고 한 마지기 한 마지기 논에서 논을 타고 내려가며 잰 손질을 하신다. 할아버지는 글 읽기 소리 노랫가락도 구성지지만 농삿일에는 타고난 농부랄 만큼 하늘의 이치, 자연의 충고를 따라 한 해도 농사에 실패하는 일이 없었다.

잠에서 깨어 놀이거리가 떨어질만 하면 풀벌레며 나무 열매며 흥미로운 것을 일 삼아 내놓으신다. 몇 분마다 인기척을 확인하려 "할아버지!" 하고 부르면 허리를 펴고 손을 들어주신다. 논두렁에 나와 잠시 쉬실 때면 쪼르르 달려가 얘기를 시작한다.

다시 일을 마치고 내려오는 소쿠리 가득 풀이 담겨 있고 그 위에 올라앉으면 하늘이 훨씬 가깝게 보인다. "이건 뭐고 저건 뭐고 이건 왜 이렇고 저건 어찌 그런가." 쉴 새 없이 말을 할라치면 "그 놈 말이 재구나. 이 담에 말로 먹고살겠구나." 하시곤 했다.

마실꾼이 없는 사랑채에 잠이 오지 않는 밤이면 한참 이런저런 생각에 잠기시다가 "한 번 재깔여 보거라."시면 또 재잘재잘 애길 풀어 놓는다. 뭔 애기였을까. 기억나지 않지만 할아버지가 즐겁게 웃으시던 모습은 생생하다.

아리랑 레코드에서 흘러나오는 회심곡을 즐겨 들으실 제도 "천지지시 분한 후에 삼남화성 일어나서~가 무슨 뜻인가? 선심하고 마음 닦아 불의 행사하지 말고 조심하여 수신하소는 도대체 어찌 하란건가? 이마저마한 뜻이 맞는가." 이러쿵저러쿵 하면 멀리 보시며 예언처럼 한 말씀하신다. "허 말로 먹고살겠구나." 그리고 정말 그 말씀대로 됐다.

학창 시절 내내 웅변대회에서 좋은 성적을 냈고 직업 역시 아나운서로 십 수년을 살고 있다. 미리 아셨을까? 아니면 그리되길 바라셨을까? 누군가의 말처럼 열심히 노력해서 운명을 만들고 그리고 그것이 운명이었노라 말하는 격이 되든 아니면 혹 이미 정해진 운명이 그런 것이었든 할아버지의 말씀은 길 안내를 했다.

아이들에게 맑은 꿈을 심어주면 그 길로 갈 것이라는 자신감이 생기는 건 아마 그 때문인지 모른다. 대부분의 군 장성들이 어린 시절을 추억할 때 "이놈 장군감이네."란 말을 들었노라고 한다. 타고난 것일지 만들어가는 것인지 분명하게 가를 수는 없다. 그러나 지혜로운 어른들은 아이들에게 훌륭한 성품을 타고 났노라고, 그래서 분명 성공할 것이라고 주지시킨다. 그같은 운명을 만들어 가도록.

공부와 다이어트는 평생 하는 것

서른 중반까지도 시험 보는 꿈을 꾼다. 문제가 잘 보이지 않아서 애쓰기도 하고 열심히 답안을 작성하기도 하고. 시험이나 공부가 대학에서 끝나지 않았다. 정작 해야 할 고등학교 때 제대로 하지 않은 탓일까? 사실 공부는 그 이후부터 더 열심이다. 마라톤하듯 급하지 않게 해 왔다. 정작 중요한 레이스에서 잠시 주춤했던 것을 빼면 늘 어느 만큼의 달리기를 계속 해 온 거다.

고등학교 시절 사춘기를 혼자 겪느라 공부 대신 철학이니 문학이니 하며 엉뚱한 일로 시간 보내다가 재수하던 중 군에 입대했다. 그때부터 늦은 공부의 재미를 들이게 된 것이다. 근무처가 계룡대로 잠시 이전했을 때도 강의를 놓치지 않기 위해 공을 들였다. 다행히 녹음 방송이긴 했지만 하루 종일 해야 할 일을 두어 시간 앞당겨 마쳐야 했으므로 늘 종종걸음을 쳤다.

부지런히 일을 해 놓고 버스 타고 기차 타고 다시 버스나 택시로 학교에 갔다가 역순으로 계룡대로 내려가면 잠은 딱 두 시간 잘 수 있는데 그 시간도 리포트 쓰고 시험 공부하려면 천상 기차에서 자는 방법을 택해야 했고. 몇 개월 동안이지만 치열하게 산 시간이었다. 그 외중에도 학생회장 일과 방송 외 음반 자료관리 일까지 맡아 일은 두어 배 더 많은 셈이었다.

직장생활하면서 공부하고 싶었던 학과에 몇 차례 편입학했다가도 임신이나 사무실에서의 불편함, 가족의 반대 등으로 벽에 부딪히기 일쑤고 결국 아이들 좀 크고 다시 시도해 박사과정까지. 그 사이사이에 학교 공부 외에도 다양한 시도를 했다. 전문가 과정, 자격증 취득, 타 방송사 성우, 드라마 응모 등등.

공부에 한 맺힌 거 아니면 어지간히 하지 그러냐고 충고하는 이도 있다. 힘겨워 보이는가 보다. 그러나 특출나지 못해도 늘 공부할 수 있다는 건 삶의 균형감각을 유지하는 좋은 방법이다. 조금씩 깨우치는 재미를 다른 무엇에 비길 것인가.

공부, 아이들 키우는 일, 살림살이에 직장일까지 어느 것 하나 잘하는 건 없지만 소홀히 하는 것도 없다. 하면서 알게 된 건 이 모든 것이 각각의 것이 아니라 하나로 통한다는 사실이다. 공부를 하면서 생활에 게으름을 털어버리니 시간을 잘 쓰게 되고 아는 만큼 아이 키우는 일에도 실수를 줄일 수 있으며 직장일에도 능률을 올리게 된다. 눈물 쏙 빠질만큼 힘에 부칠 때도 있지만 누가 시켜서가 아니라 스스로 선택하는 것이기에 기꺼이 웃으며 할 수 있다.

수업이 재미있을 즈음 배고프다는 아이 문자 메시지 받으면 가슴이 서늘해지면서 강의 내용이 멀어진다. 잘 짜여진 하루 일과가 단 한 가지라도 삐걱거릴 때는 휴! 아이들이 아플 때가 제일 문제다. 그런 상황에서도 하고 싶은 공부 끝까지 해 보라는 큰형부의 지지와 도움이 컸다. 얼마간 아이들 등교와 저녁식사를 도와준 언니 내외의 고마움은 두고두고 갚을 일이다.

고등학교 시절부터 이제까지 잠자는 시간이 충분하지 않아 눈이 충혈돼 있기 일쑤고 언제 한번 맘 놓고 자 봐야지 할 만큼 잠에 대한 미련이 있지만 글쎄 누구 말대로 내 팔자 내가 들볶고 있느니 언제쯤일는지.

공부를 하다 보니 무엇을 모르는지 알게 되는 것이 제일 큰 소득이다.

다행히 초조하거나 속을 끓이지는 않는다. 우선순위를 정하고 순리대로 따르려 한다. 열 일 제쳐두고 파고들어도 부족한 공부지만 그러나 무엇보다 먼저 아이들을 챙겨야 하고 그리고 일도 중요하니 건성건성할 수 없고 그래서 게으를 틈이 없다. 남의 손을 의지할 수 없는 일들이라 더 부지런해지자고 채찍질 한다. 얼마나 고마운 일인지. 늙을 시간이 없으므로.

때론 너무 미친 듯이 사는 건 아닌가 가던 길 멈추고 뒤도 돌아본다. 그러면 주위 고마운 사람들이 더불어 있기에 가능한 일이라는 걸 확인할 수 있다. 혼자였다면 이토록 치열하지 못했을지도 모른다. 공부만 할 수 있는 처지였다면 정작 게을리 했을 수도 있다. 할 수 없는 여건이었으므로 오기를 부린 건 아닌지. 배움의 의지가 있고 깨우치는 기쁨이 있으니 이처럼 즐거운 일이 또 있을까!

몸이 게으르면 살이 찌고 마음이 게으르면 어디에서건 탈이 난다. 다 잘할 수 있겠냐고 스스로를 위로하면서 상대가 있어 힘든 건 빼고 혼자 할 수 있는 공부와 다이어트는 앞으로도 쭈욱 할 것이다. 꼭 무엇을 이루고자해서가 아니라 사는 동안 미련해지지 않기 위함이다.

분별력

어려운 일에 직면하니 주위 사람들이 구별된다. 좋은 날에 잘 지내던 사이도 어려움에 처하니 멀어진다. 약한 사람들은 다른 사람의 고통이나 시련에 함께 부대끼는 것을 두려워한다. 도타운 사이가 아니었다는 것을 그럴 때 보여주는 것이다. 달콤한 맛은 시거나 떫은 맛을 적당히 가려주기도 하지만 쓴맛은 정직하다. 도움을 청하지도 않는데 불편해하는 이도 있다.

유책 사유자가 제시한 이혼은 성립하지 않는다는 판례를 이용하려는 취지에서 시작한 일이라는데 커지고 부풀려져 처음 의도와는 다르게 주위에 알려지면서 가십거리가 됐다. 믿음이 두터운 이들은 위로하고 격려해 주며 대응책을 알려주기도 하고 무엇을 어찌 도우면 되겠느냐고 손을 잡아주기도 한다. 반면 슬슬 피하는 이도 있고 어찌 견디나 구경 삼아 찾아오는 이도 있다. 야속하고 마음이 쓰라리기도 했다. 그러나 생각해 보면 그게 세상 일 아니겠나 싶다. 나 또한 주위에 누군가 험한 일을 겪을 때 얼마다 그의 편에서 이해해 주려 했었던가.

처음 얼마간은 참담했다. 이유야 어찌됐던 사람들의 시선으로부터 도망치고 싶었고. 잘못이 있고 없고의 문제가 아니라 이목이 집중된다는 사실 자체가 견디기 힘든 고통이다. 그들에게 피해를 끼친 일도, 부끄러울 일도 아니련만 자꾸 땅속으로 가라앉는 느낌이었다. 흔한 말로 바닥을 친다고 하는데 그런 표현이 맞을 것이다. 맨 밑바닥에 이른 것 같은 절망감에 사로잡혔다. 혼자 바닥에서 다시 올라가야 한다는 생각에 차라리 그곳에 묻히고도 싶지만 그러나 그런 때에 조용히 손 내밀어 주는 이들이 있어 막다른 길은 아니라는 생각을 하게 된다. 평소 화려한 옷을 입고 내가 친구라고 나서던 이들이 아니었다. 정작 먼발치에서 바라보기만 하던 이들이 가장 힘들고 외로울 때 친구가 돼 주었다. 생각했다. 나도 누군가 고독한 싸움을 할 때 손잡고 싶어지도록 마음 한쪽을 열어 놔야겠다.

누구도 장담할 일이 아니다. 주위에 험한 일 당하는 것을 볼 때 나와는 무관한 일이라 여기지만 살아가면서 반듯하게 걷다가도 진흙탕에 빠질 수 있고 덫에 걸려 넘어질 수도 있는 일이다. 발을 거는 사람이 있으면 다시 일으켜 주는 이도 있기 마련인 것이 인생사다. 누군가 넘어져 피 흘리면 다가가 우선 닦아주며 위로하는 것이 순서일 것이다. 다른 사람의 불행을 팔장 끼고 구경하는 건 자신을 고독하게 만드는 일이다. 그 고독한 구경꾼을 바라보며 깨달았다.

잠깐은 원망스러웠지만 좀 더 강하게 바닥을 치고 일어서야겠다는 의지를 사를 수 있었고 그리고 삶을 좀 더 적극적으로 살아야 한다는 생각을 했다. 다른 사람의 삶에 대하여 내가 안다고 생각하는 것이 과연 진실일까에 대해 의심해 봐야 한다. 알려진 내용은 누군가의 고의적인 조작일 수도 있으므로 그것만으로 함부로 평가하는 것은 위험하다. 약한 사람은 장난으로 던지는 돌에도 쓰러질 수 있다. 시련은 모든 것의 끝이 아니라 어떤 것의 정리이며 새로운 것의 시작이었다.

견디기 힘든 순간을 지나며 인간을 깊이 이해하는 계기가 됐고 조금 더 성숙해짐에 감사한다. 사람과 세상을 보는 시야가 넓어졌다. 그리고 친구와 객을 구분할 수 있게 됐다. 친구들이여 감사하다. 그대들이 있어 다시 일어설 수 있었다. 나도 누군가에게 그런 친구가 돼 줄 것이다.

절대로

마흔을 넘기면서 버린 것 중에 하나가 '절대로' 이다. 절대로 안 되는 것, 절대로 용서할 수 없는 일, 절대로 해서는 안 되는 것 등 스스로 만들어 놓은 '절대로' 에 갇혀 불편하고 힘들었는데 거기서 조금 양보하고 보니 한결 여유롭다.

물론 어떤 기준이야 있어야겠지만 굳이 부치지 않아도 될 일에 '절대로' 라는 기준을 들이대면서 자신은 물론 타인을 구속할 필요야 없겠다 싶어지는 것이다. 어쩌면 삶의 탄력을 잃어버리는 것인지도 모른다. 긴장감과 분명한 기준을 갖는 것이 불편해 핑계를 대는 것일 수도 있다. 하지만 나이들어감에서 오는 관대함이라고 자족한다.

절대로 잊지 못할 것 같았던 고약한 일도 어느 순간 그런 일이 있었던가 싶어지기도 하는 걸 보면 특히 좋지 않은 것에 대해서는 '절대로' 를 전제하지 말아야겠다. 운신의 폭이 넓어지는 것 같지만 절대로 하지 않겠다던 일의 탈출구를 열어 놔도 이전의 기준에서 크게 벗어나지지는 않는다.

그러고 보면 젊어 한때는 '절대로' 안 되는 일이 있는 것도 나쁘지는 않겠다. 다만 일정한 시간을 지나면서부터는 좀 관대할 일이다. 타인에게 붙여줬던 '절대로' 안 되는 기준을 빼고 보니 이전보다는 그래도 이해할 여지가 생긴다. 살면서 절대로 안 될 것이 뭐 그리 많겠는가.

팔자를 고치다

방송을 하면서 새로운 사람과 신선한 이야기를 만나고 알지 못했던 것을 깨우치는 즐거움이 크다. 다양한 분야의 전문가들로부터 전해 듣는 지식이나 정보만 잘 챙기더라도 성공적인 삶을 살 수 있으리라. 그러나 아는 것과 실천하는 것이 일치하기 어렵고 안다 한들 지식이 지혜로 발현되기란 쉽지 않다. 그나마 다행인 것은 구태를 버리고 새로운 내일로 나갈 준비를 하는데 게으르지 않게 된다는 것이다.

한방 건강관련 프로그램을 진행하면서 바른 자세가 건강한 몸을 유지시킨다는 평범한 얘기가 새삼 의미 있게 다가왔다. 바른 자세가 오장육부의 건강에도 영향을 미칠뿐더러 몸의 피로를 덜고 질병을 예방할 수도 있다는 의학적 견해를 제하고라도 바른 자세로 반듯하게 생활하는 모습이 외관상 보기 좋다는 것에는 반론의 여지가 없다. 해서 자세에 대해 신중히 관찰하기 시작했다. 걸음걸이가 걸리기 시작한다.

수염을 이불에 넣고 자는지 아니면 내놓고 자는지 어린 손녀의 질문을 받은 이후 넣고 자야 할지 내놓고 자야 할지로 밤새 뒤척인다는 어느 할아버지의 얘기도 있듯이 바른 자세에 대한 애길 나눈 이후 걷는 것이 힘들어졌다. 팔자걸음에 신경을 쓰니 걸음걸이가 부자연스러웠다. 내친김에 팔자걸음을 고쳐 보자 싶었다. 전에도 두어 번 해 보다 말았던지라 대수롭게 생각지 않았었는데 제대로 한번 해 보자 싶었다. 걸음을 신경 쓰고 보니 오른쪽 발이 더 팔자걸음이다. 신발 바닥을 들여다보니까 오른쪽 뒤꿈치가 많이 닳아 있었다.

걸음도 반듯하게 걷지 못하고 어찌 세상을 바로 살아갈 수 있을까. 일단 결심하고 팔자를 고치기로 한 것까지는 좋았는데 그리도 힘겨운 일일 줄이야. 한 사오 일 신경 쓰면 될 줄 알았는데 닷새를 넘기도록 바짝 긴장하지 않으면 어느새 팔자로 돌아가는 것이다. 몇 십 년 굳어진 것을 고친다는 게 그리 녹녹하기야 하겠냐만 할수록 힘이 들어 꾀가 나기도 했다.

밤에 아예 발을 고정시켜 묶어도 보고 걸을 때마다 온 신경을 발끝에 집중했다. 그런데 이번에는 다리에 통증이 오기 시작한다. 오 일째부터 종아리가 아파 오더니 무릎으로 허벅지로 통증이 타고 올라와 골반에서 심하게 고통이 느껴지고 다시 허리로 해서 등뒤, 목뒤까지 타고 올라오는 것이다. 며칠 지나며 서서히 통증이 가라앉는데 골반부분의 통증은 오래 갔다.

한의사는 단순히 발모양만 팔자가 아니라 골반뼈도 틀어졌을 거라고 했다. 3주를 넘기고 한 달이 된 어느 날 가까운 사람에게 무심코 걸을 때 걸음걸이를 봐 달라고 했는데 의외였다. 단 하루도 거르거나 마음을 놓지 않았으련만 한 달이 지나고도 무심결에 팔자걸음으로 돌아간다는 것이다.

같은 상황에서 반복된 행동의 안정화, 자동화된 수행을 습관이라 한다면 이 습관이 일단 정형화된 후 다른 습관으로 바꾸는 것은 쉽지 않은 일이다. 개인의 특정 근육운동이나 동작, 행동, 말씨, 사물에 대한 선호나 기피 등이 다른 일반적인 사람들의 경우에 비해 훨씬 높은 빈도나 강도로 까다롭게 나타날 경우 이를 흔히 버릇이라고 한다.

그런데 반복되는 거짓말이나 방탕한 생활과 같은 부적응 사회행동도 일종의 버릇으로 분류한다. 우리 삶의 일정한 형태로 나타나는 반복적인 행동들, 그리고 우리가 삶이라고 하는 일반적인 모습도 결국 의식, 무의식적으로 반복하는 습관이 굳어진 형태랄 수 있을 것이다. 그래서 어떤 의지를 가지고 어떤 행동을 반복할 것인가 하는 선택과 그 선택에 따른 행동이 습관이 되고 그것이 곧 삶이 된다.

프랑스 유심철학의 전통을 정립한 멘드비랑은 『사고능력에 미치는 습관의 영향』에서 의지적 행위는 반복되는 가운데 의지적 성격을 잃고 습관이 된다고 말한다. 습관이 매혹과 욕망으로 된 필연성이고 이 습관의 형성은 필연성에서 자유를 향한 운동인 생명의 역방향 운동이라는 주장이다.

일반적인 공감을 얻기에 충분할지 모르지만 습관은 결국 생명의 기원을 자연스레 가르쳐 주는 것이라고까지 역설하고 있다. 그래서 습관이 제2의 천성이며 이는 자연의 자발성이라고 하는데 그의 말대로 모든 습관을 자연스런 상태로만 보기엔 무리가 따를 수도 있다.

바람직하지 않은 형태로 굳어진 습관에 대해서는 브라이언 트레이시의 『백만불짜리 습관』이란 주장을 따른 편이 좋을 듯싶다. 브라이언 트레이시는 습관이 결국 운명을 바꾼다는 진지한 충고를 하고 있다. 행복하고 성공적인 삶을 살기 위해 가장 중요한 것은 개성을 개발하는 것이고 그 개성을 발전시키면서 동시에 공동의 목표를 이루기 위해서는 구체적인 습관을 개발하는 일이 무엇보다 중요하다고 강조한다.

다행히도 이 습관이라는 것은 연습과 반복을 통해 학습될 수 있다는 것이다. 자신 안에 있는 잠재력을 100% 발휘하도록 하려면 습관을 몸과 마음에 뿌리내리도록 해야 한다고 강조한다. 심리학적으로 인간의 성공과 실패를 설명할 수 있는 몇 가지 법칙이 있는데 먼저 자신의 삶을 지배하고 통제하는 만큼 행복해진다고 하는 '통제소재이론' 즉 통제의 법칙을 들 수 있다. 자신이 삶을 창조하는 가장 중요한 힘이고 또한 자신의 판단에 따라 결정을 내리고 그로부터 일어나는 모든 일이 스스로 행동의 결과라고 믿는 내적 통제 중심을 갖는 것이 중요하다. 그래서 내적·외적 통제를 할 수 있을 때 스스로 강하다는 것을 확인하고 그로부터 자신감을 가지면서 행복감을 느낄 수 있다고 한다.

다음으로 믿음의 법칙을 들 수 있는데 확신과 믿음을 가지면 그것이 곧 현실이 될 수 있다고 믿는 것이 중요하다. 이는 목표로 세운 습관을 들이는 가장 중요한 요소 중에 하나이기도 하다. '소망의 법칙' 과 '인력의 법칙' 도 성공의 법칙을 설명하는 요소이다. 인력의 법칙에서는 자신의 지배적인 생각과 조화를 이루는 사람이나 생각, 상황을 자신의 삶 속으로 끌어당기라는 것인데 대부분의 사람들이 생활에서 충분히 경험하고 실감하는 요소일 것이다.

특히 자신의 소신을 펼 수 있는 특정한 계급을 얻기 위한 군인에게서는 무엇보다 강조되는 부분이기도 할 것이다. 이 이론에서는 자신이 이루고자 하는 일이나 상황을 머릿속에 늘 상상하고 그 상상을 믿는 습관도 중요하게 작용하고 있음을 강조한다.

'반영의 법칙' 에서는 외부 세계가 자신의 내부 세계의 반영이라고 하는 이해로부터 자신이 받고 있는 대우나 물질적 생활의 범위 등이 곧 자신의 마음 속 깊은 곳에서의 생각에 대한 반영이라는 것이다. 때문에 자신의 기대에 미치지 못하는 현실에 대한 맹목적인 불평이나 한탄은 어리석은 것이며 스스로의 목표나 기대치를 높게 잡고 그를 실현하기 위한 행동을 습관화시키는 것이 중요하다.

위의 법칙을 조화롭게 생활 속에 실천한다면 성공적인 삶을 영위할 수 있다는 것이 심리학적 설명이다. '대부분의 시간에 자신이 생각하는 바로 그 사람이 된다' 는 충고 역시 귀 기울일 만하다. 때문에 스스로 생각과 행동을 통제하고 그로부터 방향을 설정해 나간다면 일반적인 삶에서 추구되는 행복감을 맛보면서 좀더 자유로운 인생을 살게 될 것이다.

나의 생각과 느낌, 감정, 경험, 결정과 같은 정신적인 요인들이 내면에 기록되면서 이것이 다시 사고와 느낌, 행동에 영향을 미친다. 이를 반복적으로 경험하는 것이 습관이기 때문에 자주 그리고 충분히 오래 반복하면 원하는 사고와 행동 습관도 새롭게 개발될 수 있고 그것이 삶으로 고정화될 수 있다고 하는 것은 얼마나 희망적인 얘기인가? 대부분의 심리학자들은 습관이 생각과 느낌과 행동의 95%를 결정한다는데 의견을 같이한다. 그래서 위대한 인물과 위대한 삶을 가능하게 하는 결정적인 키는 바로 성공적 습관이다.

이미 습성화된 것이 바람직하다면 이를 지속적으로 실천하는 것이 당연하겠지만 이제부터의 새로운 습관을 개발해야 한다면 일단 목표를 세우고 이를 습관화시키는데 최소한 21일이 걸려야 한다는 사실을 기억하자. 보통의 습관은 14일에서 21일이 돼야 형성된다고 한다. 이 이론은 일반적이고 보편적인 일에 한할 것이고 사실은 이보다 더 오랜 시간이 필요한 경우가 많을 것임을 팔자걸음을 고치면서 실감했다.

혹자는 습관은 그것이 형성된 시기만큼의 시간을 역행해야 바꿀 수 있다고도 말한다. 결심하고 습관화시킬 때 단 한 가지나 단 한 번의 예외도 인정해서는 안 된다. 예외란 본질을 흐리는 가장 유혹적인 요소이기 때문이다. 자신의 새로운 습관을 주위에 알리는 일도 중요하다. 주위로부터 동의를 얻고 지지를 받으면서 의지가 강화된다.

다음은 새 습관을 시각화해서 더 빠른 시간 안에 무의식으로 흘러 들어가 자동적으로 버릇이 되도록 해야 한다. 자신에게 확신을 확인시키는 말을 반복하는 것도 좋다. 그와 같은 방법으로 일단 새로운 습관이 형성됐다면 스스로에게 그에 상응하는 보상을 하면서 재확인하는 작업까지 거쳐야 한다. 그리하여 새로운 습관이 형성됐다면 성공적인 삶으로 성큼 다가가 있을 것이다.

애덤 스미스는 탁월한 인물의 조건으로 신중, 정의, 자비를 들었다. 좋은 습관으로 성공적인 삶을 산다는 것은 단순히 자신의 욕심을 채우는 차원이 아닐 것이므로 자신에게 주워진 기회를 최대화하면서 가능한 위험과 위협을 최소화하기 위해 신중한 태도로 지혜롭게 행동해야 한다. 그러기 위해서는 정직함이 요구되는 것은 당연하다. 정의의 습관은 개인은 물론 사회에 건강한 질서가 바로 서도록 하는 필수 요소이기 때문이다. 자비는 개인적인 성공을 확인하게 하는 동시에 타인을 통해 자신의 존재가치를 높여주는 요인이기 때문에 당연히 강조돼야 한다. 이같은 이상적인 덕목을 더불어 습관화한다면 주위로부터 받는 찬사를 차치하고라도 자신에 대한 만족감을 안겨줄 것이다.

좋지 않은 습관은 냄비 속 개구리의 비유에서처럼 자신도 모르는 사이에 서서히 궁극적 패배로 몰고 간다는 것도 함께 기억해야 한다. 찬 물속의 개구리가 서서히 데워지면서 그 온도에 차츰 길들여져 죽음조차 예견하지 못한다는 것은 무서운 충고이다. 차츰차츰 높아지는 온도를 체감하지 못하면 이미 습성화된 고약한 습관으로 하여 종국에는 저항할 의지조차 잃고 마는 것이다.

팔자(걸음)를 고치고 보니 앉는 자세도 반듯하고 그러면서 조금만 앉아서 작업을 해도 쉽게 오던 피로감이 줄어드는 듯하다. 어깨를 쫙 펴고 똑바로 앉아서 사람을 대하니 당당해 보이기도 하는가 보다. 생각이 자세를 바로잡고 그 자세가 다시 생각을 이끄니 외부로 비춰지는 모습도 변화돼 흔한 말로 '팔자' 즉 삶을 바꾸게 되는 것인가 보다. 쉽게 생각할 수 있는 걸음걸이 정도도 이럴진대 다른 습관이야 말해 무엇하랴. 내친김에 뜻을 더 높이 세워 제대로 팔자를 고쳐 볼 양이다.

나의 성공의 비결은 어머니

가평으로 향하는 길은 포근하다. 달콤 쌉싸래한 개똥참외 향 같은 아련한 추억과 조랑조랑 대추 익는 모습 같은 정겨움. 낮은 도랑물에서 개구리가 튀어나와 발등을 치고 달아나면 멋들어지게 생긴 늙은 황소가 졸음을 쫓는 울음 끝에 지팡이에 몸을 의지한 외할아버지가 바깥마당까지 마중을 나오는 모습은 내 힘겨운 오늘을 이기는 기억의 밑바탕이기도 하다.

외할아버지 세상 버린 지 오래고도 여전히 그 정겨움이 느껴지는 것은 할아버지 닮은 외삼촌과 할머니 같은 느낌의 외숙모가 그곳을 그렇게 곱게 지키고 계셨기 때문이리라. 외갓집의 풍성한 과일과 외가 식구들의 환대 때문에 여름방학을 기다린 때도 있었다. 외가가 큰 부자였다고 기억되는 건 재산가여서라기보다는 외가 식구들의 차고 넘치는 정 때문이었으리라. 오랜만에 다시 찾은 외가는 텅 비어 보였다.

외숙모 세상 버리고 꼭 1년 만에 금술 좋기로 소문난 부부 연을 보여주려는 듯 외삼촌마저 따라가셨다. 벽에 걸린 외숙모 사진을 얼마고 바라보셨다는 외삼촌 모습이 가슴 저민다. 아흔이면 오래 사신 거라고, 호상(好喪)이라며 우는 이가 적었지만 형제분을 마저 보내시는 어머니의 짓무른 눈을 보니 그렇게 말할 게 아니지 싶다.

어머니에게 있어서 외삼촌은 그야말로 아버지 같은 분이셨다. 이십 년 나이 차 만큼이나 든든하고 자상한 오라버니를 보내드리며 어머니는 부쩍 늙어 보이신다. 어머니는 언제나 그 모습 그대로이려니 했는데 크게 호통치던 어머니는 어디 가고 늙고 힘없는 노인이 작게 앉아 계셨다.

외사촌 언니들은 한결같이 어머니를 꼭 빼닮은 나와 그리고 나를 줄여 놓은 듯한 내 딸을 보니 신기하고 재미있다 하신다. 그리고 "네가 아나운서가 된 건 다 네 어머니 덕"이라고 입을 모은다.

새삼 생각해 본다. 어머니는 음색이 곱고 맑으시다. 집에 걸려온 전화를 받으시면 "네 엄마 바꿔라." 할 만큼 어머니는 청아한 소리를 지니셨다. 그 덕을 알고나 있었던가. 생각지도 못했다는 말이 옳을 것이다. 그저 내 혼자 노력이지 하는 오만으로 살았다. 그 얘기를 들으며 눈치 빠른 딸이 "엄마 고마워요." 한다. 초등학생만도 못한 생각으로 산 것이 부끄럽다.

어머니는 혹여 외삼촌처럼 느지막에 치매라도 걸려 자식들에게 번거로움을 끼칠까 염려하신다. 근래 들어 깜빡깜빡 잊는 게 많다시며. 다 주고도 마지막엔 홀홀 떠날 궁리를 하는 어머니를 위해 과연 무엇을 할 수 있을까 생각하다 일상으로 돌아오면 또다시 어머니를 잊고 산다. 치매는 어머니가 아니라 내가 걱정해야 할까 보다. 귀한 분을 잊고 사는 일상이 참으로 죄송한 일이다.

'어머니 눈물이 영웅을 키웠다' '나의 성공의 비결은 나의 어머니' 등 많은 이야기를 남기며 잠시 다녀갔지만 오래도록 기억에 남는 미국 프로 풋볼리그 슈퍼볼 MVP 하인스 워드를 보며 그 어머니에 그 아들이란 생각을 한다. 어머니와 함께 우리나라를 다녀가면서 폭풍처럼 언론을 장식했던 것에 대해 일부 비판적인 시각도 없지 않았다. 그러나 그 모자가 그토록 많은 사람들의 관심을 모았던 건 충분한 이유가 있었다. 두터운 모자 지간의 사랑과 효행을 이 시대가 절실해했던 건 아닐까?

단순히 혼혈 흑인이라는 편견과 가난을 이긴 것에 대한 찬사만은 아닐 것이다. 흔할 것 같지만 그러나 정작 쉽지 않은 반듯한 자식 사랑과 평범하지만 행하지 못하는 효를 실천하기에 감동하는 것이다. 한 언론과의 인터뷰에서 하인즈의 어머니 김영희 씨는 초등학교 학력과 가난 때문에 주한미군으로 복무하던 흑인 병사를 만나게 됐고 결혼하여 워드를 낳았는데 남편으로부터 버림받았다고 했다. 그리고 홀로 아들을 키우면서 겪은 고단한 세월을 결코 불행이라고 말하지 않는다.

한국인으로서의 자부심과 긍지도 심어주고 성공했을 때 겸손해야 함도 잊지 않도록 가르쳤다고 했다. 워드의 말이 인상적이다. "제 선수생활은 어머니의 인생과 비슷해요. 처음에는 맘대로 안 되지만 포기하지 않고 꾸준히 노력하니 결국엔 잘 풀려요. 저는 어머니에게서 포기하지 않는 근성과 끈기, 정직과 신뢰, 희생정신과 성실성 그리고 무엇보다 사랑을 배웠어요. 지금의 저를 만든 것은 어머니의 몸소 실천하는 그 가치였습니다."

슈퍼볼의 영웅으로 불리는 서른의 아들은 지금도 어머니에 대한 얘기를 하면서 눈물이 맺힌다. MVP가 되면 어머니의 나라 한국을 방문하리라던 약속을 지키기 위해 9박 10일간의 일정으로 우리나라에 머물면서 밤이면 어머니와 고스톱을 치기도 했다. 왜냐하면 워드는 어머니가 무료한 시간에 무엇을 원하는지 알기 때문이다. 사소하고 별 의미 없어 보이는 일도 부모가 원하는 것을 하는 게 효다.

어머니의 힘겨운 삶을 알고 그래서 그에 보답하려 노력하는 가운데 성공이 보상으로 주워진 것이라고 했다. 그리고도 그 영광에 자만하거나 안주하지 않고 그들은 이제까지와 다름없는 모자지간 사랑을 일상처럼 나누며 살고 있다. 그것이 그들을 빛나게 하는 것이다. 편견과 가난에 맞서 모질게 살면서도 희망과 사랑을 놓지 않았던 그들이었다. 정부 보조금도 마다할 만큼 자존심을 지키며 당당하게 노력한 가운데 거둔 성공이었다.

힘들고 어려운 삶이라고 해서 자식 사랑에 대해 감정적 사치를 부리지도 않았다. 매를 들어야 할 때 아프게 매를 쳤다. "아이들이 자랄 때 해달라는 대로 다해 주면 나중에 부모 말을 안 들어요." 뼈가 든 말을 그녀는 전해 준다. 그러나 자신의 욕심을 채우려 하지 않고 진정으로 아들이 원하는 것을 하도록 배려했다. 운동 때문에 학업을 등한시하지 않게 채근하면서도 주위의 냉대로 상처받지 않을까 염려하며 따뜻하게 안아줬다. 성공했다고 해서 교만하지 않도록 가르치는 것은 단지 외침이 아니라 아들이 연간 60억 원을 넘게 벌어도 월 60만 원짜리 허드렛일을 놓지 않는 모습처럼 모범을 보였기에 가능했던 것이다.

성공적인 삶과 한국 방문이 한국 내 혼혈아들에 대한 편견과 고통을 더는데 도움이 됐다는 또 다른 뒷얘기는 놔두고라도 그들 모자의 아름다운 사랑은 오래 기억될 것이다. 효가 특별한 이벤트나 색다른 감상이 아니라 그저 인간이 인간으로 살아가는 기본임과 동시에 인간을 인간이게 하는 완성임을 기억할 것이다. 친구의 시에 이런 구절이 있다.

'어머니는 첫사랑도 없는 줄로만 알았습니다. 어머니는 특별히 좋아하는 음식도 없는 줄로만 알았습니다. ~ 어머니는 항상 우리 곁에 계실 줄로만 알았습니다.' …… '아버지는 꿈도 없는 줄로만 알았습니다 아버지는 사랑이란 말도 모르는 줄로만 알았습니다. ~ 아버지는 항상 쓰러지지 않을 줄로만 알았습니다.'

어느 날 느티나무 같던 아버지가 덜컥 쓰러져 떠나시고 강단 좋던 어머니가 맥없이 병상에 누우시면서 친구는 회한의 글을 쓰기 시작했다. 그랬다. 떠나고 없을 때 그제야 빈자리를 슬퍼하며 무릎을 친다. 할 수 없을 때가 돼서야 하지 못했음을 후회하는 것이 효다. 한 분 보내드리면서 절대 같은 후회를 하지 않으리라 결심하지만 땅에 묻고 돌아와 잔디가 뿌리를 내리기도 전에 또 잊는다. 이 시대 많은 자식들이 부모보다 더 심각한 치매를 앓고 있다. 그렇게 많이 받고도 더 받을 것이 없는가 기웃거린다.

자식 낳아 키우며 많이 울었다. 자식 때문만은 아니다. 아이들을 통해 내 부모를 처음으로 봤기 때문이다. 그럴 때면 전화를 걸어 간단한 안부를 전하는 정도인데 "보고 싶어 전화했다."는 한마디에도 어머니는 목이 메인다. 부귀영화를 바라지 않는다고 하신다. 그저 자식들 잘 사는 거 보는 게 소원이라신다. 그 소원조차 들어 드리지 못할 때 가슴 아프다. 잘 있냐는 한마디를 묻고는 바쁠 텐데 그만 들어가라며 전화를 놓으신다. 뭐 그리 바쁠까만 당신 욕심보다 자식을 배려하려는 어머니. 게으르고 어리석어 그 어머니의 마음을 다 헤아리지 못한다.

반듯하게 사는 거 보여 드리는 게 효의 시작일 게다. 그리고 적적한 밤에 하인스 워드처럼 고스톱 친구가 돼 드리는 정도로도 어머니는 만족해하실 것이다. 고작 그걸 갖고도 효를 행한다 할 텐데 정작은 그것도 못하고 산다. 잘 살아서 주위로부터 "뉘 자식이 그리 반듯한가?" 소릴 들으시는 게 내 어머니가 바라는 최고의 효도인데 살면서 점점 겁이 난다. 불효조차 잊고 사는 이 젊은 날의 치매가 부끄럽고 그리고 내 아이들에게 "내 성공의 비결은 어머니였어요."라는 소릴 들을 수 있을지…….

외삼촌 세상 버리셨다는 소리 듣고 여행사에 가서 서류를 가져왔다. 처음으로 어머니와 외국 여행을 가 보자 싶어 나름대로 어려운 결심을 했던 것인데 어머니의 대답은 간단했다. "다녀온 거나 진배없다. 나 어지러워서 비행기 못 탄다. 혼자 두 녀석 학원 보내기도 벅차지?"

"어버이날이라 전화 드렸어요." 하니 어머니가 푹 웃으신다.

"그래 고맙다. 난 365일이 자식의 날이란다."

술에 대한 변명

처음 술을 마신 건 부끄러움 때문이었다. 아버지의 여자 문제로 속앓이를 했던 어머니는 딸들이 아버지 같은 남자를 만날까 봐 노심초사하여 단속을 하셨다. 길에서 남자아이와 얘기하는 것을 본 어머니가 고등학생이던 언니를 무섭게 나무라셨다. 그 호통 속에 '남부끄럽게' 라는 단어가 내 기억에 깊이 새겨졌다. 그래서 이성에 대한 감정을 자연스럽게 키우지 못했다.

이십대 중반이 되고도 남자 만나는 것을 부끄럽게 생각했던 탓에 그와 만나는 시간에 술을 마셨다. 사랑하고 싶은 마음과 그 사랑을 부끄럽게 여기려는 마음이 뒤엉켰다. 술을 마시면 적당히 편해질거라 생각했다. 그리고 결혼한 이후에는 외로움 때문에 술을 마셨다.

정신없이 아이들 키우다가 좀 여유가 생기려니 외로움이 삐질삐질 비집고 들어왔다. 남편 있는 여자의 외로움이라니! 누구에게 속내를 드러내지도 못하고 외로움을 곁에 두고 술에 꺼이꺼이 눈물을 타서 마셨다. 한 달에 한 번 정도니 괜찮지 않은가 스스로 궁색한 변명을 하면서. 사랑받고 싶은 마음이 채워지지 않으니 그 쓸쓸함을 술로 달래 보려 했다.

또 친구가 필요하다며 술을 마셨다. 다른 사람에게 털어 놓을 수 없는 아픔을 술이라도 벗해야 하지 않겠느냐며 마셨다. 힘겨움을 아주 가끔 달래주는 거야 어떻겠냐는 돼먹지 않은 구실을 대며. 살 수도 없는데 이혼조차 힘겨우니 어쩌겠냐며 마시고 그리고 그 생활이 정리되고는 마음 편히 한 잔 했다.

평계야 늘 있었지만 술을 마시니 부끄러워진다. 아이들에게는 변명의 여지가 없다. 사실 술은 제대로 된 위로나 친구가 돼주지 않았다. 아주 냉정한 물건이다. 마시는 만큼 취하게 하고 취한 만큼 흔들어 놓는다. 힘들 때 마신 술은 독이었다. 그래도 변명한다. 그 버거운 일들 겪으며 고 정도 마신 걸 가지고 술 마신다고 비난할 필요까지는 없다고. 그나마도 아니었으면 어찌 버텼겠느냐고.

그러나 비춰줄 거울이 탁해지면 아이들의 비뚤어진 모양을 나무랄 수가 없다. 아이들은 말로 크는 게 아니라 부모의 거울에 모습을 비춰 보면서 자라는데 어쩌다 한 번이든 한 달에 한 번이든 비뚤어진 거울에 모습을 제대로 비출 수가 있겠는가 말이다. 그래서 술에 대한 유혹을 뿌리치기로 했다.

술이 아니고도 위로가 될 만한 일은 있다. 부끄럽지 않고 몸 상하지 않고 친구가 돼줄 만한 일들. 못된 버릇은 쉬 든다고 어쩌다 생각이 나기도 한다. 그럴 때면 고 이쁜 아이들 얼굴을 떠올린다. 방긋방긋 쳐다보는 고운 눈동자에 술에 벌건 낯짝을 비춰줄 수야 없지 않은가?

주위에 술 마시고 싶은 이들이 많은 걸 보면 가슴 아프다. 그네들도 술이라도 마시지 않으면 어찌 견디겠냐며 같이 한 잔 하잔다. 혼자만 부끄러워지기 싫어 함께 마셔주길 바라는 이도 있다. 운동도 하고 책도 보고 아이들과 개그프로그램 보며 낄낄대면서 술 생각일랑 떨쳐버리지만 아직 그 방법이 와 닿지 않는 이들은 실컷 더 아프고 상처받고 그래서 맨 밑바닥까지 가 봐야 다시 올라올 수 있으려나.

아이들이 잘 보고 스스로를 다듬을 수 있도록 맑은 거울이 되기 위해 닦고 또 닦는다. 쉬이 먼지를 타고 얼룩이 지니 방심하지 않아야겠다. 언제라도 뛰어와 들여다보고 웃을 수 있도록 흔들리지 않게 서 있어야지. 훗날 그런 소리 듣고 싶다. 내 아이들에게 "한때 엄마가 술을 마시기도 했는데 우릴 잘 키우기 위해 딱 끊었다네." 그러면 그때나 한 잔 할까.

사랑하고 싶은 마음과 그 사랑을 부끄럽게 여기려는 마음이 뒤엉켰다. 술을 마시면 적당히 편해질 거라 생각했다. 그리고 결혼한 이후에는 외로움 때문에 술을 마셨다.

아나운서로 살기

아나운서의 꽃은 뉴스진행이다.
방송하는 즐거움,
뉴스를 전하는 짜릿함,
누구 알아주는 사람 없어도 난 5분 뉴스의 행복감으로
하루를 온통 감사할 수 있는 난
국군방송 아나운서다.

변두리 아나운서?

연주회 진행을 마치고 무대에서 내려오니 초등학생 몇이서 사인을 해 달란다. 사실 사인이랄 것도 없다. 유명인도, 연예인도 아니면서 사인이라니. 그래도 "KBS 아나운서죠? 사인해 주세요." 해서 "아니 'KFN 아나운서야." 하니 "어, 그럼 변두리 아나운서네." 한다.

하하, 그래 난 변두리 아나운서다. 변두리 아나운서! 대중의 관심밖에서 그리고 삶의 변두리에서는 좀 여유있게 다른 사람의 삶을 바라볼 수도 있다. 성공이나 인기로부터 자유로운 변두리에서 그래도 나름 아나운서라는 사명감은 갖고 있다는.

행복한 작곡가

한 시대를 풍미했던 유명한 작곡가와 프로그램을 함께했다. 그는 음악에 푹 빠져 음악과 일체감을 형성하는 것 같고 보통의 사람과는 다른 세계에 살고 있는 듯했다. 음악계에서 그리고 방송에서 좀 아쉬워할 때 그때가 물러나야 할 때라며 후배에게 자리를 내주고 조용히 떠났다. 미스코리아 선발대회를 비롯해 방송과 문화 예술계 큰 행사에 예외 없이 모습을 보이던 그였는데…….

몇 잔의 맥주와 음악이 있으면 그것으로 족하다는 그는 음악계에 남긴 족적만큼이나 떠들썩한 사랑으로 세간의 주목을 받기도 했었는데 살아오면서 여러 번의 사랑을 했노라고 했다. 그리고 사랑할 때마다 목숨을 걸었노라고, 그 삶에 추호도 후회 없노라고 했다. 나이 차이 많이 나는 제자와의 사랑으로 사람들의 애깃거리가 되기도 했고 그녀가 딸과 함께 말없이 떠난 이후에도 진작에 떠나보냈어야 할 것을 먼저 보내주지 못해 미안할 뿐이라고 했단다. 그녀와 함께 살 때의 추억 하나를 들려준다.

정원 한켠 감나무에 잎이 지고 감만 올망졸망 달려 있을 때 바라보는 재미는 온 삶을 채워줄만 하다고. 까치라도 날아와 쪼아 먹는 모습을 보는 건 희열이라고 한다. 그런데 어린 아내는 감이 익으면 따 먹자고 조른단다. 큰 돈 들이지 않아도 얼마든지 사먹을 수 있지만 잎 다 떨어진 마른 가지에 남은 감을 바라보는 행복은 돈으로 살 수 없는 것이라고 말해 줘도 아내는 그 의미를 알지 못하더라며 씁쓸하게 웃는다.

그는 명성에 연연하지 않았다. 이미 많은 것을 누리고 행복했으므로 이제 잘 마치는 일을 할 때라고 한다. 그리고 여러 번의 목숨을 걸어도 아깝지 않을 사랑을 한 것은 행운이었노라고 했다. 사랑했던 여인과의 아픈 이별 후에 그녀의 또다른 사랑을 진심으로 축복해 주었노라고 했다.

가식 없어 보였다. 음악이 흐르면 눈을 감고 손을 들어 오케스트라 지휘를 하듯 감흥에 젖는다. 그는 사랑과 삶을 연주하는 행복한 음악가였다.

음악이 흐르면 눈을 감고 손을 들어 오케스트라 지휘를 하듯 감흥에 젖는다.
그는 사랑과 삶을 연주하는 행복한 음악가였다.

자유를 찍는 작가

사십 초반에 혼자 된 어머니는 돈벌이를 위해 혼신을 다했고 평생 그렇게 돈버는 일이 전부인 줄 알고 살아왔단다. 그런데 삼십 중반의 아들이 안정적인 직장을 버리고 돈벌이 안 되고 명예도 얻기 어려운 사진작가가 된다고 했을 때 어머니는 받아들이기 쉽지 않았으리라. 주위에서 한심한 사람 취급을 하기도 했다고.

세월이 흐르고 어느 날 어머니가 그러시더란다. "난 돈버는 게 다인 줄 알았고 돈이면 다 되는 줄 알았는데 그게 다가 아니었구나. 내 아들이 자랑스럽다." 여든을 넘긴 노모가 쉰 넘긴 아들에게 "네가 존경스럽다."고 하는데 뜨거운 눈물이 확 쏟아지더라고.

돈버는 게 전부가 아니라는 걸 아는 어머니의 아들이기에 그는 무엇에도 구속되지 않는 예술혼을 사르고 있다. 그에게서 선물받은 사진에는 묶여 있는 땅 DMZ의 평화로운 숲과 이름 모를 꽃이 한껏 자유롭게 담겨 있다. 돈으로 살 수 없는 영혼의 울림이다.

방송의 딜레마

오래전 얘기다. 심리전 방송을 할 때다. 전방 GOP부대로 현장 모니터를 하기 위해 간다. 북으로 향하던 확성기를 반대로 돌려 놓고 우리 방송에 대한 자체 평가와 전달력 시험 등을 한다. 내 목소리가 가장 멀리에서도 분명하게 들리는 것은 장점인 동시에 단점이기도 했다.

그리고 철책 경계 장병들을 대상으로 프로그램에 대한 의견을 듣는데 한 병사가 내 프로그램이 진행되는 시간대에 계급이 낮은 병사들은 근무를 설 수 없다고 말한다. 의아했다. 그 시간대 방송을 듣기 위해 선임병이 근무를 바꾼다는 것이다. 청취율이 높다는 대단히 긍정적인 얘기 같지만 그 일 때문에 프로그램이 폐지됐다.

성적 자극을 통해 적의 사기를 저하시킨다는 심리전 목적이 일부는 달성된 듯했으나 반면 우리 병사도 오염된다는 분석이다. '깊은 밤 당신과 함께'라는 타이틀로 '인민군 오빠'를 외치던 내 목소리는 깊은 밤 우리 병사의 마음을 흔들고 있었던 것이다. 특수목적 방송에 성과를 올리면서도 폐지돼야 하는 딜레마였다.

80년대말 주 청취 대상이었던 인민군 하전사 K가 귀순 동기와 경로를 설명하면서 내 방송을 들으며 남하했노라고 하여 크게 고무됐다. 대통령상을 받을 거라고 축하들을 해 줬지만 상은 없었다. 표창 상신 대상자가 몇 차례 바뀌면서 유공자의 공로가 모호해졌기 때문이라나? 전해들은 것이니 정확치 않다. 하지만 엽서나 편지에서 이제는 인터넷이나 문자 메시지로 전달되는 애청자들의 반응처럼 인민군 하전사의 방송 청취 소감을 들은 아주 드믄 경우여서 남모르는 방송의 재미를 느꼈었다. 당시 내 방송 팬은 인민군이었다.

'깊은 밤 당신과 함께' 라는 타이틀로 '인민군 오빠' 를 외치던 내 목소리는 깊은 밤 우리 병사의 마음을 흔들고 있었던 것이다. 특수목적 방송에 성과를 올리면서도 폐지돼야 하는 딜레마였다.

말은 곧 그 사람이고 말이 사람을 이끈다

방송이 직업이다 보니 '말' 속에 산다. 방송 언어와 일상 언어가 크게 다르지 않다고는 하나 방송을 통해서는 절제하고 삼가야 할 말이 있으므로 마이크 앞에서는 한 번 더 생각하고 말하게 된다. 십수 년 방송을 하면서도 말을 잘 한다는 것이 어렵다는 생각을 한다. 쓰인 글을 틀리지 않고 잘 읽거나 자신의 생각을 막힘없이 줄줄 쏟아낸다고 말을 잘하는 것은 분명 아니다.

전우 찾기 프로그램을 진행할 때의 일이다. 당시 KBS 제1라디오를 통해서 전국에 방송되면서 참여를 희망하는 사람들이 많았다. 그래서 퇴근 시간 이후에도 늦게까지 신청을 받고 찾는 작업을 했다. 군번과 복무 연도, 복무지 등을 근거로 병적조회를 하고 다시 군 검찰단에 의뢰해서 확인된 자료를 토대로 각각의 연락처를 알아내는 일은 시간과 정성을 필요로 했다. 그러나 마을 이장에게까지 연락을 해서 어렵사리 옛 전우를 찾아줬을 때 기뻐하는 모습은 절차상의 어려움을 일소하기에 충분했다.

그날도 밤 10시를 넘기면서 전화를 받고 있었다. 경상도 산골에 홀로 사는 농부였다. 서류뭉치를 펼쳐 놓고 전우 찾기에 필요한 사항만 메모하려는 얄팍한 심사에는 아랑곳없이 그는 자신의 사연을 풀어 놓기 시작했다. 전화상이지만 팍팍한 마른안주에 소주병이 놓여 있는 모습이 그려졌다. 전우 찾기 프로그램과 관련하여 전화를 건 것이므로 처음에는 군생활 얘기를 했다. 그러나 곧 그분이 하고 싶은 얘기가 무엇인지 알 수 있었다. 홀로 농사지으며 자식들 뒷바라지에 한세월 보내고 나니 남는 것은 아픈 몸과 외로움뿐이라는 것이다. 하루 종일 있어도 말 한마디 건넬 사람 없고. 유일한 친구는 라디오고 라디오에서 다른 사람의 얘기에 귀를 기울여주는 사람과 얘기를 나누고 싶었다는 거다.

연신 술잔 넘기는 소리가 난다. 처음에는 다른 일을 보며 건성건성 받다가 그의 외로움이 전해져서일까 어느새 산골 허름한 툇마루에 걸터앉아 함께 술잔이라도 주고받듯이 귀를 기울이게 됐다. 한 사십여 분 통화를 했을까? 취했을 법도 한데 그는 예의를 각듯이 갖추며 마무리 인사를 한다. "아이구 아나운서라 그러신가 역시 말씀을 잘 하시네여. 우쩜 그리 말씀이 좋으세여. 참 고맙네여 나 같은 쓸데없는 늙은이 말을 다 들어주구." 전화를 끊고 마음이 짠하다. 죄송하게도 통화하는 동안 내가 한 말이라고는 '네에' '아 그러세요' '저런' '어쩜' 정도였다. 말이랄 것도 없었는데 말을 잘한다는 칭찬을 했다.

그 일은 방송을 하거나 인간관계에서 교훈이 돼 말을 삼가고 조심하게 된다. 맑은 음색과 정확한 발음, 고저장단을 잘 살려서 또렷하게 전달되는 음성이 때로는 기계적이고 형식적이어서 식상한 반면 투박하고 질서도 없지만 말을 잘하는 사람이라는 느낌을 주는 건 그 말에 진실과 생명력이 있기 때문이다.

말은 살아 숨쉬는 생명체와 같다. '사람의 생각이나 감정을 나타내는 데 쓰는 음성'이라는 사전적인 의미를 넘어서 말은 곧 그 사람이다. 말이 인격이고 자신을 드러내는 한 방법이다. 소통을 위한 수단만이 아니라 정신의 산물인 것이다. 그래서 옷을 골라 입고 머리 모양을 정리하고 신발을 갖춰 신어 몸 매무새를 다듬듯이 단어와 표현 수단과 억양 등을 고심한 후에 말을 해야 한다.

그리고 말을 하면서 함께 신경 쓸 것이 침묵이다. 때로는 아무 말도 하지 않는 것이 가장 적절한 언어 표현을 대신할 때가 있다. 침묵은 음성표현 이상의 언어일 수 있기 때문이다. "말로써 말 많으니 말 말을까 하노라."는 말처럼 말싸움의 끝없는 병폐에 일침을 가하는 말도 있다.

말 많은 세상이다. 입 가진 이는 저마다 말을 쏟아낸다. 말이 넘쳐난다. 사소한 인간사 갈등에서도 소리를 높여야 고지를 선점하듯이 보인다. 그런데 정작 필요한 곳에서는 말이 없다. 부부 사이에도 꼭 필요한 말조차 하지 않아 갈등이 심화되고 종래에는 이혼까지 가는 경우가 많다는 통계도 있고, 더군다나 말이 필요한 부모자식 간에 말이 없어서 자녀는 자녀대로 엇나가고 부모는 부모대로 외롭고 고독하다.

말은 해도 탈, 안 해도 탈이다. 말을 잘 한다는 것은 삶을 잘 경영한다는 말과도 통한다. 들어주는 이보다 외치는 사람들이 넘쳐나는 세상이다. 저마다 자기가 옳다고 목청을 높이는데 그 소리가 높고 강해서 들어주기 피곤하다. 그래가지고는 좋은 말조차 외면당할 수 있다. 낮고 차분한 노래보다 빠르게 외치는 노래가 많고 도심 한복판에서는 연일 자신들의 주장을 들어 달라는 일단의 사람들로 시끄럽다. 물론 그렇게라도 하지 않으면 안 되는 사정이야 오죽 많겠는가? 그러나 모두가 그렇게 외쳐대면 들어주는 사람도 있어야 하는데 그럴 여유는 별반 없다.

전화를 걸어도 빨리 말하기를 요구받는다. 친구를 만나도 빨리 본론부터 말하자고 한다. 어린아이들이나 노인, 어눌하고 느린 말투를 가진 이는 미처 자신들의 얘기를 다 털어놔 보지도 못한다. 잘못 걸려온 전화를 친절하게 응대하니 다시 잘못 걸어온다. 그리고 쑥스럽게 속내를 드러낸다. "저 이것도 인연인데 우리 얘기나 좀 하지요." 어지간히 외로운 사람이었거나 말할 대상이 없었던 게다.

낯선 전화를 받을 때 그 냉랭함이라니. 아는 사람과 생면부지의 사람 사이에 어떤 차이가 있기에 그토록 다르게 대하는 것일까? 어떻게 잘못 걸렸는지 확인도 해 보기 전에 성급하게 뚝 끊어버리면 얼마나 가슴 서늘한지. 우리는 따뜻한 말 한마디에 몹시 인색하다. 모르는 사람에게 뿐만 아니라 잘 안다고 하는 사이에도 정이 담긴 말을 아낀다.

친구 내외가 결혼 십여 년에 위기를 겪으면서 상담 아닌 상담을 요구해 왔다. 그들은 어린 시절부터 익히 봐 온 사이라 딱히 문제를 찾기 어려웠다. 그런데 익숙해서 미처 발견하지 못한 것이 있었다. 바로 그들의 말투였다. 친구 사이였고 그 연장선상에서 부부가 되다 보니 그들은 너무나 편안한 말투로 서로를 대하고 있었다. 너니, 나니는 예사이고 경우에 따라서는 가벼운 욕설까지 자연스럽게 쓰고 있는 것이다.

말투에 대해 지적을 하니 처음에는 받아들이지를 못한다. 도대체 그게 무슨 문제가 되는 것이냐며. 하지만 말이 곧 상대에 대한 마음가짐을 대변해 주는 것이고 어느 정도는 자신이 하는 말에 이끌려간다는 얘기에 차츰 공감하기 시작했다. 그들은 한동안 말투를 고치는 일에 신경을 썼다고 한다. 함부로 지칭하지 않고 동네 꼬마 대하듯 가볍게 하던 말씨를 고치고 보니 상대가 달리 보이기 시작하더라나. 어느새 존중하는 마음도 생기고.

당연한 얘기다. 친한 사이라고 말을 쉽게 하다 보면 그 다음에는 그 편한 말씨 때문에라도 상대를 함부로 대하게 된다. 그런데 말이 곧 인격이고 그 사람이다 보니 상대는 금방 느낀다. 저 사람이 나를 존중하는지 함부로 취급하는지. 느끼는 순간 자신에게로 돌아오는 것이다. 거울에 모습을 비추는 것처럼. 이쯤 되고 보면 말은 사람과 사람을 이어주는 강한 에너지인 동시에 보이지 않게 돌아다니는 '또 다른 나' 인 것이다.

말을 잘하려면 우선 잘 들어줘야 한다. 말이야 대상이 있어 하는 것인데 얘기를 듣지 않고 그에게 필요한 말을 어찌 하겠는가 말이다. 상대의 의중을 알아야 내 뜻을 설득시킬 수 있을 것이니 그의 입장에서 들어 본다. 위정자들은 기회만 되면 '국민이 원한다' 는 말을 한다. 정작 국민은 입을 꾹 다물고 있는데 그들은 어찌 그리도 국민의 뜻을 잘 아는 것일까? 국민은 그들의 말을 들어주다 보니 진실을 볼 수 있다. 그러나 침묵하는 국민의 소리를 듣지 않는 그들은 진정 '국민이 무엇을 원하는지' 알 길이 없다. 침묵하는 사람에게 집중하면 무엇을 어떻게 해야 할지가 보인다. 사람은 말하지 않을 때도 끊임없이 뜻을 전하고 있으므로 조용한 가운데 흐르는 말을 들을 수 있어야 한다.

말을 많이 할 때는 별반 칭찬을 들은 기억이 없다. 말 많다는 핀잔이나 안 들으면 다행이다. 그런데 언제부턴가 말 잘한다는 얘길 듣는다. 정작 은 듣고만 있는데도.

침묵하는 사람에게 집중하면 무엇을 어떻게 해야 할지가 보인다. 사람은 말하지 않을 때도 끊임없이 뜻을 전하고 있으므로 조용한 가운데 흐르는 말을 들을 수 있어야 한다.

행복한 뉴스

뉴스는 방송의 시작이자 마지막이다. KBS연수원에서 아나운서 교육을 받을 때 대 선배가 한 말이다.

방송을 하면서 5분 뉴스처럼 재미있는 것도 드물다는 생각을 한다. 뉴스진행 속에 방송에 필요한 모든 것이 들어 있다. 쓰여진 기사를 틀리지 않고 잘 전하는 것이 전부라고 생각한다면 그건 뉴스를 모르고 하는 말이다. 짧은 뉴스를 진행하는 것이 가장 어렵고 그러면서도 가장 스릴 넘치는 일이기도 하다.

여러 장르의 프로그램을 다 진행해 보지만 그중에서도 뉴스가 제일 재미있다. 하면 할수록 어렵고 오래 해도 질리지 않는 적당한 긴장감과 재미. 매일 비슷한 국방뉴스를 하면서도 매일 새로운 뉴스.

아나운서의 꽃은 뉴스진행이다. 방송하는 즐거움, 뉴스를 전하는 짜릿함, 누구 알아주는 사람 없어도 난 5분 뉴스의 행복감으로 하루를 온통 감사할 수 있는 난 국군방송 아나운서다.

목소리

　마이크 앞에서 할 수 있는 다양한 일을 한 흔치 않은 경우일 듯하다. 라디오와 TV 진행 외에 각종 행사 MC, 대기업 사내방송에서부터 전화안내, 다양한 분야의 ARS 음성정보, CD롬 어학교재, 호출기에서부터 휴대전화, 각종 기계의 음성정보, 청와대 및 정부 그리고 군내 음성안내 내레이션, 시낭송 CD 등등.

　많은 곳에 그리고 다양한 분야에서 내 목소리를 들을 수 있지만 때론 스스로 기억하지 못하는 경우도 있다. 심리전 방송이나 국군방송처럼 일반적인 매체가 아닌 곳에서 방송하는 까닭에 대중으로부터 기억되지는 않지만 목소리를 들으면 어디선가 들어 본 소리라는 얘길 듣게 되는 건 그 때문일 것이다.

　쓰임에 따라 필요한 소리를 내기 위해 많이 훈련했다. 일정한 색깔의 목소리라면 특정분야 외에는 어울리지 않을 것이기에 목소리를 필요로 하는 다양한 용도에 맞는 연습을 했던 것이다. 훈련한 만큼 충분히 그리고 많이 활용했다. 방송과 녹음일이 많던 때에는 정작 사석에서는 입을 꾹 다물고 있기도 했다. 직장에서 방송하고 밤새 프로덕션에서 녹음하고 나면 한마디도 하고 싶지 않아진다.

　나이가 들고 일에서 좀 여유가 생기면서는 정작 중요한 건 일상에서 주변사람들과 나누는 대화라는 생각을 하게 된다. 그리고 그 역시 기술과 노력이 필요하다는 걸 느낀다. 가까운 사람과 대화를 나누다가도 적당히 고민하면서 말하는 때문일까? "지금 방송하는 거냐."는 소릴 듣기도 한다.

방송은 가식이나 잘 꾸며진 연기가 아니다. 일상의 대화 역시 쉬이 생각나는 대로 뱉어내면 되는 것이 아니다. 그러고 보니 방송이나 일상의 대화나 크게 다를 바가 없다.

아이들과 얘기를 나누노라면 불쑥 그런다.

"우린 지금 우리 엄마의 생방송을 듣고 있습니다."

세상에 단 한 사람을 위한, 단 한 사람을 향한 방송을 진행하는 마음으로 목소리를 가다듬는다. 피곤하거나 지루하지 않게 맑고 기분 좋은 목소리를 들을 수 있도록. 흠 흠.

세상에 단 한 사람을 위한, 단 한 사람을 향한 방송을 진행하는 마음으로 목소리를 가다듬는다. 피곤하거나 지루하지 않게 맑고 기분 좋은 목소리를 들을 수 있도록. 흠 흠.

장군과 잡은 손

신심직행(信心直行). 옳고 그름의 분별이 분명하고 그 앎을 실천함에 있어서 망설임이 없어야 스스로 거리낌이 없고 더불어 질서가 바로 설 것임에도 주변에서 이를 명쾌하게 실천하는 사람을 보기란 쉽지 않다. 군인의 세계에서 그 말은 어쩌면 당연한 실천 덕목이 아닐까 싶다.

특히 많은 부하를 지휘하는 장군은 늘 칼 같은 사리분별과 명철한 지휘력, 생각과 실천의 일치 같은 것을 요구받는다. 장군이 어떤 생각을 하는지는 곧 행동으로 나타나기에 더욱 그렇다. 장군과의 대화는 유쾌하다. 적어도 술수나 얕은꾀를 부리지 않아 보인다.

평소 '신심직행'의 본보기로 부하들의 존경을 받아온 어느 장군과의 만남. 80 넘은 노장군을 초청해 한 시간 동안 대담 프로그램을 진행할 때였다. 자료를 검토하고 질문사항들을 챙긴 뒤 방송에 들어갔다. 그런데 장군의 표정과 말투가 마뜩치 않아 보였다. "허! 이렇게 어린 사람이, 그것도 여자가 군을 알면 얼마나 알 것이며, 나의 지난했던 그 시절을 어찌 방송에서 이끌어 낼 것이고?" 하는 속내가 그대로 전해져 왔다.

그도 그럴 만하다. 삼십대 여자가 전쟁을 두 번이나 치르며 격변의 세월을 살아온 사성장군 출신의 삶을 어찌 논할 것인가 말이다. 그러나 세상사 모를 일. 노인과 아이도 친구가 될 수 있고, 가장 높음과 가장 낮음은 오히려 극과 극처럼 통하는 바가 있거늘, 나이나 성별이 무슨 문제가 되겠는가? 그래서 낯설음과 불신을 적당히 불식시키기 위해 더러는 주제 넘는 말도 겁없이 건네고 또 더러는 어리숙하게 질문하면서 선입견을 허물기 시작했다.

그의 과거 면면 중 그리 알려지지 않은 일화를 슬쩍 들추며 관심을 보이자 장군은 달라졌다. 서서히 신뢰의 눈빛을 보이기 시작하는 듯하더니 급기야 진지함을 넘어 '삶을 공감하는 어린 여성 진행자'를 위해 목소리가 높아지기 시작한다.

거기까지는 좋았다. 그런데 적진을 향해 돌진하듯 얘기가 너무 빨리 나간다. 테이블을 탕탕 치며 옛 얘기에 몰두하는데…… 스텐드 마이크로 망치질 소리처럼 들리기 시작한 것이다. 스튜디오 밖에 스태프들이 사인을 보내온다. '테이블을 치지 못하시게 하라'는. 그러나 한참 올라간 신명을 뚝 끊고 '주의해 주세요'라고 아무리 '예쁘게' 경고하고 다시 진행한들 맥 빠질 노릇 아니겠는가! 해서 순간 대처를 했다. 테이블을 탕 치는 그 장군의 손 위에 쓱 손을 얹었다. 일순 참전 무용담에 한껏 높아졌던 목소리가 가라앉기는 했는데 예기치 못한 다음 사태가 이어진 것이다. 밖에서 보는 것을 염려해서일까 손을 잡더니 테이블 아래로 슬며시 내린다. 따듯하고 사례 깊은 장군의 순수를 느낄 수 있었다. 외람되게도 어릴 적 할아버지의 손길에서 느꼈던 삶의 깊이와 격려까지를 손길로 전해 받으니 오히려 맘이 편해졌다.

오랜만에 지인을 만난 듯한 반가움과 (감히) 친구의 손을 잡은 듯도 하여 정겹게 방송을 진행했다. 대한민국에서 생면부지의 출연자와 두 손 꼬옥 잡고 방송한 유일한 아나운서일지 모른다. 더군다나 나이차 40년을 홀쩍 넘어 어린 여성 진행자와 사성장군이 오랜 친구처럼 어색하지 않게 손을 잡을 수 있음은 정겨운 일일 수도.

예편 이후에도 많은 활동을 하고 있는 대장의 속 깊은 배려를 재미 삼아 얘기하고자 함이 아니다. 천하를 호령하던 호기 서린 노장군의 시들지 않은 당당함, 누가 감히 그를 팔순 노인이라 쉬이 대하겠는가? 세월의 흐름도 꺾지 못할 장군다운 기백 뒤에 사람을 귀하게 대할 줄 아는 덕을 말하고 싶음이다. 어린 사람의 치기어린 행동도 넓게 감싸 안을 수 있는 여유가 바로 장군의 통 큰 군생활을 가능케 했던 저변이었음이리라.

전·현직 장성들을 초청해 대담 프로그램을 진행하면서 제작팀과 하는 말이 있다. "장군은 아무나 되는 것이 아니다." 물론 능력을 지니고도 이러저러한 이유로 그렇지 못한 경우도 있을 것이나 여하한 사정을 놔두고라면 장군은 장군만이 지닌 특별한 무엇인가가 있다.

방송을 통해서 만나는 장군들의 공통점 몇 가지를 든다면 우선 준비가 남다르다는 것이다. 방송 내용을 사전에 충분히 논의하고 준비하되 실전(방송)에서는 여유가 있다. 한마디 한마디에 신중을 기한다. 소위 말하는 에드리브라고 하는, 즉 즉석에서 재미 삼아 하는 농 한마디도 입에서가 아닌 가슴에서 나오는 말이다. 그래서 혹 '재미없다'는 얘길 들을 수도 있지만 그러나 거기에는 '진실'이 담겨 있다.

장군에게는 대충이란 게 없다. 가끔 장난기가 발동하여 건방을 떤다. "장군님 전쟁이나 위급한 상황이 예고하고 일어나는 게 아니니까 불시 예정에 없던 질문을 드려 볼 게요." 하면서 난처한 질문을 건네도 적당히 쉽게 답하지 않는다. 유사시에도 차분히 대응할 수 있는 능력이 다져져 있기 때문일까. 또 지난 기록에 대한 분명하고 정확한 근거나 수치를 기억한다는 공통점이 있다. 도량화, 수치화하여 표현하거나 원인이 분명하고 결과가 확실하다.

일반인이 잘 쓰는 '글쎄요'라는 표현이 장군들에게서는 없다. 자기 철학이 분명하다. 남다른 열정, 철저한 시간 관리를 특징으로 든다면 웃을지 모르겠다. 그야 기본 아니겠냐고. 약속을 어기거나 소홀히 생각하는 장군은 아직 만나지 못했다. 어느 대기업 고위 간부나 성공한 사업가가 그들만한 자부심을 갖고 있을까? 혹자는 그 자부심과 긍지의 역작용을 들어 군인을 비하하기도 하지만 그것은 군인을 잘 알지 못해서 하는 말이다.

장군에게는 사사로운 이해관계에 얽매이지 않아도 될 강렬한 유혹이 있다. 조국이라고 하는 혹은 국민이라고 하는 필요성이 그들을 매혹하고 있기 때문에 그들은 기꺼이 젊음을 바쳤던 것이다. 장군들은 가족에게 지휘관 생활을 하면서 본의 아니게 소홀할 수밖에 없었던 미안함을 잊지 않는다.

또 그들은 한결같이 후배나 부하에 대한 남다른 애정을 갖고 있다. 예편 후에도 지휘했던 부대나 군에 대한 애정을 놓지 않는다. 신발은 빛나며 옷은 구겨져 있지 않다. 그러나 그들은 외로운 계급이다. 정작 자기를 드러내지 못하는 사람들. 외로움이라는 표현을 부끄러워하며 억지로 유머를 배워야 하는 쓸쓸한 사람들이다. 사회에서는 예편한 장군의 무용담을 흥미롭게 들어줄 사람들이 많지 않다. 그 연배의 사회인들이 친구들과 술 마시고 노래할 때도 전선의 어느 오래된 관사에서 부하의 무사고를 기원하며 밤잠을 설쳤을 것이고 가족이 아이를 낳을 때도 홀로 근무지에서 초조해 했어야 했고 이사를 가거나 자녀들이 입학, 졸업을 할 때도 그저 미안한 마음으로 훈련하고 근무를 서야 했다. 진급 때마다의 마음은 여느 직장인들의 출세욕과는 분명 구분되는 무엇이었으리라.

그리고 장군! 그 짧은 영광 뒤에 얹어진 짐은 무겁고 그 짐을 내리고 나서의 서운함은 누구와도 나눌 수 없는 혼자만의 마음 싸한 아쉬움일 것이다. 스스로의 선택이었으니 그저 그들의 인생이라고 밀어 두기엔 그들의 희생 덕을 너무 많이 보지 않았던가! 그래도 장군에게 오래 박수를 보내는 이는 드물다. 장군은 타고나기보다는 스스로 만들어 가는 것이기에 그

같은 마음가짐이라면 누구라도 별을 딸 것이다.

장군에게서 인생을 경작하는 지혜를 배운다. 경망하지 말라는 충고를 그들은 현란한 말로 표현하지 않는다. 지휘관 시절 온몸으로 보여준다. 군생활 중 그것을 발견한 장병이라면 인생을 좀 더 성공적으로 이끌어 갈 수 있으리라. 이 시대가 그들의 밝기만큼 바라봐 주지 않아도 장군의 별은 빛나는 가치이다. 왜냐하면 적어도 그들은 일신의 안위나 부귀만을 쫓아 종종걸음 치지 않으므로.

밖에서 보는 것을 염려해서일까 손을 잡더니 테이블 아래로 슬며시 내린다. 따듯하고 사례 깊은 장군의 순수를 느낄 수 있었다. 외람되게도 어릴 적 할아버지의 손길에서 느꼈던 삶의 깊이와 격려까지를 손길로 전해 받으니 오히려 맘이 편해졌다.

희망으로 여는 새해

방송 출연 섭외를 하다 보면 어느 분야에서 남다른 성과를 이룬 사람들은 통화에서부터 느낌이 좋다. 호의적이거나 겸손하거나 당당하거나 솔직함 등등 뭔가 기분 좋은 선입견으로 다가온다. 거절을 해야 한다면 태도가 정중하다. 일단 사람을 유쾌하게 하는 뭔가가 있다.

또 대부분 '감사' 의 마음을 갖고 있다는 것은 재미있는 일이다. 그리고 방송에 성의를 다한다. 또 어렵게 어떤 성과를 이뤄낸 사람들은 '시련' 이라고 하는 장애물을 넘은 공통점이 있다. 걸림돌 없이 성공의 길을 걸어온 이는 없다고 단언해도 좋을 만큼 불편부당함이나 절대절명의 실패를 딛고 일어서야 진정 큰 사람이 되는 모양이다.

성공을 거두기까지는 시련에 직면한 태도에서부터 구별된다. 시련이나 실패 앞에서 헤쳐나갈 길이 있다고 믿는 것이다. 이것으로 끝이라거나 도저히 어쩔 수 없다는 식의 생각을 하지 않는다. 그래서 패자는 이미 졌다고 하는 자신의 생각 때문에 지는 것이라는 걸 그들은 역으로 확인시켜 준다.

벽에 부딪히면서 더 강해지기도 한다. 맞으면서 맷집이 생긴다는 권투 선수처럼, 담금질 당할수록 밀도가 높아지는 쇠처럼 시련의 강도가 높을수록 삶의 가치를 더해 가는 것을 알 수 있다. 그래서 대화가 유쾌하다. 힘겨움을 지나온 과정을 함께 반추한다는 것은 이미 지나온 일이기에 버겹지 않고 그렇게 풀어가면 된다는 희망을 주기에 기분 좋다.

밝은 에너지의 정체는 바로 '희망'이었다. 누가 봐도 절망적인 상황에서 그들이 절망의 먹이가 되지 않은 것은 절망의 순간에 희망을 품고 있었기 때문이다.

2003년 우리 사회에 큰 희망을 선물한 아름다운 철도원 김행균 씨! 국방일보가 주최한 제2회 전우마라톤 대회에 출전해 5Km 단축마라톤 코스를 완주하여 방송 출연 요청을 했다. 처음에 그는 좀 바쁘다며 머뭇거렸다. 자신의 다리를 바쳐 어린 생명을 구한 이후 후원 카페가 생길 정도여서 유명세로 바쁜 것이 아닌가 했지만 평범한 철도청 공무원으로서 주위진 일에 충실해야 하기 때문에 업무상 바쁜 것이었다.

방송 출연으로 공직자가 자리를 쉽게 비울 수 없다는 소박한 이유, 그리고 방송국까지 오려면 시간 소요도 많을뿐더러 누군가의 도움을 받아야 함이 미안하여 전화 인터뷰를 했으면 할 만큼 주위사람들을 생각하는 따뜻한 마음도 잊지 않았다. 속 깊이 타인을 생각하는 그이기에 더러 피곤하거나 힘겹기도 하련만 전화 인터뷰 내내 그가 웃고 있음을 느낄 수 있었다.

자신의 운명을 바꿔 놓은 대 사건 이후 주위의 관심이 컸으므로 그 이후 인생이 달라졌는가? 물으니 그는 나직이 웃으며 철도청 공무원이고 근무하는데 지장이 있음에도 자신을 받아들여줘서 감사한 마음으로 일한다고 한다.

육군 비룡부대에서 군생활 했던 얘기를 꺼내자 더없이 밝은 목소리로 그때의 전우들 이름을 두루 부르며 그립다고 한다. 역시 그는 군생활을 아름답게 추억하는 긍정적이고 밝은 사람이었다. 평범한 삶을 사는 그러나 위대한 사람.

타인의 생명을 구하고 정작 자신은 평생을 힘겹게 걸어야 함에도 불평하거나 원망하지 않으며 열심히 일해서 진급도 하고 싶다는 소박한 희망을 잃지 않는 아름다운 공무원! 그는 잠시의 전화 인터뷰를 통해 큰 희망을 전해 줬다.

국방과학연구소가 '올해의 ADD인 상' 수상자로 선정한 안조영 연구원! 그는 '유도조종 소프트웨어 개발' 분야 전문가로 미사일이 발사 지점을 출발해서 표적에 정확하게 도달하도록 미사일의 운동방향과 운동크기를 판단하고 계산하는 수식을 설계하는 일을 한다. 순수 국내 기술로 개발 성공한 '천마' 나 '신궁' 에 필요한 일부분으로 미사일 체계가 완성되기까지 10년의 세월이 걸렸다고 한다. 한마디 한마디 어찌나 조심스레 말을 하는지 마치 한 땀씩 곱게 떠서 한 폭의 그림을 완성하는 동양자수를 보는 듯했다.

그의 말을 들으며 그의 연구 성과는 비전문가에게는 낯설어 보일뿐더러 재미없어 보이는 일을 어떻게 그 오랜 시간 동안 매달릴 수 있을까 하는 것이 신기하기조차 했다. 그런데 정작 본인은 매우 흥미롭고 즐거운 일이라고 표현한다. 워낙 비밀스런 일이기에 가족들조차 본인이 어떤 일을 하는지 전혀 알지 못한다고 한다.

10년 세월이면 성공보다는 실패가 많았을 시간이다. 그리고 그 연구가 반드시 성공할 것이라고 누가 보장하겠는가? 그러나 그는 믿었다. 10년 내내 그는 반드시 이룰 것이라는 믿음을 버리지 않았다. 다 된 듯하다가도 실패를 거듭할 때면 실패의 요인을 찾을 수 있어서 기뻤다고 한다. 왜 안 되는지를 안다는 것은 될 수 있는 일에 그만큼 가까워졌다는 희망이라고 했다.

세련된 말씨도 아닌 그에게서 어느 철학자의 말보다 근사한 성공철학을 들을 수 있었다. 그리고 그는 십 년에 걸친 연구 결과가 앞으로 더 큰 도전을 하는 자료가 될 것이라며 좋아한다. 그래서 다음에는 더 큰 목표를 세우고 더욱 노력해 보겠다고 하니 참으로 위대한 도전정신이다.

10년 만에 겨우 한 가지 성과를 거뒀다면 지루해서라도 다음엔 좀 빨리 성과 낼 수 있는 일을 생각하련만 그는 달랐다. 아마 100년쯤 걸려야 이룰 수 있는 일이라도 기꺼이 시작할 것이다. 그리고 그에게는 질긴 희망이 가슴 깊숙이 자리하고 있기에 언젠가는 또 다른 성공을 거둘 것이다.

희망은 난관에 직면해서 품을 때 더 빛나는 것이고 그 희망을 이룰 때 삶이 비로소 가치를 발하는 것이라면 어려움을 이기는 마음가짐은 중요하다. 한 해를 여는 달에 해묵은 문제를 부둥켜안고 억지 희망을 품으려 한다면 이미 예고된 실패를 시작하는 것일지 모른다. 아직 풀리지 않는 문제를 갖고 있다면 과거의 예화에서 교훈을 얻어 보는 건 어떨까? 많이 인용되는 얘기지만 일월에 좀 맺힌 것을 쉽게 풀자는 의미로 반추해 본다.

옛날 그리스의 지혜의 여신 아테네가 큰 상금을 내걸며 인간에게 줬다는 문제! 상당히 복잡하게 생긴 매듭을 풀라는 것이 그것인데 수많은 지식인들이 모든 지혜와 기술을 다 동원해도 풀지 못하고 힘센 장사가 도전해도 풀지 못하는 그 매듭은 세월을 거듭할수록 더 복잡하게 꼬이기만 하고 드디어 오랜 세월이 지난 어느 날 한 젊은이가 그것을 풀겠노라 호언장담하니 사람들은 가소로워한다. 내로라하는 사람들도 풀지 못한 것을 하찮아 보이는 젊은이 혼자서 풀겠다고 하니 그럴밖에.

그러나 청년은 아랑곳하지 않고 그 매듭으로 다가가 갑자기 옆에 차고 있던 긴 칼을 빼들어 냅다 내리치니 두동강이 나면서 매듭이 맥없이 풀리고 만다. 거기에 모인 모든 사람들이 이구동성으로 청년을 나무랐다. 그런 식으로 풀 것이었으면 수백 년을 내려오며 고심했겠냐고. 그러나 청년은 오히려 호탕히 웃으며 자신은 천하를 지배하는 제왕이 될 것이라 외치면서 사라진다. 실로 그는 유럽을 거의 지배하고 아시아 일부까지 지배했던 제왕! 알렉산더 1세이지 않은가!

어려운 문제일수록 풀어 볼 가치가 있고 그러기 위해 시련 앞에서 희망이 절대적으로 필요한 것이다. 즐겁고 행복하기만 한 사람에게 희망은 별 힘을 발휘하지 못한다. 어렵고 고통스럽고 힘겨운 사람 앞이라야 의기양양하게 나타나 길라잡이가 되려 하는 것이다. 문제에 직면해서 풀 수 없을 것이라는 생각을 하는 순간 이미 그 일은 할 수 없는 난제가 된다. 그러나 문제는 풀기 위해 존재한다는 생각으로 해결 방법을 구상하는 순간 이미 문제는 풀리고 있는 것이다.

살기 어렵다는 얘기들을 한다. 힘겨움이 계속 이어지는 건 외부적인 요인에 앞서 본인의 생각에서부터 시작되는 것은 아닐까. 좋아질 수 있다는 생각을 넘어 더 큰 행복을 얻기 위한 과정이라는 희망을 품는 순간부터 밝은 해가 열린다. 비록 10년, 그 이상의 세월이 걸리더라도 희망을 잃지 않는 사람에게 풀 수 없는 문제는 없다. 절망적인 문제란 더더욱 있을 수 없다.

너무나 어려운 문제에 직면해 있다면 차라리 알렉산더의 무모하리만치 단호한 칼을 휘둘러 볼 일이다. 세상에 풀 수 없는 매듭이 어디 있겠는가? 긍정적인 사고 자체로 복잡한 문제가 단순해지기 시작한다고 믿자. 가능하다는 생각은 머리를 맑게 해 주는 마술을 부린다. 이제까지 만나 본 성공한 많은 사람들이 하나같이 그런 충고를 해 준다. 그래서 믿는다. 올해는 그런 믿음 가운데 어려움을 이겨내는 사람들이 많았으면 좋겠다.

"긍정의 힘은 계란으로 바위도 깨트린다."

효심 강한 군인이 진정 강한 군인

가을의 정취를 한껏 느낄 수 있는 11월의 늦은 저녁, KBS공개홀에서 해군 군악 정기연주회가 열렸다. 객석 가득 메운 사람들은 적어도 연주자와 혹은 해군과 인연이 닿아 있으리라.

행사 진행을 위해 무대 뒤에서 막이 오르기를 기다리고 있는데 연주를 준비하는 장병들에게서는 음악회를 준비하는 것 이상의 비장함이 느껴졌다. 그중 이병 둘이 나누는 대화가 솔깃하다. "떨리지 않냐?" "어, 나는 총장님 앞에서 연주할 때도 떨리지 않았는데 오늘 엄마가 오셨거든, 그런데 이상하게 많이 떨리네."

감동적이다. 대부분 대학에서 음악을 전공 중이었거나 마친 병사들이어서 음악에 관한한 최소한 아마추어는 아닐뿐더러 연주회를 앞두고는 연습 그 이상의 훈련을 철저히 한 터라 무대에 서는 것이 새삼스러울 일은 아니다. 그리고 병사의 얘기처럼 최고 지휘관 앞에서도 당당하게 자신의 소리를 낸다. 그런데 어머님이 지켜보고 계시다 생각하니 떨린다는 것이다.

그 아름다운 떨림, 순수한 어머니에 대한 경외심이 바로 병사의 힘이다. 병사는 물론 주어진 위치에서 선임병 혹은 지휘자나 지휘관의 지시와 명령을 따른다. 그러나 궁극적으로 그들에게 최고의 명령을 내리는 사람은 바로 어머니였다. 어머니를 위해, 어머니를 생각하며 그들은 힘겨움도 잊고 두려움도 넘는 것이다.

전방부대에 근무하는 병사들에게 야간 경계근무 중에 어떤 생각을 하는가 물으면 어머니를 떠올린다고 한다. 물론 신병 시절을 벗어나면서 바뀌기는 하지만 홀로 외로이 근무를 서야 할 때 그 철저한 고독 곁에는 어머니가 함께 서 있는 것이다. 그래서 그들은 어머니의 소리 없는 명령을 들으며 일체의 동요 없이 근무를 마치고 잠자리에 들 수 있다.

2차대전 당시 미 군함이 마닐라 공략을 앞두고 있는 시점에서 명령을 어기고 물에 빠진 옷을 건져 올린 수병에게 군법이 관용을 베풀었던 예도 어머니를 생각하는 마음을 높이 샀던 때문이지 않은가? 주머니 속의 어머니 사진을 건지고자 중대한 작전 앞에 명령을 어긴 수병은 당시 드웨이 제독의 말처럼 어머니의 조국을 위해서도 목숨을 바칠 것이기에 법마저 관대할 수 있었던 것이다.

부평에 있는 군수사 예하 보급창에 취재 갔을 때의 일이다. 상병이 어머니에게 보내는 사연이었는데 내용이 너무나 절절해서 글을 읽을 때는 금방 눈이 젖어버렸다. 그런데 정작 사연을 녹음하는 그 상병의 음색은 밝았다. 이상했다. 아픈 사연을 마치 노래하듯이 소개하는 병사를 이해하기 어려웠다. 사연은 이랬다.

그 병사의 어머니는 앞을 못 보는 분이다. 선천적으로 볼 수 없었던 어머니는 그를 낳고 얼마 안 돼 남편마저 떠나 보내고 홀로 아들을 키우셨다. 그런데 여느집 아이들보다 더 깔끔하고 단정하게 차려 입혀서 내보내곤 했다. 혹여라도 앞 못 보는 엄마 밑에 크는 녀석이 오죽하랴 하는 비아냥거림을 듣지 않게 하기 위해 어머니는 두 번 세 번 살펴서 내보낸다는 것이다. 그런데 그럴 때마다 "어디 보자 우리 아들, 아이고 차림이 훤하구나." 하시며 보통의 어머니들처럼 그렇게 얘기하곤 한다는 것이다. 그러다 보니 어머니가 앞을 못 본다는 사실을 크게 신경 쓰지 않게 되더란다. 지혜로운 어머니다.

어느 날 수업 중에 갑자기 비가 쏟아졌다. 친구들과 학교를 나오는데 더러더러 가족들이 우산을 받쳐주고 가는 모습을 보며 자신의 어머니는 이런 날에 나올 수 없으련 하면서도 한편 서럽고 원망스럽기도 하더란다. 친구의 우산 귀퉁이에 슬쩍 들어가 비를 피하며 오는데 먼발치서 익숙한 모습이 보였다. 순간 반가운 마음에 아는 체를 하려다 친구를 의식하고는 이내 지나쳐 와버렸다. 어머니는 급한 마음에 우산을 들고 나오다 넘어지고 구르고 했는지 온통 흙투성이가 되어서는 한 손에 우산을 꼭 쥐고 자신은 정작 비를 피하지도 못하고 있었던 것이다. 그때 그 어머니를 부끄러워했던 마음이 너무나 죄스러웠는데 고백을 하지 못하다가 고등학생이 되고서야 어렵게 말을 꺼냈단다. 그런데 어머니는 "괜찮다, 네가 비를 맞지 않았으면 된다. 난 그걸로 됐다." 하시더란다. 그래서 그는 어머니를 위해 더 밝게 살고자 한다고 했다.

값싼 동정심에 사로잡힌 어리석은 사람 눈에 슬프게 보이던 그의 편지는 사실 그렇게 곱고 아름다운 마음으로 씌여진 것이고 그래서 결코 슬픈 사연만은 아니었다. 그는 어머니가 기쁘게 들으시라고 애써 웃으며 열심히 녹음을 마쳤다. 그런데 녹음이 끝나고 긴한 부탁을 하는 것이다. 함께 사진을 한 장 찍어달라고. 뭐 그리 어려울 것도 없는 터라 부대 정훈참모에게 부탁을 해서 활짝 웃으며 사진을 찍었다. 그 상병은 방송이 나가면 녹음 테이프와 함께 그 사진을 어머니께 보낼 것이라고 했다. 당신 아들이 방송 출연하는 모습을 보여드리고 싶어서라며.

어머니와 아들이 그렇게 멋지게 사랑하는 모습이 오래도록 가슴 따뜻하게 기억된다. 그 병사는 지금 전역해서 어디선가 열심히 일하고 있을 것이다. 그때처럼 그렇게 밝게 웃으며 멋진 군생활만큼이나 활력 있는 사회생활을 할 것이다. 어머니를 위해……

십 년이 지난 얘기다. 101여단에 근무하던 한 병사는 '주임병사' 라는 별칭이 붙을 만큼 군생활을 오래하고 있다고 했다. 사고를 쳐서 영창을 살다 오거나 탈영을 해서 처벌받은 기간만큼 연장 복무를 하기 때문이라는데 또 언제 일을 저지를지 몰라 부대에서도 신경을 쓴다고 했다. 그런데 그 병사의 노모가 수시로 찾아와 아들 좀 잘 봐 달라며 위병소 장병들에게 부탁을 한다는 것이다. 위병소 앞에 앉아 "내 아들이 참 착해요. 세상에 없이 착한 놈이요." 혼잣말처럼 그렇게 중얼거리곤 한단다.

그렇다. 그 병사는 군인으로서는 부적합자일지 모른다. 그러나 어머니에게는 착한 아들일 뿐이다. 어머니는 그저 그 믿음만으로 끝까지 아들에 대한 애정의 끈을 놓지 않는 것이다.

징검다리가 흔들려서 건너오느라 애먹었다는 아들의 말에 호통을 치며 다시 가서 바로 세워 놓고 오라고 하셨던 어머니가 계셨기에 누구보다 바른 군인이 될 수 있었다던 어느 예비역 장군의 말이 기억난다. 다른 사람이 똑같이 고생하지 않게 돌을 잘 받쳐 놓으라는 어머니의 말씀은 군생활 내내 찬물에 들어가 돌다리를 바로 세우던 마음가짐을 잊지 않게 했고 그래서 그는 말한다. 장군은 '돌다리를 바로 세우는 사람'이라고.

장군 계급장을 달고 병석의 어머니를 뵈러 급히 내려가니 어머니는 아들을 들여놓지 않으시더란다. 장군님을 어찌 누워서 맞겠냐며 당치도 않은 상황이련만 한복을 고이 입고 화장까지 하시고는 몇 달 만에 처음으로 병석에서 일어나 다소곳이 앉아 계신 어머니의 모습이 어려운 일이 있을 때마다 채찍이 되어 장군의 도를 일깨우더라고 말하던 예비역 장군은 이내 말을 맺기도 전에 눈물이 가득 고였다. 고운 눈물이다.

예로부터 효자가 나라에도 충성한다고 했다. 그래서 우리의 아들딸들은 부모님을 생각하는 그 순수한 열정으로 군생활을 하고 있고 그렇기 때문에 세계 어느 나라보다 강한 군대인 것이다.

군인의 아내

국방부에서 공모한 제3회 병영문학상 수필부문 최우수상을 받은 유모 이병은 백일 휴가를 나와 보니 자신의 고단한 군생활은 아랑곳하지 않고 너무나 자유롭게 생활하는 사람들을 보며 화가 났다고 했다. 그러나 다시 생각해 보니 자신도 입대 전 그들과 다를 바 없었음을 깨달을 수 있었다고 한다. 그때도 누군가가 지금 자신이 하고 있는 그 일을 했었으리라 생각하며 자유를 위해 자유를 저당 잡히고 사는 이들의 존재를 알게 됐다고 했다.

그의 작품은 그렇게 군인의 역할을 솔직하게 표현하고 있어 좋은 평가를 받은 듯하다. 군인은 그런 사람들이다. 누군가의 자유를 지켜주기 위해 자신의 자유는 제한받는 사람들이다. 그런 군인을 위해 또한 자유 이상의 무엇을 포기해야 하는 이들이 있다. 그들은 '군인 가족'이라는 역할조차 화려하게 드러나지 않는 사람들이다. 남편 혹은 부모의 일을 위해 자신의 의지와 무관하게 잦은 이사와 어려움을 감수해야 하는 이들! 그들의 지난한 삶에 귀 기울일 이는 많지 않을 것이다. 그저 대부분의 사람들이 살아가는 모습 정도려니 할지도 모른다. 그러기엔 일반인들과는 달리 참고 인내할 것들이 너무 많은 그들이다.

수년 전 백골부대에 취재 갔을 때의 일이다. 다양한 부대 활동상과 장병들에 관한 사연을 취재하면서 동시에 군인 가족 참여 코너를 포함시켰다. 군인 가족은 또다른 군인이기에 군인을 알리기 위해서는 그 가족들의 얘기를 빼놓을 수 없었으므로. 대위의 아내였는데 시작부터 왈칵 울음을 토해내는 것이다. 병사들도 여럿 있는 상황이라 조용한 곳으로 자리를 옮겨 그의 얘기를 듣기 시작했다.

고등학교를 채 졸업하기 전 한 군인을 만나 사랑하게 됐다. 열 살 더 많은 군인과 고등학교를 마치자마자 결혼하겠노라 하니 부모님의 노여움이 이만저만이 아니었다. 더욱이 남달리 공부 잘하고 똑똑하던 딸인지라 기대도 컸건만 대학은커녕 평소 "이런 남자는 절대 안 된다."고 말한 속성만 두루 갖춘 남자와 결혼을 하겠다니 부모님 심정이 어땠을지 짐작할 수 있노라고 했다.

신부측 하객 없는 눈물의 결혼식을 올리고 부모와의 연을 끊자는 아픈 말을 뒤로 전방까지 따라왔는데 외딴 관사에 홀로 있는 날이 허다하고 더군다나 조산을 하게 됐는데도 남편은 연락조차 닿지 않았다. 난산이라 아이와 둘이서 생사를 넘나들면서 남편을 원망하고 군인의 아내임을 후회할 즈음 남편이 비를 맞은 듯 땀을 흘리며 뛰어 들어오는 것을 보고는 조국을 원망했노라고 했다. 어려운 상황에서 애간장을 녹이며 겨우 빠져나왔을 남편은 숨이 턱에 차 말을 잇지 못하고. 부모님 얼굴이 남편의 모습과 겹쳐지면서 눈물만 흐르더란다.

코가 석 자나 빠진 남편이 애처롭게 보인 건 한참 후였다고 했다. 미숙아를 키우며 힘겨울 때마다 부모님과 남편을 모두 생각하려니 자신이 처연하지만 훈련이거나 근무 때문이어도 변명 한 번 제대로 못하는 남편을 보며 꾸역꾸역 참는다고 했다.

그녀는 오히려 내게 군인이 무엇이냐고 물었다. 군인이 무엇인가? 군인은 누구인가? 그녀는 그저 그렇게 원망조차 하지 못하고 참아야 하는 것이 군인의 아내가 아닌가 한다며 답답함을 혼자 삭이고 있었다. 지금쯤 그녀의 소원이 이뤄졌을까? 속깊은 그녀의 남편이 친정 부모께 사위로 인정받는 것이 소원이라 했는데.

연평도 취재는 예상했던 것처럼 낭만적이지 못했다. 배 타고 네 시간, 가볍게 떠났다. 그런데 야간 경계근무를 서는 병사를 취재하면서 입도 제대로 떼지 못했다. 실감나는 인터뷰를 위해 자정 가까이 돼서 해안경계 장병이 있는 곳으로 나갔는데 녹음기가 작동되지 않는다. 추위 때문에 얼어버린 것이다. 병사와 입김으로 호호 불어도 보고 가슴에 품어도 봤지만 허사였다. 실내로 들어와 녹여서 다시 나가 간단하게 인터뷰를 했다.

살을 에는 바닷가를 어린 병사들이 밤새 지키고 있다는 것과 그들을 살피기 위해 깊은 잠을 잘 시간에 그곳을 들러야 하는 지휘관이 있다는 것을 일반인들이 기억이나 해 줄까? 아무튼 그곳에서도 한 초급장교의 신혼 애기를 들을 수 있었다.

그는 아내가 있는 관사로 향하면서 구멍가게에 들러 약을 구입했다. 딱히 약국이 없어 조그만 가게에서 비상약을 팔고 있었다. 신혼이었으므로 심한 상태가 아니라면 좀 참아 보는 게 어떻겠냐고 만류했다. 임신 초기는 감기 증상과 비슷할 수 있음을 아직 어린 그들 부부는 모르는 듯했다. 갓 대학을 졸업하고 꿈 같은 신혼을 상상하던 그녀는 극장은커녕 그럴듯한 음식점 하나 없는 외진 관사에서 남편 대신 쥐 부스럭 거리는 소리로 저녁을 맞는다고 한다. 남편이 돌아오기 전까지 관사의 저녁은 눈물과 함께 찾아오고 답답함과 외로움, 무서움 때문에 후회도 해 봤노라 했다. 멋있어 보이던 군복 뒤에 그같은 고통이 숨어 있는 줄 알았으면 사랑했어도 결혼은 안 했을거란다.

남편 몰래 나지막히 전해 주는 그 애기가 멀리 겨울바다 소리만큼 싸하게 남았다. 그녀의 남편은 그 마음 아는지 모르는지 얼마 후 예쁜 딸을 낳았다며 감사의 인사를 전해 왔다. 이후 그녀는 어떤 마음으로 살까? 아마도 외로움과 무서움을 군인의 아내라는 사명감으로 길들였으리라. 훈련과 근무로 땀에 젖어 돌아오는 남편을 곱게 웃으며 맞을 것이고 그것이 고마워 그들은 또 다음날 푸른 제복을 기꺼이 입고 뛰어나갈 것이다. 그것이 군인이고 군인 아내의 선택이다.

보통 위관급이나 영관급 장교의 아내들은 남편의 진급과 더불어 언젠가 빛나는 장군의 아내 자리에 오르리라는 희망을 갖고 힘든 시절을 지난다. 그러나 장군의 아내를 만나도 여전히 군인 가족의 어려움을 토로한다. "저분은 부대밖에 몰라요. 나보다 부하들을 더 생각해요."로 시작해서 여느 다른 가정처럼 여행이나 집안 대소사에 부부동반 하는 일이 힘들다는 얘기까지 아쉬움과 참아내야 할 것들이 많음을 하소연한다. 어디 가서 맘껏 노래라도 부르고 어울려 얘기라도 하고 싶지만 '모 장군의 아내'라는 수식어가 따라 다니기에 접어야 한다고. 말 한마디 행동거지 하나라도 남편의 계급에 누가 되지 않아야 한다는 생각은 누구에게 푸념하기조차 조심스러운 부담감이라고 한다.

누군가는 그대신 남들이 갖지 못하는 것을 갖지 않느냐고 할지 모른다. 있을 것이다. 그러나 그것도 하고 싶을 때, 갖고 싶을 때 다 참고 지나 남편 어깨에 별이 달리고 나서일까. 그동안 별 보며 눈물 흘리고 별 질 때까지 기다리는 세월을 보내야 한다고. 그리고 덧붙인다. 이삿짐 스무 번 안 싸고 군인의 아내라 말할 수 없을 거라고.

가깝게 지내던 한 방송인은 군인 가족 사이에서 왕따였다. 그녀는 어느 장교의 아내로 보다 자신의 이름으로 더 알려져 있었다. 미국생활을 오래 했던 그녀는 한국적 정서, 거기에 더해 군인 가족에게 요구되는 많은 제약을 받아들이거나 실천하기는 쉽지 않았다. 지금은 없는 풍경이라지만 당시는 상사 집에 가서 김장을 해 준다거나 그 가족의 취미생활을 함께 하기도 했었다. 그녀로서는 힘든 일이다. 동참하지 않았다.

때문에 군인 가족들 사이에서 그녀는 이해되지 않는 사람이었고 아무리 개방적인 성향의 그녀였지만 주위의 시선으로부터 자유롭기는 힘들더라고 했다. 처음 얼마간은 나름대로 적응해 보려 했으나 자신의 정체성마저 뒤흔드는 그 문화에 속하기가 어렵더란다. 그래서 일찌감치 포기하고 주위의 곱지 않은 시선을 감수하며 사노라고 했는데, 남편이 장군 진급을 앞두고 암으로 세상을 떠난 뒤 남은 슬픔보다 상처가 더 크다고 했다.

"여자는 태어나는 것이 아니라 여자로 만들어진다."고 시몬느 드 보봐르는 말했던가. 우리의 현실에서 여자에게 요구되는 덕목은 아직도 구태하다. 거기에 군인의 아내에게 요구되는 것은 일반인들은 이해하기 힘든 부분이 아직도 많다. 불편하고 힘겨운, 그러나 강요되지 않는 그 어떤 요구에 그네들은 군인의 아내라는 이유로 숙연히 받아들인다.

남편의 계급에 의존하며 한 단계씩 오를 때마다 자신의 인내를 기꺼이 위로한다. 자신의 이름으로 살기보다 군인의 아내라는 이름으로 살면서 불평하지 않을 수 있는 건 그래도 남편이 남들과는 다른 의로운 직업을 갖고 있다는 위안 때문은 아닐까.

자기 자신과 가족들만을 위한 삶이 아니라 부대원, 더 크게는 국가와 국민을 위해 밤잠 설치는 남편을 생각하며 외로운 관사에 불을 밝히고 원망 대신 희망을 키우는 여인들! 그녀들은 남편의 땀으로 편안하게 자유할 많은 이들의 행복을 눈물로 지켜주며 일이 년마다 이삿짐을 꾸린다. 그들 심정을 군인의 아내가 아니고서는 얼마나 헤아릴 수 있을까.

성공을 위한 커뮤니케이션

라디오 스튜디오 안에서 출연자와 함께 하다 보면 깊은 공감이 이뤄진다. 일단 서로의 말에 귀 기울이게 되고 숨소리, 표정, 몸짓, 손짓에도 집중하게 되니까 서로 신뢰받고 지지받는 느낌을 갖게 된다.

제한된 짧은 시간에 주워진 주제를 충분히 살리면서 상대로 하여금 갖고 있는 이야기를 자연스럽게 표현하도록 하려면 진행자에게 다양한 대처 능력이 요구된다. 그야말로 순간순간의 재기와 지혜가 요구되는 상황이라 하겠다.

스튜디오 안의 분위기는 청취자에게 소리를 통해 고스란히 전해진다. 진행자와 출연자가 서로 말이 잘 통하지 않는 상황은 듣는 사람을 불편하게 한다. 예기치 않게 동문서답이 이어질 때도 있지만 그런 상황조차도 하기에 따라서는 오히려 재미있는 방송의 도구가 될 수 있다. 특히 출연자가 군인일 때(물론 지금은 상황이 많이 바뀌기는 했지만 과거에는 제약이 많았다) 예정에 없는 질문을 하면 대답을 하지 않거나 머뭇머뭇 난처해하는 경우가 있다. 그럴 때는 "역시 군인이시네요. 뭐 일반인이야 생각대로 말하면 되지만 군인은 군을 대표하는 역할이라는 생각 때문에 말 한마디도 신중을 기하게 되지요?" 하는 등의 자문자답으로 상황을 정리해 줘야 하기도 하고.

그저 준비된 질문과 답을 주고받는 것 같은 대담 프로에서도 실상은 숱한 감정의 교류와 갈등, 이해, 공감의 과정이 이뤄진다. 심리상담을 하는 과정 즉 내담자와 상담사의 상담과정은 대본 없이 이뤄지는 예술작품이라고 표현하는데 방송 진행과정 역시 그같은 작업이라 생각된다.

라디오에서는 '말'이 유일한 표현 도구인데 말을 주고받다 보면 대담자와 진행자 그리고 청취자 간에 서로 말이 제대로 통하고 있는지 궁금할 때가 있다. 서로 말로써 통하는 것. 말을 통해 자신의 생각을 전달하고 이해와 공감을 형성한다는 것은 삶에서 가장 기본적인 요소이면서도 사실 가장 어려운 부분이기도 하다.

인간관계의 기본은 커뮤니케이션 즉 의사소통이다. 커뮤니케이션은 의사소통 이상의 의미를 지니는 것으로 말만 그럴 듯하게 표현하는 것을 뜻하지는 않는다. 커뮤니케이션의 도구는 그 사람의 가치관과 이력, 평판에서부터 몸가짐, 옷차림, 동작, 표정, 목소리, 눈빛 거기에 듣는 사람을 배려하는 화자의 마음까지 모두 포함된다. 언어 구사 능력이 뛰어난 사람도 그의 의지나 뜻을 충분히 전달하지 못하는 경우는 얼마든지 있다.

실예로 스피치 대가라고 평이 나 있는 사람들도 해박한 이론에 비해 말이 충분히 와 닿지 않거나 공감이 되지 않는 경우가 있다. 소통은 전달자만의 노력으로 가능한 것이 아니기에 이론에 입각한 표현이 전부가 될 수 없다. 커뮤니케이션을 잘한다는 것은 원만한 대인관계 형성을 통해 궁극적으로 성공적인 삶을 영위하는 것과도 통하는 얘기다. 때문에 인생의 목표를 이루는데 있어 더없이 중요한 요소일 수밖에 없다.

라틴어의 '나누다'를 의미하는 communicare에서 온 커뮤니케이션은 신(神)이 자신의 덕(德)을 인간에게 나누어 주는 것을 의미하거나 열(熱)이 어떤 물체로부터 다른 물체로 전해지는 따위와 같이 넓은 의미에서는 분여(分與), 전도(傳導), 전위(傳位)되는 것을 의미하는 말이었지만 근래 들어 어떤 사실을 타인에게 전하고 알리는 심리적인 전달의 의미로 쓰이고 있다. 성공적인 커뮤니케이션을 위해서는 우선 상대를 존중하는 마음이 전제돼야 한다. 듣는 사람, 혹은 말을 전하고자 하는 상대를 함부로 생각하는 마음가짐은 목소리나 몸가짐 어느 것을 통해서도 나타날 수 있기 때문이다.

다음으로 상대의 말을 들으려는 자세가 돼 있어야 한다. 상대의 감정을 파악하고 공감하거나 리드할 수 있는 준비가 돼 있어야 하는 것이다. 상대에게 이끌려 가서도 곤란하겠지만 상대의 감정상태를 파악하지 못하고서 자신의 의지가 전달될 리 만무하다. 감정의 상당부분이 말을 통해 표현되기도 하지만 단어의 뜻과 전하고자 하는 의미가 같지 않은 경우도 놓쳐서는 안 되는 부분이다. 말과 생각을 동시에 쫓아가야 제대로 들을 수 있고 필요한 말을 할 수 있다. 많은 말을 주고받고도 돌아서 허망한 경우는 말만 나눴을뿐 진정한 소통이 이뤄지지 않은 경우일 것이다.

사람과 사람이 서로 통한다는 것은 기쁨 이상의 희열이다. 한 연구에 의하면 직장인들은 듣기에 33%, 말하기에 26%, 쓰기에 23%, 읽기에 19%를 할애한다고 하는데 이렇게 듣는데 시간을 더 쓰는 것은 잘 들어야 뜻이 통할 수 있고 그래야 원하는 인간관계가 가능하기 때문이다.

Lyman K. Steil에 의하면 듣기 과정은 먼저 듣기(hearing), 해석(interpretation), 평가(evaluation), 응답(responding)의 4단계 과정을 거쳐 이뤄진다고 한다. Joseph A. Devito의 경우는 듣기의 과정을 수용(receiving), 이해(understanding), 기억(remembering), 평가(evaluation), 응답(responding)의 과정으로 설명하고 있다. 듣기 테스트에 의하면 어떤 내용을 듣고 난 바로 직후에도 방금 들은 내용의 절반밖에는 기억하지 못하고 두 달이 지나면 1/4 정도로 기억이 감소하는 것으로 나타났다. 거기에 더해 많은 사람이 실제 상대의 말을 그 자체로 듣고 이해하는 것이 아니라 자신이 듣고 싶은 방식으로 이해하려 한다는 것이다. 바로 그것 때

문에 커뮤니케이션의 장애가 되고 오해와 갈등이 야기되기도 한다. 개개
인의 커뮤니케이션 습관에 차이가 있기 때문이다.

　잘 듣고 제대로 말하기 위해서는 상대방을 존중하는 자세로 말의 진위
를 가릴 수 있는 판단력이 요구된다. 상대가 원하는 것이 무엇인지를 알
고 아픔, 좌절, 기쁨, 걱정과 같은 것을 공감하려는 노력이 더해진다면 친
근감을 형성하는데 도움이 된다. 지나치게 자기중심적이거나 우월감, 이
기적인 태도와 같은 소양 때문에 소통에 어려움을 겪는 경우를 쉽게 볼
수 있다. 그런가 하면 보편적이지 않은 사고나 잘못된 신념, 편견과 선입
견에 사로잡혀 소통 자체를 사전 차단해 버리는 경우도 있다. 서로 의견
이 다르거나 목적하는 바가 다를 때 감정이입 방법을 쓰는 것을 '커뮤니
케이션 과정의 정수(精髓)' 라고 하는데 의미 있는 얘기다.

　기술적으로 자기 노출을 하면서 논리적이고 간결한 말로 자신의 의지
를 표현하되 비언어적 소통 즉 표정, 눈맞춤, 신체적 표현, 용모 등을 적절
히 활용하라는 원론적인 의사소통 방법에 대해서도 생각해 볼 만하다. 그
만큼 자신의 생각이나 의지가 상대에게 관철되는 것이 쉽지 않다. 역으로
나는 과연 다른 사람의 표현에 대해 얼마나 수용적인지 생각해 보면 쉽게
이해할 수 있다. 대접받고 싶은 만큼 대접하라는 말처럼 내가 원하는 바
를 상대도 원한다는 전제하에 소통을 시도한다면 좀 더 잘 통할 수 있을
것이다.

　주위에서 말을 잘한다는 찬사를 받거나 인격적으로 존중받는 사람들을
보면 결코 말이 많지만은 않다. 자신의 뜻을 쉬이 펴나가면서 동시에 상
대를 기분 좋게 해 준다. 일단 '그 사람 남의 말을 들을 줄 모른다' 는 평
을 듣는 사람이라면 인품 또한 의심을 받을 수 있다. 귀가 여려 현혹하는
말을 구분하지 못하는 어리석음을 제하고라면 적어도 남의 말 잘 들어줘
서 욕먹을 일은 없다. 겸손함과 자신감을 동시에 지니면서도 상대방의 입

장에서 생각하고 이해하면서 은근하게 자신의 뜻을 설득할 수 있는 사람이라면 사람 좋다는 일반적인 평가를 넘어 능력 있는 사람으로 비춰지기에 부족함이 없고 그런 사람들이 종국에는 성공의 반열에 오르게 된다.

주위에서 한 번 보자. 아름다운 사랑에 푹 빠져 있어 세상 부러울 것이 없어 보이는 연인 사이, 성공한 사업가, 존경받는 리더, 인간성 좋다고 평가는 되는 사람들, 그들은 커뮤니케이션을 잘하는 사람들이다. 지금 뭔가 간절히 원하는 것이 있다면 우선 사람 혹은 상대와의 커뮤니케이션 기술을 익히고 개발해야 할 것이다. 성공을 위한 최초의 노력이자 마지막 마무리 단계이기 때문이다.

커뮤니케이션의 도구는 그 사람의 가치관과 이력, 평판에서부터 몸가짐, 옷차림, 동작, 표정, 목소리, 눈빛 거기에 듣는 사람을 배려하는 화자의 마음까지 모두 포함된다.

방송은?

라디오 방송은 듣는 이의 마음에 작품을 남기는 예술이다. 스튜디오를 떠나는 순간 그 방송은 형태도 소리도 모두 사라지지만 그러나 그 순간 듣는 사람의 마음에 어떤 상으로 남는다. 그래서 라디오는 제작자와 청취자가 동시에 만드는 하나의 작품이다. 물론 완성된 작품의 이미지는 각각 다르겠지만. 듣는 사람에게서 완성되기 때문이다.

스튜디오에서 초대 손님과 마주 앉아 방송을 진행하는 순간 그런 생각이 든다. 단순히 방송 그 자체가 아니라 그 순간에 이뤄지는 어떤 작품이라고.

질투

방송 진행자로 때론 제작자로 지내면서 모델링하기 위해 타 프로그램을 선별적으로 보기도 하고 더러는 흉내를 내 보기도 하지만 애써 피하는 진행자가 있었다. 처음엔 이유를 알지 못했다. 그저 그 진행자의 방식이 마음에 들지 않아서거니 했다. 한때 방송의 꽃이었던 그가 몇 년의 공백 뒤에 다시 스튜디오로 돌아왔다. 화면을 통해 그녀를 보며 외면하고자 했던 이유를 알게 됐다. 질투였다.

터무니없게도 나는 백지연을 질투했다. 그녀의 자리가 부러웠고 그녀의 모습에 자신을 오버랩하면 초라해서 차라리 외면하고 싶었던 거다. 이제는 그녀에게 박수를 보낼 만큼 여유로워졌지만 그래도 아쉬움은 남는다. 너무나 그녀이고 싶었던 때가 있었기에. 스타에게 보내는 박수는 한편 부러움일 수 있고 한편 포기일 수도, 대리만족일 수도 있다.

나와는 상관없다고 생각되는 분야에 있는 사람에게는 사심없이 찬사를 보낸다. 가수가 그렇다. 행사 진행에서 만나는 가수, 우리 방송에서 함께 일하거나 만나게 되는 그들에게 욕심없이 박수를 쳐준다. 가수는 노래할 때 가장 빛나 보인다. 방송인도 방송을 진행하는 그 순간이 최고의 시간이다. 방송 이후 어떠한 평가나 칭찬도 방송 그 순간의 기쁨과는 비교할 수 없다.

우리는 흔히 '마이크 중독' 이란 말을 한다. 속된 표현으로 마이크의 맛

들린 사람은 마이크를 놓으면 시든다고 한다. 방송이 직업인 사람이 다른 이유 때문에 마이크를 놓게 되면 사는 것조차 힘들어진다. 무대를 떠난 가수, 관객이 찾지 않는 배우, 그들의 아픔은 단지 그 일을 하지 못하기 때문만은 아니다. 그들은 모두 어느 순간 중독이 돼버린 그것을 놓으면 다른 무엇을 하기 어렵다. 관객이나 열성 팬은 어느 순간 자신의 자리로 돌아가 그들을 잊을 수 있지만 그들은 그 자리를 물러나 설 자리가 없다.

가수는 가수를 질투하고 MC는 다른 진행자를 질투하면서 자신을 더욱 키우기도 한다. 건강한 질투가 자신을 성숙시키는 동안 동경하던 그 대상보다 더 만족스런 위치에 이를 수도 있다. 아나운서 생활에서 물론 실력 때문이기도 했겠지만 다른 어떤 이유 때문에 마이크를 잡았다 놓았다 하면서 질투심을 벗어나 다른 역할을 찾고 그 일에 충실했다. 방송을 진행하듯이 비슷한 일들에도 매력이 있어 다행이다.

지금도 방송 잘하는 진행자를 보면 질투보다는 좀 덜 촌스러운 부러움이 슬그머니 고개를 든다. 박수를 보내면서 그의 자리에 있는 나를 상상해 보는 일은 크게 나쁘지 않다.

이 시대 사람으로 살기

살아 있는 것이 얼마나 좋은 것인지 잘 모르고 산다.
그런데 정말 살아 있으니 먹고,
살아 있으니 보고,
살아 있으니 만질 수도 있고,
살아 있으니 사랑할 수도 있다.
살아 있어서 좋은 거구나. 참.

초강력 본드

　바쁜 출근길 온 가족의 하루를 준비하느라 한바탕 소동을 치르고 전철에 오르면 자리부터 흘깃흘깃 찾게 된다. 빈자리가 그리 반가울 수 없다. 앉는 순간 눈을 감고 고단함을 잠시 달래 본다. 그런데 그날은 좀 이른 때라 서 있는 사람이 많지 않아서 물건을 파는 사람의 목소리가 크게 들렸다. 눈을 감고 그의 소리가 가물해질 즈음 어깨를 툭툭 치는 바람에 화들짝 잠을 깼다.

　깜빡 졸았던 게다. 몸이 큰 젊은이가 뭔가를 사라고 내민다. 말투를 보니 발달장애인 듯했다. 물건이 뭔지도 모른 채 가격을 물으니 천원이란다. 하나를 달라며 지갑을 열었는데 만 원짜리 한 장이 들어 있어 내밀었다. 그는 받아들고 한참을 갸우뚱하더니 바꿔 오겠노라며 다른 칸으로 뛰어간다. 그리고 몇 정거장을 지나도록 돌아오지 않자 옆에 앉은 아주머니가 피식 웃으며 혼잣말처럼 속은 거라고 말한다. 아마 갖고 도망갔을 거라고.

　내릴 곳이 두어 정거장 남아 있을 즈음 그가 땀을 뻘뻘 흘리며 뛰어왔다. 더듬더듬 "언니, 바 바꾸느라 혼났어, 잉! 나 힘든데 하나 더 사줘." 그래서 한 통을 더 샀다. 그리고 다시 한 통을 더 사고 나니 그가 갑자기 달려들어 끌어안으려 한다. 놀라서 아주머니 쪽으로 몸을 돌렸다. "언니 이뻐서 뽀뽀해 주려고." 아주머니는 예쁜 언니한테 그러면 못쓴다며 몸으로 막아 서줬고 도망치듯 뛰어내렸다.

　서른은 족히 돼 보이는 큰 덩치의 남자가 아이처럼 하늘하늘 손을 흔들어 준다. 휙 지나는 전철 안에서 맑게 웃는 그의 웃음이 곱게 스친다. 그 날 직장에서는 여러 사람이 초강력 본드를 나눠 받았다. 땀을 뻘뻘 흘리며 거스름돈을 갖고 내게 달려들던 그처럼 어느 집에선가 필요한 곳에 철썩 붙여주는 역할을 하리라 생각하며 하루를 즐겁게 웃을 수 있었다.

서른은 족히 돼 보이는 큰 덩치의 남자가 아이처럼 하늘하늘 손을 흔들어 준다. 휙 지나는 전철 안에서 맑게 웃는 그의 웃음이 곱게 스친다.

힘들게 하는 사람

살면서 맘에 드는 사람만 함께할 수 없다. 가족도 마찬가지지만 특히 사회생활에서 주변 사람을 내가 선택할 수 없기에 좋든 싫든 마주해야 하는 경우도 있는데 내 노력과는 무관하게 계속해서 힘들게 하는 사람이 있다. 하루는 스승에게 하소연 했다.

"도대체 제가 어떻게 해도 저를 좋아하지 않네요." "그 사람이 자네를 꼭 좋아해야 하는가?" "아뇨. 뭐 꼭 그럴 필요는 없지요." "그럼, 버려!" 간결했다.

어떻게 모든 인간관계를 다 잘해야 한다고 생각하느냐고 한다. 노력해도 안 되면 너무 힘 빼지 말고 버리란다. 그와의 관계를 버리라고. 관계를 개선하려고만 하다 보니 답답하고 힘들던 것이 들은대로 관계를 단절하기로 마음먹으니 쉬이 가벼워진다. 그리고 생각했던 것만큼 나쁜 관계는 아니었다는 생각을 하게 된다. 매여 있는 건 내 생각이지 정작 실체가 아니었던 것이다.

정이나 안 되는 건 버려야겠다. 특히 힘든 인간관계라면 경우에 따라서는 버릴 필요도 있다. 주역에서는 坎不盈 祗旣平 无咎라 하여 세상살이가 사람들 사이에서 이뤄지는 것이므로 관계를 공평하고 순수하게 유지할 수 있으면 어려움을 최소화할 수 있다고 일러주고 있는데 그 뜻이 전해지기까지의 시간이 필요한 것인지 순수하고 공평하지 못한 때문인지 그로부터 받는 미움이 견디기 어려울 때가 있었다.

스승님은 "자네도 싫은 사람이 있지? 어떻게 해도 싫은 사람! 자네도 누군가에게 그런 사람일 수 있다는 걸 인정해야지. 그리고 그것을 극복할 힘이 부족하거든 그와의 거리를 둬."

끝까지 마음을 다하여 그를 칭찬하고 다독인다면 그는 돌아설 법도 하지만 마음 가는 사람에게도 지극정성을 기울일 시간이 부족하기에 거리를 멀리하는 쪽을 택하기로 했다. 그러니 다 해결된 것은 아니나 그의 관심 대상에서 벗어날 수 있어 다행이다.

그는 내가 바꿀 수 있는 상대는 아닌 듯싶다. 바라건대 그도 미운 사람보다는 고운 사람이 더 많아지기를 아니 정직하게 말하면 자신 안에 미움의 싹을 직시하고 그 마음을 바꿀 수 있었으면 한다. 미움을 받는 것보다 미워하는 사람이 더 힘든 것이거늘 그도 삶이 좀 가벼워져야 하지 않을까.

"자네도 싫은 사람이 있지? 어떻게 해도 싫은 사람! 자네도 누군가에게 그런 사람일 수 있다는 걸 인정해야지. 그리고 그것을 극복할 힘이 부족하거든 그와의 거리를 둬."

꽃신

그는 유행 따위는 아랑곳하지 않는다. 남의 시선도 별반 의식하지 않는다. 자기 세계가 분명해 다른 사람에게 크게 영향을 받지도 않지만 그렇다고 불편을 끼치거나 해를 입히지도 않는다. 스스로 자연주의자임을 주장하며 씻는 일을 게을리 한다. 그런데 사람 좋다. 남의 불행을 자신의 일처럼 아파해 주고 가슴 아픈 얘기를 들으면 눈물을 보이기도 한다. 중년의 나이에 소년 같은 정서를 지닌 사람.

어느 날 그는 새로 산 신발을 자랑한다. 모양이 예뻐서 샀는데 발이 좀 아픈 게 흠이라며 웃는다. 한참 걸어 보더니 발등과 엄지발가락 사이가 껴서 불편하다며 신발을 벗어 칼로 푹 긋는다. 한 치의 망설임도 없이. 그리고는 다시 걸어 본다. "좀 낫네, 그래도 이것 가지고는 안 되겠어." 하더니 가위로 싹둑 잘라낸다.

새로 산 신발은 졸지에 동그란 구멍이 나버렸다. "왜? 이상해? 이상한가?" 하더니 책상 위의 조그마한 조화를 구멍에 꽂는다. "하하하 어때? 이러니 꽃신이잖아, 꽃신이 돼버렸네."

배꼽을 잡고 웃었다. 그는 이후 발등에 구멍 난 구두를 즐겁게 신고 다녔다. 신발은 바닥만 뚫리지 않으면 된다면서.

첫 직장

재수를 하면서 스포츠센터에서 아르바이트를 했다. 사실상 그로부터 경제적 독립이 시작됐다. 아버지 친구가 운영하는 종합스포츠센터였는데 과도한 건설사업 확장으로 자금 압박을 받아 쓰러지면서 부인이 대신 경영하고 있었다.

처음 일을 시작하면서 전무쯤 되는 간부로부터 다른 아르바이트생들의 부당한 행동을 감시해 달라는 요구를 받았다. 요컨대 수입을 따로 챙기는 이른바 삥땅을 고자질하라는 것이다. 그같은 사명을 받고 여러 자리를 옮겨 다니며 다양한 일을 경험했다. 센터 내 매점 일이며 수영장 안전요원, 매표소, 수영복 대여소 등에서 아르바이트생들과 만났다. 그중 수영복 대여소에서 만난 명문대 3학년 여학생은 아직도 생생하게 기억된다. 그녀는 이미 그분야 전문가가 돼 있었다.

내 비밀 임무를 알고 있는 그녀는 그 회사 중역의 딸이었고 이미 기울고 있는 회사 사정을 세세히 설명해 줬다. 말인 즉 주인 없는 회사가 돼버린 껍데기에서 먼저 챙기는 사람이 임자라는 것이고 보이지 않게 회사 돈이 슬슬 다 빠져나가고 있다는 것이다. 때문에 쓸데없는 정의감에 사로잡히지 말라는 충고와 함께 그녀의 부정을 묵인하는 대가로 괜찮은 조건을 제시했다.

수영복 대여 내역을 일일이 기록하는데 어찌 과외 돈이 생길 수 있을까 이해하기 어려웠다. 결산 때 부족분을 채우는 일도 있던 터였기에. 그런데 정식 장부에 기록하지 않고 이중장부를 만들어 일부만 입금하고 나머지는 주머니에 넣으면 된다는 것이다. 그리고 어리벙벙한 나에게 1주일분 아르바이트비가 넘는 큰 돈을 하루에 쥐어준다.

갈등. 얘기해서 바로잡아야 하는 것이 아닌가? 그녀는 아르바이트생을 관리하는 말단 직원과 포장마차 술자리를 하면서 나의 엉성한 정의감을 일소시켜 주었다. 요컨대 그 역시 위에 얘기해 봐야 누구도 관심을 기울이지 않는다는 것이었다. 난감한 노릇이다. 받자니 양심이 찔리고 고하자니 많은 아르바이트생의 적이 돼야 하는데 그것으로 바로잡아질 일이라면 당연히 해야 하지만 소영웅주의에 관심 가져주는 이조차 없다니.

몇 번을 망설이다 방관자가 되기로 했다. 그리고 갈등을 접기 위해 매점으로 자리를 옮겼다. 성실한 매점 아르바이트생에게 또 다른 유혹이 이어졌다. 핫도그를 납품하는 외부 아르바이트생이 역시 비공식 판매 수익금을 챙기는 방법을 일러주고 대가를 바랐다. 물론 거절했고 그들 사이에서 좀 덜떨어진 사람 취급을 받았다. 아르바이트가 끝날 무렵에는 그들 대부분과 친분을 쌓아 설익은 내 정의감을 안주로 술을 마시기도 했지만 그들은 나이가 어리고 경험이 없다는 핑계를 들어 나를 이해하면서 그들 스스로의 약삭빠름을 위안받았다. 나름대로 적지않은 규모를 자랑하던 그 스포츠센터는 얼마 후 건물 자체도 사라지고 그곳에는 아파트 단지가 들어섰다.

잠시 개인회사에 취직을 했다. 재봉틀 기름이나 기계 윤활유를 공급하는 곳이었는데 직원이라야 여사장 밑에 그의 조카 둘이 전부였고 그리고 신입사원으로 내가 입사를 한 것이다. 좁은 사무실은 기름때로 검게 번들거리고 일하는 억척스런 아내를 뒷바라지하는 사장의 남편은 평소 착한 남편이었다가도 1주일에 한 번 만취상태에서 폭력을 휘두르는 이중성을 보였다.

만성적 스트레스에 시달리는 사장은 천사와 악마의 모습을 동시에 갖고 있었다. 착한 두 조카는 그녀의 히스테리를 다 받아주며 기름 배달과 집안 허드렛일까지 도맡아해 줬다. 처음에는 전화 받는 것이 전부였는데 어차피 한 달을 있더라도 제대로 해 보자 싶어 청소부터 시작했다. 우중충한 사무실을 반듯하게 정리하고 전화를 받을 때는 밀린 돈을 받아내는 공적을 세워 과외로 보너스를 받기도 했다.

불과 얼마 만에 새로운 거래처를 확보하는 능력을 발휘해 사장의 신임을 한 몸에 받게 되고. 경리 일을 보던 여직원이 운전기사와 짜고 몰래 기름을 빼돌리는 일을 여러 번 경험한 사장으로서는 최초의 신뢰라고 했다. 배반감 때문에 불시에 사무실을 점검하는 버릇도 곧 사라졌다. 수금한 돈을 남편으로부터 지키기 위해 나에게 맡길 만큼 인정을 받을 즈음 그곳으로부터 벗어나기로 했다.

남편에게 맞아 이삼 일 자리를 보존하고 누웠을 때는 그녀의 사업을 대신하다시피 했고 어린 나이에 감당하기 힘든 푸념도 들어줘야 했다. 가엾은 여인이다. 그녀의 쓸쓸한 중년이 나를 그곳으로부터 더 빨리 떠나도록 했다. 머리에 이고 지게에 지고 기름을 나르며 뼈가 으스러지도록 일해 온 세월이 공허해 돈이라도 움켜쥐려 애쓰는 그녀의 건강을 기원하며. 그리고 묵묵히 기름때 묻히며 일하는 그녀의 착한 조카들이 잘 사는 세상이었으면 하는 기원을 남기고 찬사와 박수를 받으며 첫 직장을 떠나왔다.

잘 살기 위해 죽음을 생각한다

이사철에 맞춰 거처를 옮기게 됐다. 8·31 부동산 대책 이후 전에 없이 썰렁한 이사철을 보내고 있는 상황이라 빈 집을 여러 곳 볼 수 있었다. 반지하지만 아이들에게 각각 방을 줄 수 있어 기뻤다. 한 공간에서 북적이다 좀 여유가 생기다 보니 욕심이란 게 또 그런 것이던가 싶다. 쓸데없다 여겼던 가구가 이제는 좀 있었으면 싶어졌다. 가까운 친구는 "네가 무슨 수도승이냐."며 변변한 가구 없이 사는 모습에 핀잔을 주기도 했는데 역시 수도승은 못될 모양이다.

초등학교 동창에게 전화를 걸어 얘길 건넸더니 열 일 제쳐두고 아는 가구점까지 먼 길을 함께해 줬다. 가구점 주인과 친구가 나누는 얘기를 들으며 가구를 둘러보는데 그 얘기에 등장하는 인물이 나도 아는 이였다. 두어 달 전에 세상 버린 초등학교 동창에 관한 얘기를 나누고 있었다.

초등학교 시절 극성맞고 개구쟁이였던 그의 소식을 간간히 전해 들었다. 사업이 번창해서 제법 산다는 얘기, 후배와 결혼해서 잘 산다는 얘기, 그리고 사업이 잘못되고 다른 사람 차를 운전하고 있다는 얘기까지 듣고는 세상 버렸다는 소식을 접했던 것인데 가구점 친구는 자살 직전 45분간의 통화가 마지막일 줄 몰랐다고 했다. 아직은 그렇게 가서는 안 될 사람이라고, 아주 조금만 더 참고 견뎠으면 좋은 날도 왔을 것이라고, 그리고 자살로 주위를 아프게 해서는 안 될 일이라고 연민과 원망이 섞인 마음을 드러내면서도 떠난 친구에 대한 그리움으로 각기 다른 인연을 갖고 있던 우리 세 사람은 눈물을 흘렸다.

아이를 잃고 사업에 실패하고 이혼하면서도 그래도 버티던 그가 가장 힘겹던 순간에 가족과 지인들마저 외면하는 현실을 견디기는 버거웠던지 흔적 하나 남기지 않고 훌쩍 삶을 팽개쳐버렸다고, 그런데 문득문득 몹시 그립노라고 했다. 더 이상 세상 탓하는 소리마저 들을 수 없음은 남은 자들의 고통이었다. 돌아오는 길에 멀리 어둠이 짙은 강을 바라보며 시퍼런 삼십대 젊은 남자의 쓸쓸한 죽음을 생각해 봤다.

그리고 며칠 후 의외의 물건을 받았다. 친구를 사이에 두고 새로 알게 된 가구점 주인이 보내온 짐 속에는 주문하지 않은 것이 들어 있었다. 값도 제법 나가는 것이라 잠시 앉아서 탐을 내던 것을 기억하고 기꺼이 보내준 것이라 했다. 살았을 제 잘해 주지 못한 내 초등학교 동창이자 그의 친구에 대한 아쉬움이 가구에 담겨온 것이었다.

이별이나 사랑 따위를 읊조리기에 좋을 가을에 아직은 영글지 않은 식견이지만 죽음을 생각해 본다. 죽음과 친해져야 한다는 사십을 바라보면서 죽음에 대해 낯설지 않은 건 벌써 주위에서 또래의 죽음을 어렵지 않게 보기 때문이기도 하리라. 억척스레 살던 이가 어느 날 허망한 주검으로 다가올 때 잠시 삶의 번거로움을 내려놔 본다. 삶과 죽음은 동전의 양면처럼 그렇게 늘 우리 주위를 따라다닌다. 아주 먼 것도 그렇다고 가까이 들여놓고 있을 수도 없는 그것을 이제는 한 번 깊이 들여다봐야 할 것 같다.

전에 어느 군 원로가 그런 충고를 했다. 전쟁에서 죽음과 친해지니 삶이 버겁지 않더라고. 전우와 부하의 죽음을 눈앞에 보고 참으로 뼈를 찧는 고통을 경험했는데 그러면서 죽음을 곁에 두니 삶이 가벼워지더라고 했다. 예고 없는 죽음을 가까이서 목격하니 어렴풋이나마 알 것도 같다.

삶을 아름답게 향유하셨던 할아버지가 숨을 거둘 때 그리고 아버지의 임종을 지키면서 삶과 죽음이 같은 옷을 입었다는 생각을 했었다. 할아버지의 마지막은 간접적으로 봐야 했지만 그것이 마냥 고통이거나 슬픔만은 아니었음을 실감할 수 있었다. 차분하게 준비하고 그리고 마치 거품이 사그라지듯이 반듯하고 단아하게 거두셨기에 그랬고 아버지는 한 숨 한 숨 거두는 것이 옷을 벗듯, 바라춤을 추듯 그렇게 가벼워 보였다. 단지 얼굴에서 표정과 색깔과 수분이 빠져나가는 것 외에 그 이상도 이하도 아닌 듯이 자연스러웠다. 죽음과 친해지는 걸 주위에 잘 사신 분들에게서는 느낄 수 있었다.

우암 김재순 : "젊은이들, 특히 젊은 여성들로부터 '아직 젊으세요!' 란 말을 자주 듣는데 그 말은 벌써 이미 젊지 않다는 뜻 아니겠습니까. 오스카 와이드는 '노년의 비극은 그가 늙었다는 데 있는 것이 아니라 아직도 젊다고 생각하는 데 있다' 고 했는데 노년이 청년의 흉내를 내려는 것을 노추라고 할런지요."

금아 피천득 : "늙으면 아무리 똑똑하던 사람도 허수아비가 된다는 말이 있습니다. 하지만 늙는다는 것도 생각하기에 따라서는 그렇게 나쁜 것만은 아니죠. 사람이 오래 산다는 건 과거의 좋은 기억과 인연을 많이 가졌다는 뜻이기도 해요. ―늙음이란 물론 젊음만은 못하겠지만, 잘 늙는 경지에 이르면 노년도 아름다울 수 있고 또 어느 순간 죽음이 닥쳐와도 두렵지 않겠지요." ―90대와 80대, 70대, 60대 피천득, 김재순, 법정, 최인호 네 분의 어른들 말씀을 담아 낸 책 『대화』 중에 나오는 대목이다.

나이 들어간다는 건 생각하기에 따라 그리 나쁜 일만은 아닌 듯하다. 인위적으로 얼굴에 주름을 펴고 차림새를 파랗게 하는 일 말고도 곱게 나이를 보여주는 것도 멋이리라.

이따금 따뜻한 식사자리를 함께하는 예비역 장군 중에 한 분이 팔십을 바라보면서도 그다지 아쉬움이 크지 않은데 다만 노년이 조금 불편할 때가 있더라는 얘길 하는데 참 고와 보였다. 듣고 싶을 때 잘 들리지 않는 게 좀 불편하고 더 걷고 싶은데 다리가 저린 게 좀 더 불편하고 그리고 젊은이와 웃으며 얘기하고 싶은데 젊은이가 귀찮아하는 것 같아 많이 불편하지만 그러나 노년에만 가능한 것도 있기에 그런 일들을 즐기노라고 하신다. 잘 사신 분이지 싶다. 이제는 뭔가 전해 주고 남겨주려는데 뜻대로 될지 모른다고 말한다. 그는 이미 많은 것을 주신 분이다.

키케로는 '철학을 공부한다는 것, 그것은 곧 죽음을 배우는 일이라' 고 했고 아인슈타인은 만년에 죽음에 대해서 '더 이상 모차르트를 들을 수 없는 것' 이라 했으며 금아 피천득은 '죽음을 두려워하지 않으려면 죽음을 배워야 한다' 고 했다. 카릴지브란은 '죽음의 비밀을 알고 싶어 하는데 그러나 생명의 중심 속에서 죽음을 찾지 않는다면 결코 그것을 찾지 못할 것' 이라 했다. 유호종의 『떠남 혹은 없어짐—죽음의 철학적 의미』에서는 생명을 존중하듯이 죽음 또한 그리해야 하고 죽음에 대한 올바른 직관을 통한 고찰로 생의 소중함을 깨닫고 삶의 태도를 정하는 것이 바람직하다고 한다.

때문에 죽음에 대한 진지한 고찰과 직시가 삶을 유지하고 영위하는데 마땅히 필요한 것이라는 얘기다. 포이에르 바하도 『죽음이란 무엇인가』에서 욕망의 노예가 되면 왜 그것을 욕망하는지조차 알지 못한 채 일상사에 묻히게 된다며 죽음에 대한 고찰을 통해서만이 생의 소중함을 깨달을 수 있고 그렇게 깨달은 생의 의욕이 의미 있고 자유로운 삶을 이끈다고 했다.

보통은 어느 정도 연륜이 쌓이고 삶을 제대로 향유한 자만이 죽음을 논할 자격이 있으련 한다. 그러나 제대로 잘 살고 싶다고 느끼는 순간 죽음도 함께 숙고해야 할 것이다. 삶의 끝에 죽음이 놓여 있는 것이 아니라 삶 속에 죽음이 함께 있으므로 잘 살아야 잘 죽을 수 있고 잘 죽고자 하는 이가 잘 살 수 있는 것이다. 욕정과 탐욕에 이끌려 가노라면 정작 생명력을 잃어 갈 수 있다. 더군다나 일신상의 이로움만 쫓다 보면 원치 않는 죽음 앞에 떠밀려 가는 자신을 붙잡고 통곡하게 될 것이다.

스스로 자신의 죽음을 받아들이지 못해 안간힘을 쓰는 이들이 많다는 건 그만큼 우리 삶이 과한 욕심 채우기에 급급하다는 얘기도 될 것이다. 어찌 살면서 욕심을 멀리만 할 수 있으랴만 아주 조금 나눠준다는 생각만 있어도 죽음이 그리 억울하지 않다고 한다. 많이 산 이들의 충고이고 보면 어렵지만 받아들여야지 싶다.

근자에 어렵게 살고 있는 나라들을 두루 다녀온 MBC 최삼규 PD가 평범한 한 끼 식사조차 부끄럽더란 얘길 한다. 그러면서도 몇 날을 지나면 과한 음식을 탐하는 것이 참으로 거두기 힘든 일상인가 보다고 말한다. 하루 중 어느 한순간의 욕심만 줄여도 또 다른 생명이 생을 유지할 수 있을 거란 생각에 무심한 일상이 미안하고 그래서 조심하게 된다는 얘길 들으며 삶이 검소하면 정신이 풍요롭고 그러므로 죽음도 가볍고 친할 수 있겠단 생각을 다시 한 번 하게 된다.

어른들이 들으면 경을 칠 경박함인지 모르나 오늘 나의 일상을 사랑하는 만큼 죽음을 들여놓고 조용히 생각에 잠겨 본다. 그리고 잘 죽기 위해 잘 살아야겠노라 다짐도 해 본다. 아직 젊은 날에 죽음을 생각하며 오늘을 살고 그리고 죽음을 준비하면서 내일을 계획하리라. 감히 죽음을 생각할 수 있는 삶이 아직 허락된 것은 참으로 감사한 일이다.

딱 중간만 해

공무원 생활을 하면서 '중간만 하라' 는 말을 많이 듣는다. 군인들도 즐겨 하는 말이란다. 물론 어디에도 명문화돼 있는 것은 아니다. 선배 역시 위로부터 전해들은 얘기라며 건넨 말이다. 공무원은 너무 튀거나 처지지 않아야 하고 업무도 앞서가지 말라고 했다.

생활하면서 그 얘기는 실무에서 바로 부딪힌다. 업무 개선을 위해 제언하면 맞는 말이지만 그냥 따지지 말고 시키는 대로 하라는 말을 듣기 십상이다. 불필요한 일에 대한 의견을 개진해도 따지거나 말 많은 것으로 간주되기 쉽고. 십 수년 전 상황이고 보면 그때는 그랬노라고들 한다.

그러나 한참 의욕 넘치는 나이에 '튀지 마라' '천천히 하라' '너무 열심히 하지 마라' '시키는 일만 하라' 는 얘기는 답답할밖에. 더구나 공무원 신분이긴 해도 방송일이라는 게 빠르게 움직이고 더러 앞서가려는 사명감이 아니면 우스워질 수 있으니 갈등 아닌 갈등을 해야 했다.

방송 진행을 하면서는 나름대로 의식을 선도한다는 소명감으로 임하지만 막상 스튜디오를 나오면 구태한 업무수행 방식에 따라야 한다. 거기에 '여자가' 라는 또 하나의 제약이 따라 다녔다. 공식석상에서 업무와 관련된 발언을 하고 나면 '여자가 너무 나선다' 좀 심하게는 '여자가 너무 설친다' 는 핀잔을 들어야 했고 '누군 몰라서 안 하는 줄 알아? 우린 공무원이야' 라는 얘기로 의욕을 일소해 버리곤 했다. 기획안이 제안 이후 몇 년이 지난 후 다시 내놓았을 때 받아들여지는 것을 보면 현실감각이 약하거나 필요이상으로 앞서갔나 싶기도 하다. 그래서 듣는 얘기가 ‘말은 좋은데……’였다.

시간이 지나면서 많은 것이 바뀌었지만 일반 사회 분위기에 비하면 공무원 세계는 느리게, 그리고 소극적으로 변화했고 그러면서도 크게 변하지 않는 것이 ‘공무원은 중간만 하라’는 것이다. 개인의 영달을 위해 튀는 행동을 하는 것이라면 제제가 필요할 것이다. 그러나 업무의 발전과 효과적인 수행을 위해서라면 개성과 아이디어를 인정해 줘도 좋으련만 수직관계 업무체계에서 하위직의 튀는 생각이 관철되기란 쉽지 않은 일이었다. 지금이야 본인의 의지가 강하고 부지런하면 관철시킬 수 있는 가능성이 얼마든지 열려 있지만.

개인 성향에 따라 중간만 하는 게 편한 사람도 있다. 그러나 넘치는 끼와 샘솟는 아이디어를 억누르고 중간이라는 기준을 맞추기 힘든 사람은 공무원 신분에는 어울리지 않을 듯싶다. 그러면 ‘절이 싫으면’ 어쩌고 하는 얘기를 한다. 나는 절이 좋다. 대의를 위해 일한다는 사명감을 가질 수 있어 좋고 국가라는 큰 흐름에 동참하는 소속감도 충족돼 좋다.

공무원 생활 이십 년을 넘기면서 그리고 나이 마흔을 넘기면서 편한 방식으로 받아들이는 요령을 터득했다. 중간만 하라는 충고는 중용의 기교를 얘기한 게 아니었을까 하는 식으로. 스스로야 잘한다고 나댔지만 이미 어느 정도 경지에 오른 이들이 보면 쓸데없이 넘치고 가벼운 것으로 비춰질 수도 있었으련. 너무 멀리 보고 당장의 작은 것에 소홀하여 작은 것도 이루지 못하는 과오를 범하지는 않았는지 돌아본다.

조화와 균형만을 생각하다가는 재미나 성장을 놓치게 되고 그렇다고 속에서 끓어오르는 대로 내어 놓으면 필요 이상으로 넘쳐흘러 하지 않으니만 못한 꼴이 될 수도 있다. 弗遇過之 飛鳥離之 凶 是謂生目이라는 주역의 가르침처럼 너무 높이 날려다가 아예 사라져 버리는 새처럼 되지 않으려면 멈춰야 하는 순간에 멈출 수 있어야 하고 지나침을 경계해야 할 것이다.

외부에서는 공무원이 바닥에 바짝 엎드려 움직이지 않는다고 비아냥대는데 정작 안에서는 남보다 앞서가지 말고 다같이 중간에 맞춰 나가자고 한다면 비통한 일이다. 그러니 그 말은 그토록 한심한 충고는 아니었으리라 믿고 싶다. 넘쳐서 해를 입지 말되 너무 낮아서 불편함을 끼치지도 않도록 중용의 덕을 실천하라는 깊은 의미였으리라 억지로 믿기로 했다. 지나침은 부족하니만 못할 것이므로.

넘쳐서 해를 입지 말되 너무 낮아서 불편함을 끼치지도 않도록 중용의 덕을
실천하라는 깊은 의미였으리라 억지로 믿기로 했다. 지나침은 부족하니만 못할
것이므로.

때를 기다리라

주역에서 순수하고 정직한 사람은 호랑이 꼬리를 밟아도 물리지 않는 다고 한다. 그런데 누군가에게 직언을 할 때는 바로 이 호랑이 꼬리를 밟 는 것과 같아 경계하고 두려워해야 한다고 가르친다.

직언을 하는 사람이 균형감을 가지고 자기를 버리는 희생정신을 갖고 있어야 하지만 수양이 부족하여 직언을 들을 자격을 갖추지 못한 이도 있 으니 이를 잘 가릴 수 있어야 한다. 특히 윗사람을 바로잡고자 하는 직언 은 자칫 호랑이 꼬리를 밟은 것과 같아 크게 화를 당할 수 있다고 하는데 그런 꼴을 몇 차례 겪고 나니 어설픈 충심이 뜻을 이루기는커녕 자리만 위태롭게 한다는 것을 실감할 수 있었다.

현명한 군주야 충언을 함부로 여기지 않는다지만 범인이야 아랫사람의 직언을 어찌 달가와 하겠는가. 아닌 것을 아니라고 하니 면전에서 말을 가리지 않았다는 죄목을 들어 불편함을 주고, 부정함을 보았노라 하니 잘 못 본 것이라 이상한 사람 취급하고 해서는 안 될 것을 하라 하여 거부하 니 인격적 모멸감을 주려 한다.

부당한 일에 직접 개입되는 일만은 하지 못하겠노라 했다가 크게 곤란 을 겪기도 했던 것을 보면 이래저래 만만치도 않지만 그렇다고 현명하지 도 못했다. 평탄치 않은 세월이었다.

상대를 알지 못하고 일을 바로잡을 준비도 없이 얕은 생각에 사로잡혀 때를 구분하지 못한 어리석음에 대한 대가였다. 아닌 줄 알면서 소리를 높이는 것은 일도 이루지 못하면서 처지만 위태롭게 하는 것이니 이를 가릴 수 있어야 할 일이다. 그것이 비겁함이라 생각하던 삼십대는 이미 지났다. 작은 감정을 다스리지 못해 큰일을 시작도 못해 본대서야 되겠는가 말이다.

직언을 괘씸해하지 않는 큰 어른을 만나는 것도 복 중에 복일 것이다. 그 복을 누릴 수 있다면 오히려 더 낮게 숙이고 감히 충언이라는 충심을 빙자해 교만을 떨지 않을 텐데 말이다. 세상일에는 다 적당한 때가 있기 마련이니 그 때를 아는 것이 지혜일 것이다. 더 열심히 지혜로와질 일이다.

세상일에는 다 적당한 때가 있기 마련이니 그 때를 아는 것이 지혜일 것이다.
더 열심히 지혜로와질 일이다.

개살구도 주인이 있다

나라의 녹을 먹는 자로 과연 어찌해야 할 것인가? 나만 도둑질을 하지 않으면 다 되는 것인가? 도둑질을 보고도 모른 체하면 그뿐인가. 나라의 재산을 공으로 먹는 자도 도둑이라시던 할아버지 말씀이 생각나면 푸슥 웃는다. 어떤 놈이 남의 곡간의 곡식을 훔치는 것을 보면 어쩌겠느냐고 물으셨다.

"네놈도 배를 곯으니 많은 것에서 좀 덜어 가는 거 뭐 흠되랴 싶으냐?"며 슬쩍 떠 보셨다. "남의 밭에 널려 있는 고구마를 하나 캐 와도 도둑은 도둑인데 그저 놔두면 도둑이 하나만 가져가고 흙을 덮겠습니까?" "허 그놈!" "도둑을 놔두면 도둑이 둘 셋이 늘고 그러면 자꾸 도둑질 하는 요령으로 살려는 것들이 늘지 않겠습니까?" "허 허!" "그런데 도둑을 맞고도 도둑만 나쁘다고 타령하는 주인도 게으른거지요." "옳지!"

할아버지는 훗날 나라의 녹을 먹거든 나라 곡간을 그득 채우고도 네 몫은 주워진 만큼만 가져오고 혹 채우지 않고 탐내는 자가 있거든 작대기로 내리 치라고 하셨다. 할아버지는 너만 도둑질 하지 않으면 되는 것이 아니라 도둑이 도둑질을 부끄러워하도록 해야 한다고 하셨다.

담배집 살구는 탐이 났다. 여름 볕에 노랗게 익다 못해 끝이 빨갛게 타들어갈 즈음이면 황희 정승이라도 손을 뻗쳐 한 움큼 먹고 싶을 게다. 더구나 담 바깥으로 밑둥이 슬쩍 나와 있어 아무도 안 볼라치면 후다닥 올라가 주머니가 불룩하도록 담아 내려오기 딱 좋다. 그런데 나무가 어찌나 큰지 동네 아이들이 다 먹어도 남으련만 담배집 할머니는 부짓갱이를 들고 일 삼아 지킨다. 거 좀 따 먹게 놔두지. 그럴수록 탐이 난다.

하룻밤 지나고 가 보면 다르고 또 다음날이면 홀쭉하다. 할머니가 밭에 간 새에 동네 아이들이 몰려 올라가 흔들고 장대로 후려치고 해서 시퍼런 것까지 온통 떨어졌다. 밑에서 열심히 줍던 나는 워낙 도망치는 재주가 없어 혼자만 잡혔다. 담배를 많이 피워서 그런가 그 할머니 입도 참 걸다. 어찌나 소리소리 치던지 눈이 살구만큼 붓도록 울면서 집으로 돌아왔다. 할아버지는 이내 말이 없으셨다. 담배만 피우셨다.

얼마 후 어스름 저녁 다 찌그러진 양은그릇에 잘 익은 살구를 소복 담아 담배집 할머니가 들고 오셨다. "으르신 올해도 살구가 다네요. 좀 몇 알 드셔 보세요. 애들이 익게 내버려 두질 않네여. 익을 때까지 지키자니 애꿎은 으르신 손녀따님이 혼구멍이 났습니다."

수줍게 들어와 먼 발치에 놓고 가는 살구가 꽃처럼 예쁘다. 살구는 익어도 시다며 실컷 먹어 보거라시는데 이미 입맛이 씁쓸해져 정작 당기질 않았다. "개살구도 남의 것 무서운 줄 알아야 하는데, 경공중에 매달린 것도 네 것 내 것 가려야지. 단 것 나눠 먹음 좀 좋아! 시큼 틀트름할 때 다 따 흘려버리니 원……."

그 후론 담배집 할머니의 욕설이 담배 연기만큼이나 아른아른 정겨웠다. 억척스레 다 지어서 후에 넉넉하게 나눌 줄 아는 어른들이 내 어린 시절엔 있었다. 할아버지는 많은 말보다 조용한 진실로 가르침을 주셨다. 그래서 지금도 주인 없는 재물이 있어도 감히 손을 대지 못한다. 담에 걸쳐 있는 개살구 줍고 부끄러웠던 생각에…….

내가 그 입장이라면

2004년 5월 이라크 아브그라이브교도소에서 미군에 의해 자행됐던 포로 학대사건으로 전 세계가 시끄러웠다. 당시 논란이 됐던 그 사건으로 미국은 이라크전 정당성에 공격을 받았다. 사건이 있고 여러 가지 추가적인 사실들이 확인되면서 사람들은 위악적인 인간 본성에 대해 의심하기 시작했다. 특히 포로 학대사건에 연루된 유일한 여성으로 관심을 모았던 린다 잉그랜드 이병은 21살에 임신 중이었다는 측면에서 다소 충격적이었다. 부시 미 대통령이 직접 나서 공식사과를 했음에도 이라크인들은 물론 세계인의 분노가 가라앉는데는 시간이 걸렸다.

이 사건을 두고 인간 심성에 대한 이해를 돕고자 하던 독일의 한 학자는 독일 내에서 뿐만아니라 전세계 네티즌들로부터 비난의 화살을 맞기도 했다. 대부분 가학자들에게 돌을 던지는데 주저함이 없었다. 당연히 피해 포로들에 대한 인권부분에 초점이 맞춰졌고 미군의 인권 유린에 대해 비난했다. 그렇다면 인간은 과연 얼마나 더 잔혹할 수 있는가?

당시 그같은 일을 저지른 이들은 훈련받은 군인들이었다는 측면에서 더 화를 돋웠지만 그러기에 또 한편 의문을 던지게 된다. 과연 왜 그렇게까지 해야 했는가? 인간의 본성은 선한 것인가 악한 것인가? 이에 대한 직접적인 실험이 있었지만 그것 역시 일반화하기엔 무리가 있을지 모르겠다.

어쨌거나 1971년 미국 스탠퍼드대학 필립 짐바르도 교수의 '감옥 시뮬레이션 실험'은 인간 본성에 대한 이해를 도울 수 있을만한 자료로 제시됐다. 건강하고 평범한 대학생들 중 지원자를 대상으로 2주 동안 실제 교도소 생활을 체험하도록 하는 실험이다. 굳이 설명이 필요 없는 단순한 상황일 수 있다. 지원자들은 그저 어떤 역할을 잠시 대신하는 것인데 모든 것은 관찰되고 있고 가상 상황일 뿐이라는 전제가 있었다. 그 같은 조건에서 지원자들은 간수나 혹은 죄수의 역할을 선택했고 그 역할을 대신하면 된다. 그런데 역할 대행이라는 단순한 사실은 단 하루를 넘기면서 흔들리기 시작한다.

둘째 날부터 교도관 역할을 맡은 학생들은 서서히 진짜 교도관이 할 법한 일을 하는 것이다. 그리고 죄수 역을 맡은 학생들은 혹 실제 상황에 처한 건 아닌가 하는 의심과 함께 죄수복 그 자체로부터의 위축, 간수들의 제복과 선글라스, 곤봉에게서 받는 위압감 등으로 이미 죄수의 심리가 돼 버린 것이다.

다음날이 되면서는 가상 상황인지 실제 상황인지 혼동할 만큼 역할에 충실하게 된다. 교도관들은 무력을 행사하고 저항하는 죄수는 독방에 가두거나 구타를 하기도 하면서 오 일째부터는 실제 정신적 충격으로 발작을 하는 죄수 역의 학생이 나올 정도고 급기야 이들이 집단 광기를 보이며 폭동을 일으킨다. 당연히 실험이 계속될 수 없었고 이 실험은 후에 논란이 되기도 했다. 이 사례를 다큐멘터리를 통해 접했을 때 충격이었다. 과연 그럴까 하는 의구심도 들면서 극한 상황에서 인간이 어떤 행동을 보이는지 또 혼자가 아니고 일단의 집단 속에서는 어떤 태도가 가능할지 상상해 볼 수 있었다.

이것이 보편적인 인간의 심리라고 단정할 수는 없지만 환경에 따라 인간이 얼마나 악해질 수 있는지는 관찰이 가능하다. 극단적인 상황이라는 인식이 세워지고 오 일 만에 인간의 이성이라든가 선한 의지가 상실될 수도 있고 특히 교도관 역할을 맡았던 대학생들이 2차 대전 당시 나치들이 유태인에게 가했던 체벌과 똑같은 방식의 체벌을 고안해 냈다는 사실을 통해서는 인간 내부의 악마적 본성에 대한 두려움마저 갖게 된다.

군생활에 대한 회고를 통해 많이 듣게 되는 것 중에 비이성적인 선임이나 상사에 관한 얘기가 있다. 특히 훈련병 시절에는 과연 그런 일들이 가능할까 하는 의구심이 들 만한 사례들도 많다. 그리고 그들은 한결같이 자대 선임이 되거나 전역 후에 다시 본 그 대상들에게서 예전의 모습을 찾아볼 수 없었다는 얘기를 한다. 그때 그 사람(가혹행위를 했거나 혹은 개인적으로 고통을 줬던 대상)이 왜 그랬는지 모르겠다고 고개를 젓는다.

역으로 생각해 보면 대부분 스스로는 피해자였다고 생각하지만 자신도 누군가에게는 그 같은 악역으로 기억될 수 있다는 사실은 접어두고 있지 않은가? 매서운 시집살이했던 며느리가 정작 시어머니가 되서는 못지않은 독한 시어머니 행세를 한다지 않은가? 그러나 역시 시집살이 한 기억만 서럽게 갖고 있지 자신의 며느리 입장은 헤아리지 못하기 때문에 그런 말이 나왔을 것이다.

아는 가락이 있어야 장단도 맞춘다고 좋지 않은 경험조차도 일단 당한 입장이고 보면 그것을 다시 전수하려는 모양이다. 그래서 아무리 군을 선진화, 과학화, 첨단화한다고 해도 그 일단의 조직 내에서 비공식적으로 내려오는 악습이나 폐해는 형태만 바뀔 뿐 완전히 사라지기는 어려운 일이 아닐까.

시대를 거슬러 올라가 예전의 경험으로 요즘의 군을 비교하려면 당장 부딪히는 문제들이 많다. 시설이 바뀌었고 장비도 군복도 군화도 예전의 그것이 아니다. 무엇보다 큰 변화라면 장병들의 의식이다. 불과 몇 해 전

군생활 얘기를 해도 구세대 소리 듣기 십상이다. 그런데도 여전히 군에서의 부당한 얘기들은 이어지고 그로 인해 평생 군을 천직으로 아는 지휘관이 책임을 지는 일이 생기기도 한다.

군을 일반조직이나 사회적 관점에서 바라본다면 모순과 비상식적 집단으로 비춰질 수 있는 부분도 있다. 그런데 아주 조금만 관점을 바꾼다면 군에 대한 이해가 가능하다. 과연 어느 위치에서 바라보는가? 이를테면 내가 선임병 입장에서 후임병을 보는 견해인지 아니면 그 반대인지? 또 간부의 입장에서 바라본 병사인지 병사 입장에서 본 간부인지? 입대 전의 시각인지 정작 군생활하는 입장일 때의 시각인지? 며느리의 눈으로 바라본 시어머니인지 시어머니 위치에서 본 며느리인지? 직장 상사의 입장에서 생각하는 말단 직원과 말단 직원의 위치에서 보는 직장 상사의 모습 역시 좋은 비교대상이 될 수 있다.

바라보는 관점에 따라 같은 사실도 달리 해석될 수 있다. 누가 봐도 있을 수 없는 부당한 일에 대한 이해를 하자는 것은 당연히 아니다. 그렇다면 도덕률이나 제도나 법의 잣대가 왜 필요하겠는가? 보편타당한 기준은 적용돼야겠지만 군이라고 하는 특수한 상황과 집단에 대한 편견이 특수한 임무를 수행하는 다수의 선량한 피해자를 내서는 안 되겠기에 특정한 사건으로 군 전체를 오도하는 일이 없기를 바라는 마음이다.

무엇보다 군 내부에서는 과연 사회에서는 어떻게 바라보는지 아랫사람은 어떤 생각일지 관점을 바꿔서 생각하고 행동한다면 대한민국 남자 대부분이 거쳐가는 군대에 대한 추억이 그렇게 나쁘지만은 않을 수 있겠다 싶은데 이 또한 제대로 입장을 헤아리지 못하고 하는 환상론에 불과할지도 모르겠다.

페르난도 사바테르는 『청소년을 위한 이야기 윤리학』에서 선행과 악행 모두는 자신의 판단과 선택에서 시작하는 것이며 자신의 행동이 타율적인지 자율적인지를 깊게 살필 수 있어야 한다고 충고한다. 그리고 인간을 인간으로 대우하기 위해서는 그의 처지에 서 보는 것보다 나은 것이 없다고 말한다. 환경이 나쁘다고 모두가 다 비이성적이 되지는 않기에 어떤 상황에서도 흔들리지 않는 가치관이 있다면 적어도 다른 사람에게 손가락질 당할 선택은 하지 않을 것이다.

아버지는 군에 대한 재미있는 사연들을 주로 들려주셨다. 어찌 그 시절 군생활이 그렇게 낭만적일 수 있으랴만 그러나 늘 군생활 얘기를 하실 땐 웃음부터 지으셨다. 독특한 성격의 전우들을 떠올리면서도 유쾌해하셨고 심지어 가히 상상도 어려운 얼차려로 고통을 줬던 선임병에 관한 추억을 되살릴 때도 "세상에 군대가 아니면 어떻게 그런 경험을 해 보겠냐."며 웃으셨다. 아버지에게도 군생활은 특별하고 힘든 시절이었지만 그 시절에는 마음 따뜻한 전우들과 자애로운 지휘관이 있었다고 얘기하셨다.

지금이라고 그같은 사실이야 변했을까 싶다. 무엇을 추억할 것인가도 본인의 선택이고 어떤 군생활을 할지도 역시 본인의 선택이다. 군에 계속 남아 있는 입장에서는 잠시 함께 임무를 수행하고 떠나갈 사람들에게 어떤 사람으로 기억될지 본인이 어느 정도 선택해서 행동할 수 있다. 나머지는 그들의 몫이다. 군을 보는 시각도 그들의 몫이다. 그러나 주워진 환경이 무엇인지 직시하고 그 환경에서 할 수 있는 최선이 무엇인지 생각해야 할 것이다. 무능한 병사는 전우를 번거롭게 하고 무책임한 간부나 지휘관은 수많은 부대원을 위태롭게 할 수도 있음을 군인이라면 항상 기억해야 할 것이다.

대한민국 군대는 그같은 현실인식이 바로선 다수의 군인들로부터 안전하게 지켜지고 있음을 의심하지 않는다. 군대는 군대다워야 하고 군인은 군인으로서 갖춰야 할 자세를 견지해야 하나 그러나 그들도 역시 우리와 다를 바 없는 이 시대를 함께 살아가는 대한민국 국민임을 기억한다면 군에 대한 시선이 좀 더 고와질 수 있을 텐데. 필요에 따라 '사람'과 '군인'으로 분류하려는 가벼운 시각이 군인의 어깨를 처지게 하지는 않는지, 또 군인의 입장에서는 국민의 그같은 시각이 군인에 대한 기대감이라고 생각할 수 있는 아량이 부족하지는 않는지, 서로의 입장에서 서로의 시각으로 바라보고 생각한 후에 '군'에 대해 다시 얘기하자. 그러면 타인들의 심성이 악하기 때문에 선한 내 세상살이가 어렵다거나 하는 식의 이기적인 생각으로부터 자유로울 수 있을 것이고 이 시대가 시끄러운 이유가 나 아닌 그들 때문이라는 원망은 줄어들지 않을까 싶다.

서로의 입장에서 서로의 시각으로 바라보고 생각한 후에 '군'에 대해 다시 얘기하자.

진정한 부자의 꿈

늦은 서울역 지하도에는 노숙자들이 자리 차지하기에 분주하다. 무질서 속에 나름대로의 질서를 형성하며 하룻밤 지날 임시 잠자리를 찾기도 하고 그것이 삶인 이들은 일상처럼 익숙하게 자리를 잡는다. 빠른 걸음으로 지나치고 싶은 그곳에 머무는 그들은 사람들의 관심에서 버려진 지 오래다. 그런데 삼 개월이라는 결코 짧지 않는 잠을 그들 속에 자야 했던 한 남자가 세인들의 주목을 받고 있다.

『지구를 흔든 남자』의 저자 주식회사 데코리 사장 강신기 씨. 그는 한때 그 거리를 서성여야 했던 사정을 쓴웃음으로 표현할 뿐 결코 미화하거나 변명하려 하지 않았다. IMF로 일시에 7억의 부도를 맞은 당시 잠자리를 선택할 의지조차 없었으리라. 그는 소유와 무소유, 그리고 다시 소유의 외형적 과정을 짧은 시간에 경험한 많지 않은 사람 중에 하나다. 그러면서도 그가 이전보다 더 크게 일어설 수 있었던 것은 어떤 상황에서도 정신을 놓지 않았던 때문일 것이다.

인터뷰를 하면서 포기하지 않고 열심히 최선을 다하는 사람에게는 성공이 외면할 수 없음을 확신할 수 있었다. 그런 사람에게 주어지는 물질적 보상은 자본주의 사회의 희망인 것이다. 지금 힘든 고난의 시간을 보내는 사람은 실패한 것이 아니라 아직 성공에 이르지 못했을 뿐이다. 적어도 정신이 살아 있다면. 이것으로 끝이라고 절망하는 사람이 잃어버린 것은 물질 이전에 정신이 아닌가 싶다.

어느 때나 살기 어렵다는 얘기를 어렵지 않게 듣는다. 국가적 경제 위기였던 IMF 때보다 정신적 경제 도산 위기인 정신 IMF를 맞고 있다고도 말한다. 가진 것을 잃거나 줄여야 할 때 이미 정신적으로 빈곤상태가 돼 버리는 것이다. 흔히 하는 말로 차와 집은 줄여서 못산다고 할 만큼 사정에 따라 살림 규모나 삶의 방편을 최소화한다는 것은 쉽지 않은 듯하다.

형편상 집을 줄여야 했다. 일단 생활공간이 좁아지니 꼭 필요한 것들만 챙겨야 하는데 엄두가 나지 않았다. 무엇을 놓고 무엇을 챙겨야 할지 막연했다. 버리자니 쓰임이 있을 듯싶고 챙기자니 놓을 곳이 없고. 그래서 고심 끝에 일단 다 버리자는 생각에서부터 출발하기로 했다. 마음먹기까지가 어려웠지 마음을 굳히고 나니 정작 가져갈 것도 별반 없었다. 가볍게 이사를 하고도 무리 없이 생활할 수 있었다. 그토록 애지중지 끌어안고 있었던 것은 물건보다도 부질없는 욕심 덩어리였구나 싶다.

오래전 작은 문고판으로 된 법정스님의 무소유를 열심히 마음에 새겼던 적이 있다. 욕심이 솟구칠 때면 책을 들쳐보려 손닿는 곳에 두었는데 지나던 사람들이 "이게 뭐야?" 하며 빌려 달란다. 그렇게 해서 꼭 다섯 권을 연이어 사야 했다. 빌려간 사람도 책도 함께 잊어버려서였다. 그 일 또한 소유의 무상함을 일깨워 주는 것인가 싶어 원래 내 것이란 없는 모양이다 생각했다. 김수환 추기경처럼 나도 그 책만은 소유하고 싶었는데…… 사실 소유할 것과 버려야 할 것의 구분이 쉽다면 삶의 방향도 명쾌하게 설정될 것이다.

법정스님은 단지 난초 두 분을 키우면서 그것에 마음이 매여 자유롭지 못하므로 그 정도의 집착과 얽매임에서도 자유로워져야 함을 깨우치고 하루에 한 가지씩 버리기로 다짐했다고 하는데 감히 그에 비할 바는 아니지만 내가 가진 것이 너무 많아 삶이 무거운 것은 아닌가도 싶다.

"나는 가난한 탁발승이오. 내가 가진 거라고는 물레와 교도소에서 쓰던 밥그릇과 염소젖 한 깡통, 허름한 요포 여섯 장, 그리고 대단치도 않은 평판 이것뿐이오."라며 소유가 범죄처럼 생각된다는 간디의 말을 생각하면 보통의 사람들도 참 많이 가진 것인데, 그래도 허기를 느낀다는 것은 생각해 볼 일이다.

도가의 〈태평경〉에는 '재물이란 천, 지, 중화의 소유로써, 그것으로 사람을 함께 기르는 것이다. 부유한 집은 단지 우연히 이를 모아둔 곳에 불과하다. 이는 마치 창고 안의 쥐가 늘 혼자 배불리 먹고 있지만, 이 큰 곡간의 곡식이 본래 그 쥐의 소유가 아닌 것과 같다' 고 충고하고 있다.

1월 13일자 일간지에 난 김춘희 할머니의 말은 참으로 소박하면서도 강렬한 메시지를 담고 있었다. "모든 것을 털어 많이 내놓고 싶은데 더 이상 가진 것이 없습니다." 독립운동가 후손인 팔순의 김할머니는 전 재산인 전세보증금 천오백만 원을 사회복지공동모금회에 약정 기탁하고 장기기증운동본부에 사후 장기와 시신을 기증하기로 했다. 무엇을 더 내놓을 것인가? 갖고 있는 것 이상을 수줍게 내놓은 팔순 노인은 청년보다 강렬한 힘을 소유한 참으로 부유한 사람이다.

요즘 TV 드라마로 방영되고 있는 〈토지〉에서 윤보의 말도 깊이 있게 다가온다. 곰보 목수로 불리는 윤보는 돈도 명예도 가족도 없는 보잘것없는 사람이다. 그는 좋은 조건을 갖추기 어려워 스스로 욕심을 접고 자유로운 인생을 택했다. 세상을 버리면서 그는

"불쌍한 인생들, 나는 죽는 기 아닙니다. 가는 기라요. 육신을 헌 옷같이 벗어부리믄 그만인데, 내사 마, 헐헐 날아서 가는 기라요. 뒤도 안 돌아보고 가는 기라요. 거기 가믄 양반도 없고 상놈도 없고 부자도 없고 빈자도 없고 불쌍한 과부도 없고 홀애비도 없고 부모 잃은 자석도 없고 자석 잃은 부모도 없고 왜놈도 조선놈도 없고…… 그랬이믄 얼매나 좋것

소? 그라믄 나는 콧노래나 부르믄서 집이나 지을라누마요."

그가 말하는 그곳에 가서 목수로서 집을 짓겠다는 것도 욕심이라면 욕심이다. 그러나 작가 박경리는 윤보를 통해 소유의 무상함과 자유로운 삶에 대한 의지를 전하고자 했는지도 모른다.

스코트 니어링처럼 자본주의 사회 문화와의 단절을 선언하며 수행과 귀농으로 회귀하는 것이 과연 무소유와 자유의지의 실현인지는 의문이지만 자본주의 속에서도 효율적인 물질문명의 향유와 나눔의 지혜를 안다면 소유와 무소유의 참 질서를 아는 그래서 자유로운 삶일 수 있으리라.

지난 99년 나라를 떠들썩하게 했던 씨랜드 화재 사건으로 가까운 친구가 충격을 받았다. 당시 희생당한 어린이들과 그 가족들의 고통을 말해 무엇하겠는가만 살아 나온 아이들과 가족들도 오래도록 무서운 기억과 고투를 치러야 했다.

당시 5살이던 둘째딸이 그 처참한 현장에서 살아 돌아와 문득문득 그런 말을 하더란다. "엄마 너무 뜨겁고 숨이 막히는데 문이 안 열려……." 친구는 딸아이와 그 진저리나는 기억으로부터 벗어나기 위해 이민을 결심했다. 그런데 멀리 떠나는 친구에 대한 아쉬움을 느낄 즈음 그가 뜻밖의 선물을 남겼다. 이민 준비를 하면서 가재도구와 살림살이를 정리하려니 막막하더란다. 크게는 집과 차에서부터 작게는 장식품 하나까지 곳곳에 애정이 담겨 있어 그것들을 어찌 정리해야 할지가 엄두가 나지 않는다고 했다. 먼저 차를 처분하고 한 며칠은 아예 바깥출입을 못할 정도였다고.

그러고 나니 좀 낫더란다. 해서 하나씩 둘씩 정리를 하기 시작했다. 버릴 것과 나눠줄 것을 구분하고 쓸 만한 것을 필요로 하는 사람에게 줄 때는 기쁨까지 느껴지더라고 한다. 짐을 정리하고 집까지 처분하고 나니 허

전할 것 같던 생각과는 달리 날듯이 가볍고 편안해졌다고 했다. 그동안 물건을 소유하고 산 것이 아니라 물건에 묶여서 살아온 것이 어리석게 느껴진다고 했다. 친구는 달랑 가방 몇 개 들고 가벼운 몸으로 떠났지만 그의 말이 무겁게 남아 있다. 그 후 물건이나 사사로운 일에 욕심이 날 때 친구가 선물로 남기고 간 말들을 되새긴다.

모임에서 집이 비었다며 황급히 돌아가는 사람이 있다. 집이 비어 불안한 심사야 꼭 재물 때문만은 아니겠지만 자신도 모르는 새 본인이 주인이 아니고 다른 무엇을 주인으로 섬기는 꼴이 되는 경우도 있다. 부나 권세가 사람을 부리려 하기도 하고 더러는 그것들에 주눅들기도 하는 것을 보면 꼭 사람이 모든 것의 우선만은 아닌 듯도 싶다. 예비역 장성 중에도 과거의 직위에 생각이 매여 다른 사람들과 더불어 사는 것이 불편해 보이는 경우가 있다. '내가 과거에 어느마한 자리에 있었는데' 라는 생각 때문에 현실에서 자잘한 문제로 낙담한다. 그 또한 잘 버리지 못한 욕심 때문은 아닐까. 어제로부터 오늘로 나오면서 버릴 것은 버리고 지금 필요한 것을 소유하는 지혜가 필요할 것이다.

강신기 씨가 거리에서 잠을 잘 때 과거의 부나 영화에 대한 추억을 다 버리고 내일 소유할 것을 계획했던 것처럼. 과거 내 밑에 수많은 부하를 거느렸던 것보다 많은 부하들의 안위를 챙겨야 했던 고단함을 생각한다면 예편 후 한가로움이 오히려 넉넉할 수 있을 것이다. 참으로 주제 넘는 얘기지만 과거에 묶여 현실이 괴로운 이들을 보면서 지금 많이 소유하고 많이 누리는 위치에 있는 사람들의 내일을 염려한다. 평생을 봉사의 삶으로 일관했던 김춘희 할머니는 정작 당신이 받은 것에 비해 돌려줄 것이 없다며 미안해하고 있으니 스스로 얼마나 풍요로운 삶인가 말이다.

모래를 욕심껏 움켜쥐고 꼭 잡으려 힘을 주면 오히려 손가락 사이로 빠져나간다. 재물도 쥘수록 모르는 새 빠져나가고 그래서 계속 허함을 느끼는 것인지도 모른다. 꼭 필요한 곳에 덜어줄 수 있다면 오히려 갖고 있는 것이 크게 느껴진다. 적어도 그것을 실천한 사람들은 그렇게 장담한다. 최선을 다해 노력한 사람이 더 많이 얻는 것은 자연의 섭리다. 그러나 자연은 그 다음의 문도 열어 놨다. 스스로 그렇게 얻을 수 없는 사람들을 위한 나눔의 질서도 지키도록. 그래서 함께 더불어 공유하면 오히려 더 부유할 수 있다고 알려준다.

일해야 할 때, 더 오를 곳이 있을 때는 그것을 얻기 위해 게을러서는 안 될 것이다. 그러나 이미 가졌고 어느만큼 올랐다면 다음으로 아직 이루지 못한 이들을 위해, 또 이룰 수 없는 이들을 위해 한켠을 내어 놓을 일이다. 그래야 사회가 너무 격앙되지 않고 두루 평온함을 유지할 수 있을 것이다. 날카로운 목소리가 예서 제서 높게 터져 나온다면 베풀 수 있는 위치에 있는 사람들이 한 번 더 신중할 필요는 있다. 어른으로 할 일을 다 하고 있는지…… 함께 더불어 사는 세상에서 사람의 도리를 하고 있는지를…….

이 시대는 화려한 미사여구로 과거를 자랑하는 어른보다 김춘희 할머니처럼 할 바를 다하고도 미안해하는 진정 큰 어른을 그리워하고 있다. 그런 이들이 소유해야 할 것을 탐하고 있는 것은 아닌지, 내가 가진 것을 다시 돌아본다. 올해는 좀 버리고 나눌 줄 아는 부자를 꿈꿔 본다.

복은 웃는 낯을 찾아다닌다

사무실을 옮기면서 짐을 정리하다가 1년 전 이맘때쯤의 메모를 발견했다. 늘 그렇듯이 문제에 부딪힌 그때가 가장 힘들고 고통스런 순간이라 생각하기 쉬운데 그때도 그랬던 게다. 짧은 메모의 내용은 그랬다.

'고통스럽고 힘들다. 이 고통의 실체가 과연 무엇일까? 시간을 두고 서서히 그 원인과 해결방법을 익혀가고 있지만 여전히 다 풀지 못하는 어려움이다. 그러나 적어도 고통으로부터의 탈출은 자신만의 몫임을 발견한 소득이 있었다.

어릴 때 할머니가 들려주신 말씀이 기억난다. 슬픔도 잦으면 병이 되고 궁상도 버릇이 된다고. 슬픔이 닥치거든 잠깐 깊이 슬퍼하고 털어버려야지 자꾸 빠져 있으면 이내 삶에 흡수돼버려 늘 우울한 인생이 된다고. 어두운 일에 얽매여 있으면 사람이 초라하고 궁상맞아 보인다고 했다. 그랬다. 그래서 할머니는 웃는 법과 즐거운 법을 애써 가르치셨다. '화(禍)는 찡그린 얼굴을 찾아다니고 복(福)은 웃는 낯을 찾아다닌다' 시며 엄하기 이를 데 없는 분이 당신 스스로 '객쩍은 소리'라 일컫는 유머를 툭툭 던지시기도 했다. 그래서 할머니의 영정사진은 그 시절 참 어렵고 고단한 삶이었음에도 지금의 '얼짱 각도'로 살짝 옆 얼굴에 웃는 모습이다. 사지육신 멀쩡해서 일하지 않는 건 죄라며 잠시도 쉬는 법을 몰랐던 부지런한 분이 뉘 집에 환갑잔치라도 갈라치면 이른 새벽 하루 반 일을 미리 해 놓고 몸단장에 공을 들이신다. 할머니의 귀중품 상자에는 비녀가 순서대로 들어 있었다. 일할 때 끼는 목비녀부터, 옥비녀, 은비녀, 금비녀…… 행사의 경중에 따라 비녀를 바꾸시는데 그 긴 머리를 감고 동백기름을 반들반들 바른 다음 뒤로 바짝 틀어 올리고 비녀를 꽂으면 그것만으로도 중전 부럽지 않아 보였다.

늘 빈틈을 보이지 않았던 할머니는 웬만해선 속내도 드러내지 않으신지라 철저하고 반듯하고 그래서 적당히 만족스런 삶이었으리라 여겼건만 할머니 제삿날마다 인사를 챙기시는 몇몇 동네 아낙들의 얘기를 들어보면 "이 어른처럼 고통스럽게 사신 이도 없을 것"이란다. 내가 출가하여 아이 키우면서 꼿꼿한 그 모습 속에 가엾은 여인의 한이 있었음을 짐작케 됐다. 마른 몸에 장사처럼 힘차게 일하시던 거며 호미질 솜씨가 매서웠던 것이 그 고통을 푸느라 그랬음을 생각하니 마음이 저려온다. 여자로서는 상처 많은 삶을 사셨던 할머니는 고통을 어찌 그리 곱게 풀어내셨는지…….

마흔셋의 나이로 노래처럼 살다 노래처럼 스러진 가수 길은정을 기억한다. 직장암 말기에 그녀는 방송을 하고 노래를 불렀다. 그리고 예의 그가 살아온 모습처럼 웃음을 잃지 않았다. 그래서 한때 그녀의 고통이 거짓이 아니냐는 말을 듣기까지 했었다. 그런데 고통 한가운데서도 웃을 수밖에 없는, 웃음 말고는 달리 표현하지 못하는 그녀가 남처럼 보이지 않는다. 어찌 살았건 무슨 사연이 있건 그런 건 다 놔두고 그토록 뼈아픈 고통을 갖고도 웃는 그녀가 더 마음에 걸렸다. 마지막을 향해 가면서도 그리운 아들을 보지 못하는 심정을 꾹꾹 눌러 일기에 담을 때의 그 아픔을 어찌 안다고 할 수 있을까? 그러나 고통을 접을 줄 알고 다스리려 하던 그녀이기에 그 웃음이 더 저리게 남는다.

스티븐 존슨 증후군으로 생사를 넘나들던 당시 열 살의 박지훈 군이 어느 TV프로그램에서 한 얘기가 많은 이들의 눈시울을 적셨다. "나 이만큼 아팠으니 이제는 죽어도 되느냐." 였다. 어린 그의 고통이 전이되는 듯 가슴이 쿡쿡 따가왔다. 그런데 고열 때문에 피부 손상뿐 아니라 각막이 손상되어 시력을 잃을 것이란 의료진의 말을 들은 그의 부모는 의연했다. 그들의 강한 의지가 암울한 상황에서 1년 만에 80%의 회복을 가능하게 한 것은 아닌가 싶다.

상황보다 더 절망하는 보통의 이들과는 다른 그들의 건강한 믿음이 어쩌면 불가능을 가능으로 바꾼 것인지도 모른다. 그 상황에서는 절망하기가 쉽지 다음을 계획한다는 건 힘겨웠을 것이다. 그리고 그들은 당시 받은 후원금도 그들처럼 고통받는 이들을 위해 헌사했다. 고통 속에서도 의연한 사람들에게는 고통이 그 예정된 마지막은 피해가는 모양이다. 그래서 내 스승은 그런 말을 했다. "고통은 오롯이 수신자 부담"이라고.

영동세브란스병원 암센터 소장이 대장암 말기에 한 인터뷰 "암은 어느 날 갑자기 죽는 교통사고나 심장마비보다는 행복한 병이다. 암도 당뇨병처럼 치료하면서 같이 살아가는 만성 질환으로 생각해야 한다. 사람의 생명은 생기를 통해 유지되는데 암도 몸에 생기를 불어넣어 물리쳐야 한다."고 했다. "욕심이 죄를 낳고 그것이 사망에 이르게 한다."며 절망적이지 않은 태도로 말했다. 자신도 일 욕심 때문에 병을 키웠다며 욕심을 희망으로 바꾸면 어떤 절망이나 고통도 가벼워질 수 있다고 전한다.

일반적으로 고통의 원인을 자신 밖에서 찾는다. 다른 누군가 때문에, 혹은 어떤 일 때문에, 무엇이 없거나 부족해서 등 이유는 얼마든지 있다. 그러나 기독교나 불교, 유교에서 공통되게 지적하는 고통의 실체는 악을 행하는 것이 고통이거나 그것이 고통의 시작이라는 것이다.

칼릴지브란도 고통의 대부분은 스스로 선택한 것이라고 했다. 달라이 라마는 행복론에서 자신의 문제에 대해 타인을 비난하기 시작하면서 스스로의 삶을 비참하게 만들며 자신이 받은 상처를 마음속에 되새기면서 부당한 대우를 받았다는 느낌을 키워가면 그 결과 고통이 끝없이 살아 있게 된다고 했다. 고통을 겪는가 그렇지 않은가는 상당 부분 주어진 상황에 대한 자신의 반응에 달려 있고 피할 수 없는 고통의 상황이라도 어떻게 대응하는가에 따라서 그 크기를 조절할 수 있다는 얘기다.

앞길이 창창한 의사였던 아들을 느닷없이 잃고 비탄에 빠진 작가 박완서가 "왜 하필 내 아들을 데려 갔느냐, 왜 하필 내가 이런 일을 당해야 하느냐."며 삶과 절대자를 원망할 때 예비수녀 조테레사의 말을 듣고 굳게 닫혔던 마음이 깨지기 시작했다고 한다. "왜 당신이라고 그런 일을 당하면 안 되는가?" 그렇다. 타인의 고통은 무심하면서, 타인의 고통은 당연하게 바라보면서 자신에게 고통의 순간이 닥쳐오면 억울해한다. 자신은 고통으로부터 면죄부를 받아야 할 것처럼 원망한다.

무슨 권리로 고통으로부터 특혜를 받겠는가. 고통이 나라고 해서 조용히 비껴갈 이유가 있는가. 가만히 들여다보면 고통이 애초부터 외부에서 침투해 들어오기보다는 외부의 무엇을 보거나 느끼는 내 마음에서부터 시작되는 경우가 많다. 그같은 마음으로부터의 고통에는 함정이 있다. 스스로 막연한 희망이나 이상적인 상을 만들어 놓고, 혹은 바라는 어떤 틀을 이미 짜놓고 그 안에 들지 않을 경우 고통스러워하는 것이다. 이미 고통을 스스로 지어 놓고 그리고 나서 다시 그 고통을 받아들인다.

불가에서는 시기, 절망, 미움, 두려움이 마음을 고통스럽게 하는 독이며 이 독의 총체가 화(禍)라 하여 화를 다스려야 비로소 마음의 온전한 평화를 얻는다 하였다. 틱 낫한은 화를 내는 것은 푸는 것이 되지 못함으로 화를 없애버리려 하지 말고 칭얼대는 어린아이 달래듯이 감자가 익기를 기다리듯이 가라앉히고 다스려야 한다고 말한다. 일단 치밀어 오르면 엄청난 것 같은 화도 알고 보면 예기치 못하게 닥쳐오기보다는 대개 일상에서 빚어지는 크고 작은 일이 원인이 되기 때문에 다스림도 일상처럼 할 수 있을 것이다.

20세기 철학자 엠마누엘 레비나스는 고통이 하나의 존재방식이며 고통 속에 있을 때 주도권을 상실한다고 말한다. 고통받는 순간 미래에 대한 계획을 세울 수 없을 정도로 자신의 능동적 활동이 제한을 받게 됨으로 '굴복당하는 것'이라고 한다. 그래서 미국의 심리학자 웨이버그는 고통의 순간 그와 전혀 상관없는 다른 일을 함으로써 고통을 유발하는 분노나 짜증스런 감정으로부터 벗어나라고 권한다. 행동이 감정을 통제하기 때문에 정신적 고통은 다른 행동으로 치환이 가능하다는 것이다. 심리학자 최광선은 고통은 덜려고 하면 할수록 더 고통을 안겨주기 때문에 아무 상관없는 일을 함으로써 자신을 가로막는 고통과 분노를 해소하라고 하는데 과연 고통이 피하거나 외면한다고 모두 해소된다면 인간의 성장이나 행복을 방해하는 고통 때문에 인류가 이토록 오랜 세월 고통스러워할 이유가 있겠는가?

이겨내기 힘든 고통의 순간에 직면하면 잠들어버리는 '기면증' 환자나 강한 스트레스 상황에서 '무호흡증'으로 그 고통의 순간을 넘어가는 경우, 자의든 타의든 그나마 그들은 그같은 방법으로 삶을 연장하는 것이다. 그런 극단적인 상황이 아니라면 고통 앞에 정직해야 할 것이다. 고통의 상황을 왜곡하거나 과장하지 말고 있는 그대로 직시하고 그리고 기만술이나 회유책보다는 전면전으로 대응하는 것이 빠른 방법일지 모른다.

정확히 고통의 실체가 무엇인지, 타의에 의한 것이 어느만큼이며 자신의 한계로 인한 힘겨움은 어느 정도인지 고통스러워서 피하지 말고 고통 그 속성 자체에 몰입하는 것이다. 정직하게 싸우다 보면 고통 그것보다 싸움에 관심이 가게 되고 그사이 이미 고통은 다른 형태로 바뀌어 있음을 알게 된다.

새 신을 신으면 발톱 주위가 곪곤 했다. 좀 불편하다 싶으면 고름만 짜고 밴드를 붙여버린다. 그리곤 들여다보기 싫어 소독하고 다시 밴드를 갈곤 했는데, 어느 날 큰맘 먹고 제대로 알아보기로 했다. 통증을 참으며 자세히 살펴보니 발톱이 살을 파고 들어가 상처를 내고 그곳이 곪아 있는 것이다. 작정하고 발톱을 깊숙이 파냈다. 이전 아프던 것에 비할 수 없을 만큼 견디기 힘든 통증이 한꺼번에 밀려왔지만 원인을 알고 보니 속 시원함도 있었다. 피고름을 다 씻어내고 제대로 처치한 뒤 차츰 상처가 아물면서 서너 번 허물이 벗겨지더니 이내 편안해졌다. 습관처럼 발톱을 깊게 깎고부터는 새 신을 신어도 무리가 없다. 막연히 신발 때문이라고 생각하던 것이 어찌나 어리석었던지.

고통의 실체를 들여다본다는 것이 쉽지 않은 일이라 어쩌면 본능처럼 회피하는지도 모른다. 그러나 고통을 곁눈질하다가는 머지않아 더 큰 고통을 직면하게 되고 그러면 세상에 혼자 버려진 느낌마저 갖게 된다. 그리고 그 직면한 고통의 실체보다 더 큰 무게를 느끼다 보면 고통의 늪에 침심해 버리게 되는 것이다. '슬퍼서 우는 것이 아니라 우니까 슬퍼지는 것이라는' 말초신경설처럼 이미 고통이라고 받아들이면서 다시 고통을 재인식하는 것은 아닐까. 고통이 느껴지는 순간 직시하고 그리고 한 발 물러나 바라보고 그에 더해 할 수만 있다면 웃어 보는 것이다. 기뻐서 웃는 것이 아니라 웃으면서 기뻐지도록.

고뇌에 잠겨 있는 이에게 선뜻 좋은 계획을 제시하기 어려운 것처럼 좋은 일도 고통 속에 허우적거리는 이에게 다가가기 어려울 것이다. 힘들지만, 고통스럽지만 그러나 웃을 수 있다면 찡그린 얼굴에 질력난 행운이 그 웃는 낯을 찾아낼 수 있지 않을까. 우리 할머니 말씀대로. 고통을 피하려거나 행운을 바라서가 아니라 그저 웃는 그 자체만으로도 고통보다는 행복에 가까이 다가갈 수 있기 때문이다.

웃음

KBS 1라디오로 방송될 때 몇 년간 같은 시간대 방송을 하면서 나름대로 애청자가 있었다. 대부분 연령대가 높은 분들이지만 그런 만큼 관심 표현도 깊었다.

수년간 수박을 사들고 오는 택시기사에 거의 매달 책을 보내주는 예비역 대령, 시각고지 멘트까지도 기억할 정도로 소소한 멘트 하나하나 기록하고 전화 걸어오는 광팬까지. 그런데 어느 날 애청자라며 가끔 전화를 걸어오던 어른이 신상에 대해 이것저것 묻는다. 나이, 생일 등 간단한 사항이기에 별 생각없이 얘기했다. 그리고 며칠 후 한 통의 편지를 받았다. 이제까지 받아 본 편지 중에 가장 큰 편지라 해야 할 것이다. 달력을 두 장 붙여서 그 하얀 뒷면에 정성껏 쓴 편지. 웃음이 났다.

처음엔 정성껏 쓴 편지를 도무지 읽을 수 없어 웃었고, 그리고 다시 기분 좋아 웃었고 그리고 감동에 젖어 웃었다. 대부분이 한자였다. 나의 사주에 대한 풀이와 삶의 경구가 될 만한 글이었다. 그림 설명까지 곁들여 풀어놓은 사주는 가슴에 새겨도 좋을 삶의 지표 같기도 했다. 쓰신 분의 정성을 생각하며 열심히 한자 공부를 하여 얼마 후에야 내용을 대충이나마 새길 수 있었다. 한 사람의 진심에서 우러난 정성이 이토록 사람을 감동시키고 그것이 행복한 웃음을 짓게 한다. 편지를 읽기 위해 부지런히 한자 공부를 하면서 입가에 내내 웃음이 걸려 있었다. 웃음! 참 살맛나게 하는 요소다.

많이 웃겨주고 늘 유쾌하게 웃는 모습을 보여주던 개그맨의 갑작스런 죽음이 사람들을 허탈하게 하는 것도 우리 삶이 그렇게 늘 웃을 수 있을 만큼 가볍지 않기 때문인 것이다. 개그맨 김형곤은 떠나기 얼마 전 그런 말을 남겼다고 한다. 웃고 살기 위해 열심히 돈을 벌면서 정작 돈을 버느라 웃음을 잃어버린다고. 우울하고 경직된 사회에 활력을 불어넣은 힘이 바로 '웃음'이라는 경쟁력이라고 그는 그의 책에서 강조하고 있다. 웃음이 최고의 자기 계발이며 웃기만 해도 문제의 80%가 해결된다는 그의 말을 실감한다.

사실 방송을 통해 만나게 되는 사람들에게서 덕담과 칭찬을 많이 듣는다. 인상이 좋다거나 말을 잘한다거나 심지어 인물이 좋다는 평은 사실이 그래서라기보다 그 반 이상이 내 웃음 때문이란 걸 알고 있다. 잘 웃고 늘 웃고 즐겁게 웃는다. 사람을 만나는 것이 즐거워서 웃고 새로운 사람에게서 느끼는 신선함 때문에 웃고 전해 주는 활력소가 감사해서도 웃고. 사람과 사람 사이에는 웃을 일도 많고 그리고 웃음 때문에 지속되는 관계도 많다. 인상 쓰고 옳고 그름을 가르려 언성을 높인 사이보다는 그저 웃고 즐겁게 대화를 나눈 상대와의 관계가 계속 이어지는 경우가 많다는 건 상식일 게다.

그 암울했던 식민지 시절에도 안창호 선생은 '화기(和氣) 있고 온기(溫氣) 있는 민족'을 미래상으로 주창하며 '빙그레, 방그레'라는 푯말을 거처하는 산장에 걸어 미소 운동을 벌이자고 했다. 아이의 방그레한 웃음과 젊은이의 빙그레한 웃음, 그리고 노인들의 벙그레한 웃음이 최고의 웃음이라며 웃음과 미소가 있는 민족이 흥한다는 생각으로 어둠을 밝히는 민족혼을 불러일으키기에 기꺼이 웃음을 쓰자고 하였다.

한 조사에 따르면 미국사람은 하루에 3시간 웃는데 반해 우리는 하루

평균 15분 웃는다고 한다. 그러나 빠르게 물질문명 사회로 접어들면서 일시 웃음에 인색해졌다는 해석이라면 모를까 원래 웃음이 없는 민족은 아니었다. 숱한 시련과 역경 속에서도 경박하지 않은 은근하고 깊은 웃음이 아니었다면 어찌 오늘의 이 번영을 이룰 수 있었겠는가? 한 개인만 보더라도 목적 자체만을 위해 인상 쓰며 억척을 부리는 사람보다는 좀 느리고 답답해 보이지만 그러나 웃으며 열심인 사람이 오히려 큰 성공을 거둔다고 생각된다.

다 얻고도 웃음을 잃었다면 그것은 다 잃은 것과 같다. 그러나 다 잃고도 웃음이 남았다면 그것은 모두 잃은 것은 아이다. 아직 웃음이 남아 있다면 가능성은 충분하다. 웃음은 밑천이다. 웃음으로부터 시작하고 웃으면서 하고 그리고 끝까지 웃을 수 있다면 그것으로 성공의 반은 이룬 것이다.

1960년 대통령선거에서 공화당 후보였던 닉슨이 민주당의 케네디에게 패한 이유를 분석하던 중 매체나 선거관련 포스터 등에서 자신의 얼굴에 미소가 없었음을 발견하고 표정 바꾸기에 노력한 결과 1968년 선거에서는 대통령에 당선되고 이어 1972년 재선에도 성공한다. 물론 미소 그 자체만이 전부는 아닐 것이다. 미소가 있기까지 복합적인 요인이 포함된 얘기겠다.

더글라스와 링컨이 선거를 앞두고 토론을 벌일 때 더글라스가 링컨을 "두 얼굴을 가진 사람."이라고 비난하자 여유 있게 웃고 난 다음 "여러분 제가 두 얼굴을 가지고 있다면 지금의 이 얼굴로 나왔겠습니까?" 했다. 좌중이 폭소를 터트리기에 충분했다. 비난을 웃음으로 되받는 그 여유는 상대를 비하하지 않으면서도 모두를 유쾌하게 하는 기술이고 그것이 그의 인간성과 삶의 크기를 짐작케 하는 요인이었기에 대통령으로 당선될 수도 있었던 건 아닐까 한다. 심지어 고릴라라고 비유하며 온갖 독설 퍼붓던 스탠톤을 국방장관으로 임명할 정도의 넉넉함이 그의 암살을 오래도록 슬퍼하도록 했는지도 모른다.

링컨은 수많은 실패를 딛고도 좌절하지 않고 승리할 수 있었던 요인으로 웃음을 꼽는다. 그는 웃지 않고 살았다면 이미 죽었을 것이라며 웃음이라는 보약을 적극 권하기도 했다.

한때 유행처럼 번지던 '다이어트' 열풍에서 '건강' '웰빙' 에 이어 이제 이 시대의 코드는 '웃음' 이다. '펀(fun) 경영' 이라는 새로운 이슈로 화제를 모르고 있는 재미교포 여성 기업인이자 경영컨설턴트인 진수테리가 한때 미국에서 단순노무자로 열심히 일해 업무 성과를 인정받고도 회사의 경영악화로 제일 먼저 해고된 이유가 fun하지 않기 때문이었다는 것은 결코 억울할 일이 아니다.

"당신은 유능하고 열심히 일했지만 편하지 않다. 웃음이 없고 유머가 없기 때문에 사람들과 어울리지 못하고 다른 사람들이 당신을 따르지 않는다."는 해고 이유를 들었단다. 밤을 새워가며 일하고도 자기 계발과 인간관계에 대한 이해력 부족, 그리고 웃음이 없었음으로 해고당한 그는 이것이 사회생활에 장애 요소가 될 수 있는 요소라고 분석하고 이후 fun하기 위해 노력했다.

전 세계가 한국의 가능성을 높이 평가하는 상황에서 이제는 fun으로 한국사회를 한 단계 업그레이드해야 한다고 그는 강조한다. 많은 것을 갖췄지만 그 과정에서 잃어버린 것이 바로 웃음이다. 그래서 이제까지 이룬 것을 바탕으로 다시 웃을 수 있다면 진정 한 단계 훌쩍 뛰어오를 수 있을 것이다.

흔히 군인을 웃음이 없는 집단이라 평한다. 그것은 진정 '군' 이나 '군인' 을 몰라서 하는 얘기다. 왜 군인에게 웃음이 없겠는가? 웃음을 보이는 것이 적절치 않은 상황이 많다 보니 당연히 군인의 웃는 모습을 많이 접할 수 없을 뿐이다. 지휘력이 뛰어난 지휘관일수록 잘 웃는다. 그러나 그들은 꼭 필요할 때 웃는다. 긴박하게 작전을 지시하거나 훈련을 지도하면서 웃을 수 있겠는가? 그러나 열심히 임무 수행 중인 부하 어깨에 손을 얹으며 보여주는 지휘관의 웃음은 어느 웃음보다 깊고 기분 좋은 웃음이다.

심지어 한 예비역 장성은 베트남전 참전 중에도 웃음을 잃지 않았다는 애길 들려준다. 그 웃음은 일상의 여느 웃음과는 물론 다르다. 전쟁 상황을 즐겨야 하는 그 처절한 사투의 현장에서는 지혜로운 자만이 웃을 수 있다. 그 웃음은 아프면서도 가슴 짠한 웃음이다. 자신의 안위보다 더 큰 것을 생각하는 웃음이고 죽음을 두려워하지 않는 여유로운 웃음이다. 그 웃음이 우리의 자유와 이 평화를 지켜낸 어르신들의 깊은 웃음 아닌가?

박장대소하고 갈갈갈 거리는 것만이 웃음인가? 깊이 가슴으로 웃는 웃음도 그 못지않은 좋은 웃음이다. 질곡의 세월을 살아온 이들은 소란스럽지 않게 그러나 편하게 웃어줄 줄 안다. 그것이 곧 삶을 역경에서 승리로 이끈 원동력이기도 했을 것이다.

웃음에 대한 인터넷 정보를 검색하다가 웃음에 관한 정보가 차고 넘쳐난다는 사실에 웃음이 났다. 하루 45분 웃으면 고혈압과 스트레스 등 현대적 질병치료가 가능하다는 UCLA 대학병원 등의 의학적 효과를 비롯해 생물학적 반응에 관한 분석, 웃는 방법, 웃기는 기술, 웃음이 필요한 이유 등등 하루 종일 뒤져도 볼거리가 넘친다. 그런데 정작 일반기사나 소식을 검색하면서 얼굴이 이내 굳어진다.

웃음이 좋고 웃음이 필요한 시대에 웃음을 막는 얘기들. 그렇다고 입을 꾹 다물어버리면 사회가 점점 우울해지고 그것은 거울처럼 다시 자신을 비추게 된다. 그래서 내가 먼저 웃고 상대를 웃게 해 줘서 다시 그로부터 내가 웃을 수 있는 일을 만드는 것이 필요하다. 웃을 일은 밖으로부터 보다 스스로에게서 나와야 하기 때문이다. 극단적인 시련도 이길 수 있는 유일한 키는 웃음이라고 하니 이처럼 밑천 안 들이고 이익 볼 수 있는 투자가 어디 있겠는가?

웃자. 많이 웃자. 감기보다 전염성이 강하다는 웃음을 주위에 퍼트리자. 웃음이 가장 많을 때가 5~6세란다. 그때의 그 순수를 기억한다면 좀 더 웃을 수 있을까? 개그나 코미디를 보고 박장대소할 일이 많지 않다면 누군가에게 감동을 만들어 주면서 스스로 만족스럽게 웃고 그리고 그 감동으로 그를 웃게 해서 웃음이 자꾸자꾸 넘쳐나게 했으면 싶다.

웃자. 많이 웃자. 감기보다 전염성이 강하다는 웃음을 주위에 퍼트리자. 웃음이 가장 많을 때가 5~6세란다. 그때의 그 순수를 기억한다면 좀 더 웃을 수 있을까?

욕심이 줄면 웃음이 는다

딸아이가 "엄마 요즘 왜 그리 심각해? 엄마가 잘 웃지 않으니까 행복하지 않아."라고 하여 생각해 보니 웃음을 잠시 잃고 있었다. TV를 보면서도 아이들은 계속 자지러지게 웃는데 도무지 웃음이 나지 않는 건 그저 있는 그대로의 유모를 보는 게 아니라 인물이나 내용을 분석하고 비평하거나 심지어 비난까지 하고 있기 때문이었다.

아이들은 순수하게 웃음을 받아들이고 이유 없이 따라 웃는다. 그래서 아이들은 건강하다. 욕심이 과하고 사랑이 없으면 자꾸 비난이 늘고 불평하게 되고 그러면서 웃음도 잃게 된다. 목표를 잃지 않되 과욕을 삼가고 냉철한 시각으로 비평하되 비난을 위한 비난을 삼가면 웃음도 지킬 수 있다.

생각해 보니 정말 그랬다. 근래 들어 욕심이 과했다. 그러다 보니 쓸데없는 불평이 늘고 비난하고 그러면서 사람이나 일이나 그 무엇에 대한 애정이나 사랑도 시들해지고 그러다 보니 웃음이 줄었다. 욕심을 줄이면 웃음이 는다. 아이처럼 순수해지면 웃을 일이 많다. 웃음으로 아이같이 맑은 삶을 되찾았으면 한다. 우스운 얘긴가?

살아 있으니 참 좋다

한때 가까이 지내던 이가 한 십 년 세월 지나고 연락이 닿았다. 펄펄 날던 사람이 맥없이 하얀 침대에 누워 반갑게 맞는데 웃으며 인사할 수 없었다. 그는 한마디만 했다. "살아 있으니 보네. 살아 있어서 참 좋다." 그리고 나흘 후 그가 더 이상 살아 있지 않다는 연락을 받았다.

그의 빈소를 찾지 않았다. 살아 있을 때 더 좀 챙기지 못하고 떠난 뒤에야 나를 위로하기 위해 가는 것이 미안했다. 한 며칠은 그의 말이 따라다니며 아프게 했다. "살아 있으니 참 좋다." 그것이 얼마나 좋은 것인지 그는 바로 며칠 뒤 사라지고 나서 확실하게 알려줬다.

살아 있는 것이 얼마나 좋은 것인지 잘 모르고 산다. 그런데 정말 살아 있으니 먹고, 살아 있으니 보고, 살아 있으니 만질 수도 있고, 살아 있으니 사랑할 수도 있다. 살아 있어서 좋은 거구나. 참.

그리움 1

그것은 환각이다. 그리움의 실제는 없다. 다만 그러기를 바라는 바를 막연히 기대하는 것이다. 수년 전 사랑을 고백한 이를 그리워하다가 오랜만에 어렵게 만날 수 있었다. 그때는 고백을 받아들일 수 없어 외면했는데 고단하고 외로울 때면 부적처럼 의지했었나 보다.

다시 만난 그는 그저 자신의 세계에 머물고 있는, 내게는 먼 타인이었다. 그토록 그리워하던 건 그 사람이 아니라 그 어떤 사람이길 바라는 나의 환각이었을 뿐이었다. 누군가에게 나도 그리워하던 그녀가 아니라 내 삶에 몸담고 있는 한 아줌마일 뿐이겠고. 그래서 과거의 사람은 그저 그리워만 하는 것이 낫다고 하는가?

돌아오는 길에 은행잎이 밟힌다. 이미 노란빛을 잃고 칙칙한 부스러기로 사라져 가는. 자꾸만 뒤가 쓸쓸해지는 건 오랜 그리움을 맥없이 놓아 버리기 싫어서일 것이다. 허탈함을 부정하고 예전의 그리움으로 기억하고 싶다. 그래야 아직은 낙엽처럼 애잔히 스러져 가는 인생이 아니라고 우길 수 있을 테니까.

허망하게 돌아오며 생각해 본다. 예전에 누군가가 나를 그리워했다고, 그래서 꼭 한 번 보고 싶다고 하면 애써 만날 수 없는 이유를 들어 거절해야겠다고.

그리움 2

그래도 누군가를 그리워한다는 건 삶의 기포 같은 것이다. 빵 속에 쏙 쏙 들어가 있는 공기, 그것이 없으면 단단해서 베어 물 수도 없는, 그리움은 삶을 숨 쉬게 하는 것이다. 그리움이 깊으면 현실에 무심해지지만 그리움이 없으면 삶이 고단해도 기댈 곳이 없다. 그래서 애써 과거의 어떤 일들을 다시 추억하고 또 과거에 그저 그런 일로 비껴 온 누군가를 그리워한다. 나도 누군가에게는 그리운 사람일까? 단지 그리울 뿐인 사람. 다시 만나서 무엇을 어찌할 필요까지는 없는 그러나 이따금 지친 삶에 띄어쓰기처럼 숨 쉴 수 있는 공간이 돼 주는 사람.

이제 좀 살았다 싶은 나이고 보니 한동안 연락이 끊겼던 이와 다시 만날 기회들이 생긴다. 그때 "참 그리웠노라고, 어디서 어찌 살았느냐."고 궁금해하면 그래도 내가 삶의 어느 시점에선가 쓸데없이 세월 보내지는 않았다는 위안을 받게 된다. 그리움은 내가 누군가를 그리워하든 그에게 내가 그런 사람이든 삶이 허망할 때 한 가닥 위로가 되어줄 수 있는 그런 것인가 보다. 그리움을 얘기하려니 불현듯 어릴 적 친구들이 그립다. 그들은 어디서 무엇을 하며 살고 있으려나.

외로움

　외로움은 병이다. 외로움이 깊어 우울증이 되기도 한다. 외로움 때문에 몸에 병이 깊어지기도 한다. 몸살처럼 약한 순간에 파고드는 고독한 질병. 사람은 누구나 외로운 거라고, 그러니 외롭다며 유난 떨일 아니라고 나무라도 할 수 없다.

　외로움이 유독 심한 사람이 있다. 그래서 사람으로 외로움을 떨쳐버리려 하지만 쉽지 않은 일이다. 외로움 때문에 사람을 만나면 그 사람 때문에 더 외로울 수 있다. 혼자 있을 때 외로움보다 누군가와 함께 있으면서 겪는 외로움이 더 슬프다. 죽음으로 몰려갈 때 그때의 그 처절한 외로움이라니. 그 이후 더 이상 외롭지 않을 줄 알았다. 얼마간은 그랬다. 많이 비우고 버리고 난 뒤라 외로움도 덜었는 줄 알았다. 그런데 살아 있는 한 그놈도 늘 따라다니나 보다.

　외로워서 전화를 건다. 전화를 끊으며 더 허허로워진다. 잠자리에서 뒤척이고 있는데 친구가 전화를 걸어 느닷없이 묻는다. “넌 외롭지 않니?” 나도 그의 외로움을 채워주지 못하는가?

　미모에 재능도 뛰어난 여자 방송인에게 “많이 외로워 보인다.”고 했더니 손을 덥석 잡는다. 그녀는 남부러울 게 없어 보이건만 내게서 일렁이는 그 싸함을 그녀에게서도 봤다. 서로 외로움을 주제로 과장되게 수다를 떨다 보니 속이 좀 시원해진다. 그녀도 잠깐 외로움을 덜었노라 한다.

특별한 용건 없이 전화를 걸어 안부를 묻는 이가 있거든 외로워서 그러런 하고 한참 내용도 없는 수다를 들려준다. 그의 애기도 열심히 받아주고. 그렇게 시시껍적한 일들로 위로하며 산다.

살살 나를 달랜다. 외롭지만 그래도 가끔은 위로가 되는 사람도 있고 아이들의 재잘거림도 있고. 그것으로 달래며 몸살 앓듯 외로움을 앓고 다시 사람 속으로 나간다.

외로움은 병이다. 외로움이 깊어 우울증이 되기도 한다. 외로움 때문에 몸에 병이 깊어지기도 한다. 몸살처럼 약한 순간에 파고드는 고독한 질병.

이해하며 살기

나무꾼은 하늘에서의 선녀의 삶을 알려는 노력이 필요하고
선녀는 날개옷을 감춘 나무꾼의 마음을 이해하려 애써야 한다.

맹랑한 학생

생각하면 참으로 맹랑한 일이다. 겁도 없이. 고등학교 때였으니 80년대 초다. 여고에서는 심심치 않게 선생님의 성추행 얘기가 나돌곤 했다. 사회적으로 설득력을 얻기 시작한 것도 불과 얼마 전부터임을 감안하면 그때 그같은 문제를 갖고 소동을 일으킨 것은 시대를 앞선 것이기 전에 어쩌면 무모한 일에 가까웠다.

친구들 사이에 두루 어울리지 못하던 학생이 남자 선생님과 함께 딸기밭을 가서 선생님 등에 업혔다는 얘기까지는 다소 자랑 삼아 스스로 떠벌렸는데 소문이 파다해질 즈음 그 친구를 만났을 때는 상황이 좀 달랐다. 선생님과 개인적으로 가깝다는 느낌을 갖고 싶었던 작은 바람과는 다르게 업힌 상태에서 선생님의 손장난에 크게 상처를 입은 것이다. 그 수치심과 부끄러움이 순박하던 한 여학생을 혼란스럽게 만들었다. 그 친구의 눈물을 보며 크게 분노했다. 그래서 학생 대표 회의를 소집했고 몇 차례 논의 끝에 해결책을 내놓았다. 물론 그 방법도 대부분 나의 주장이고 보면 주동자가 된 셈이다.

학생회 대표와 피해 학생이 함께한 자리에 나와 선생님이 직접 공개 사과를 하던지 그렇지 않으면 당시 교직에 있었던 것으로 기억되는 부인에게 그같은 사실을 알리겠노라고 했다. 선생님은 고심 끝에 공개 사과 의사를 밝혔지만 그 자리에서 변명과 오히려 피해 학생에게 잘못이 있었다는 식의 얘기로 학생들의 질타와 야유를 받고서 다시 정정 사과를 했다. 그리고 선생님의 눈물을 봤다. 그 눈물의 의미를 헤아릴 수는 없었지만 끊이지 않고 들려오던 성추행 관련 얘기가 그 정도에서 마무리됐던 것으로 기억한다. 잘한 일인지 잘못한 일인지 딱히 답이 나오지 않지만 꼭 그렇게 했어야 했는가에 대해서는 다시 생각하게 된다.

어느 토론장에서 그때 얘기를 하다가 한 중년 남성으로부터 질타에 가까운 얘기를 들었다. 참 맹랑한 학생이었다고. 그 선생님이 고약한 사람이었으면 다른 측면에 불이익을 당할 수도 있었을 것이라고. 나이 든 선생님의 참담한 심경을 짐작하느냐고. 여학생의 볼에 입을 대거나 뒤에서 끌어안는 것을 스승의 사랑이라고 변명하지만 당하는 아이들 입장에서는 말할 수 없는 수치심이 된다는 걸 그때 우리는 항변하지 못했었다. 그러나 기억하기로는 그때 그 피해학생도 창피해서 죽고 싶노라고 얘기했다. 그 아이는 당시 선생님의 행동이 무엇을 의미하는지조차 판단하지 못할 만큼 순박했다. 아니 차라리 무지하다고 해야 할 것이다. 그 나이 우리 중 상당수가 성에 대한 이해가 부족했었으므로.

스승의 사랑 때문에 수치심과 참담함으로 고통받는 여학생이 있다는 걸 이 시대의 중년 남성에게도 이해시키기 쉽지 않다. 나이나 직위 등에서 우위에 있는 남성의 경우 자신의 잘못된 행동이 여성에게 어떤 영향을 미칠지 얼마나 염려하고 처신할까? 이유 여하를 막론하고 성적 수치심은 여성의 삶 전체를 뒤흔들 수도 있다는 걸 이해하는 것이 무리일까?

난 어쩜 이리 되는 일이 없니?

그녀는 상냥한 사투리 억양에 날카롭지만 깔끔한 인상이다. 자기 관리가 철저하고 매사 정확한 것을 좋아한다. 여성으로서 다소 보수적이며 이십대 초반까지 특별히 이성을 사귄 경험도 없다. 대학에서 근무한다던 그녀가 어느 날 울면서 전화를 걸어왔다. 약간의 불편함 때문에 처음으로 산부인과를 찾았는데 아무래도 처녀막이 파열된 듯하다며 놀라고 억울해서 어찌하면 좋겠는가 했다. 그 심각한 상황은 확인 결과 사실이 아니었음으로 다행이었지만 그녀는 처녀성을 지키는 일을 신조처럼 생각하고 있었다.

얼마 후 후배 결혼식 뒤풀이에서 남자를 만난다. 특별히 강하게 끌린 것도 아니었는데 그와 따로 술을 한 잔 하게 되면서 이후의 삶이 완전히 바뀐다. "친구야 난 어찌 이리도 운이 없냐, 태어나서 처음 만난 남자와 그것도 처음 술을 두 잔 마신 게 어찌 이렇게 되냐."

내용은 그랬다. 이전까지 이렇다 할 이성 교제 한 번 없었고 그날 그와 처음 호젓한 시간을 갖게 된 것이다. 그리고 자신의 주량이랄 것도 없이 쓴 술을 두 잔 억지로 마셨을 뿐인데 정신력도 약해지고 특별히 좋은 것도 싫은 것도 아닌 상황에서 그와 잠자리를 하게 된다. 그리고 그 일로 아이가 들어선 것이다.

선택의 여지가 없는 상황에서 둘은 딱히 사랑하는 사이도 아닌 채로 남

자의 집에서 동거를 시작하는데 홀몸으로 아들딸 키운 시어머니는 정숙
치 못한 여자라는 험한 낙인을 찍어주며 수시로 속을 긁는다. 거기에 손
아래 시누의 따가운 시선도 감당키 힘든 일이었다. 배가 남산만큼 부른
상태에서 생을 정리하겠다며 찾아왔다. 방 한칸짜리 신혼생활이지만 달
리 방법이 없어 사나흘을 함께 지내준 것이 위로가 됐을까.

아이를 셋까지 낳고 살면서 이후에도 여전히 절박한 문제들을 갖고 찾
아왔다. 그중 가장 큰 고통은 남편의 외도. 사랑 없이 시작한 결혼생활 이
후 진정으로 사랑하는 여자를 만났으니 그냥 보내 달라는 남편을 어찌해
야 하느냐는 것이다. 셋째아이 낳고 얼마 되지 않아서였는데 머리카락이
매일 한 움큼씩 빠진다고 했다.

그런데 정작 그 친구를 괴롭히는 건 그런 상황들보다 그녀 자신의 한계
상황이 아닌가 싶었다. 절대, 도저히 있어서는 안 될 일이라는 전제가 그
녀를 괴롭혔지만 그런 일들은 얼마든지, 그리고 누구랄 것도 없이 일어날
수 있다.

혼전 성관계를 두고 괴롭히는 건 정작 그의 시집 식구보다 그녀 자신이
었다. 그리고 남자의 외도로 인한 고통은 외도한 남편에 대한 미움보다는
자신에게 그런 일을 겪도록 했다는 것 또 어떻게 그런 짓을 할 수 있는지
에 대한 맹목적 질타였다.

하루 온종일 남편에 대한 생각에 매여 있던 때는 뙤약볕이 이글거리는
한여름임에도 아이에게 겨울 내복을 입혀서 나왔다. 무슨 얘길 해도 불과
몇 초 만에 남편에 대한 얘기로 되돌아가는 그녀를 멈추게 하기엔 어떤
위로도 궁색했다.

그 친구를 생각하면 "친구야 난 어쩜 이리도 되는 일이 없니?" 하는 그
녀의 말이 떠오른다. 힘든 일마다 자신에게만 주워지는 난관이라 여기고
해결하려 하기보다는 그 문제에 파묻혀 허우적거린다. 자신을 탓하고 상

황을 원망하고 그리고 그 다음이 없다.

　보기에 따라서는 좋은 일도 많다. 일단 세 아이가 그렇다. 똑똑하고 엄마를 끔찍이 생각한다. 경제적으로도 크게 어렵지 않다. 그것도 힘이 될 수 있다. 남편이 외도는 했지만 그러나 거짓말하면서 딴 짓하는 배반감을 주지는 않는다. 비아냥대던 시누는 정작 유부남을 사랑하다 잘못돼 코가 석 자는 빠져 외국으로 나갔다. 까탈스럽던 시어머니도 손주를 낳아줬다는 만족감에 조금씩 며느리를 인정하기 시작했다.

　친구가 스스로 생각하는 늪에서 나오려면 이제까지 바라보던 시각을 바꿔야 하는데 그것은 그녀만이 할 수 있다. 주위에서 그런 방법이 있노라고 알려줄 수는 있지만 손을 잡아 끌어올려 주기는 그녀의 비관이 너무 무겁다. ‘나는 왜 이렇게 되는 일이 없냐고’ 만 생각하면 늪을 나와도 다시 늪이다.

　연락이 끊긴 지 몇 년 됐는데 지금은 어느 만큼 와 있는지 궁금하다. 그녀의 곱상한 대구 사투리가 그립다. 친구야 넌 곱다. 반듯하고 정겹다. 고통을 지나면 다른 시간이 있더구나. 이전과는 아주 다른. 그것은 주변이 달라져서가 아니라 내 마음이 달라져야 볼 수 있단다.

친절한 여자

　여성의 친절은 남성을 움직이기에 가장 소소하면서도 강렬한 요소다. 친절한 여성은 그 친절만으로도 남성을 자극할 수 있다. 물론 개인차는 있겠지만 그러나 대체로 냉정하거나 사무적인 여성보다 친절한 여성에게서 남성은 여성성을 많이 느낀다. 심지어 여성의 친절은 오해의 소지가 있다. 늘 친절한 태도를 보이는 여성이 특정 남성으로부터 이성으로서 친절하게 대해 준 것 아닌가 하는 말을 듣고 어이없어 하는 일도 있다. 그런데 일시적인 친절은 자신의 또 다른 내면에 대한 표현이기도 하다.

　외로운 여자, 외로운 여자는 그 외로움을 자신이 베푸는 친절로 보상받으려 한다. 외로움이 깊을수록 지나칠 정도의 친절을 베푸는 경우가 있다. 비단 남성에게만 그런 것은 아니다. 동성에게도 심리적인 위안을 받았다고 생각하거나 공감, 지지를 받고 있다고 생각되면 자신이 소중하게 생각하는 것까지 서슴없이 내놓으며 친절을 베푼다. 그러나 친절의 깊이만큼 허무나 상대적 박탈감이 클 수 있다.

　반대로 지나치게 까칠한 여성, 그 또한 내면에 외로움이라는 늪이 자리한 경우가 많다. 외로움을 방어하기 위한 수단으로 가시 돋친 태도를 보이는 것이다. 상황에 맞지 않게 과장된 표현을 하거나 독한 말을 내뱉고 사나운 태도를 보이기도 하는데 외관상 강해 보이는 여성이 쉽게 무너지는 건 이 때문이다.

외로움은 여자를 천사나 악마로 변신하게 한다. 외로움을 숨기거나 인정하지 않기 위해 친절, 혹은 그와는 정반대의 태도를 취하게 되는 것이다. 경쟁관계에 있는 여성끼리는 상대의 친절이 시기나 혹은 비난의 대상이 될 수도 있다. 친절의 대가를 여성적 감성으로 예견할 수 있기 때문이다. 그래서 상대 여성의 친절이 심기를 뒤틀어 놓는다. 또 비슷한 위치의 여성 사이에는 친절한 태도도 경쟁적으로 나타날 수 있다. 여성성의 또 다른 표현인 그것으로 좀 더 나은 위치를 점하려 하기 때문이다.

여성의 친절에 남성은 신중할 필요가 있다. 외로움인지, 어떤 목적이 있는 것인지, 천성인지, 그도 아니면 여성적 제스처인지. 가시 돋친 여성이라면 역시 외로움 때문에 방어망을 친 것인지, 타고난 성품이 고약한 것인지, 유혹으로부터 자신을 지키려는 방어기재인지 구분할 필요가 있다.

그것은 본인의 말과는 다른 원인이 내재돼 있을 수 있다. 여성 스스로도 알지 못한다. 설령 안다 해도 아는 것을 그대로 드러내지 않으려 한다. 친절한 여자는 스스로의 친절을 성찰해 볼 일이다. 친절한 여자가 측은하다. 깊은 외로움을 과장된 친절로 자위하고 있을 수 있으므로.

여성은 변덕쟁이

그렇다. 여성은 변덕스럽고 그 변덕은 생물학적인 이유 때문이다. 스스로도 자신의 정체성에 관한 고민을 하면서 일관성 없는 성향 때문에 괴로워한다. 의지나 가치관과는 무관하게 시시때때로 변하는 자신의 감정에 휘둘릴 때면 그야말로 "내 마음 나도 몰라."가 되거나 "도대체 내가 왜 이러는지 모르겠다."를 외치게 된다.

보통 여성의 생리 주기는 28일을 기본으로 신체적 변화를 겪는데 크게 보면 배란기와 생리기 그리고 배란, 생리 전·후기로 구분된다. 이 각각의 기간에 신체적 변화와 더불어 심리적 변화가 일어나는 것이 결국 한 달 내내 몸과 마음의 변화를 겪는다고 해도 과언이 아니다. 매달 주기적으로 같을 수도 있지만 나이나 환경 변화에 따라 조금씩 차이를 보이기도 한다.

우선 여성은 본능적으로 임신에 대한 두려움을 갖고 있다. 스스로도 인지하지 못하는 사이에 그 두려움은 내 마음을 나도 모르게 하는 요소로 작용한다. 이를테면 사랑하는 남성과 함께 있으면서도 사랑을 나누고 싶은 마음과 그래서는 안 될 것 같은 본능이 갈등을 일으킨다. 그래서 남자의 요구에 대한 반응이 이랬다저랬다 한다. 흔히 남자들이 우스갯소리로 "안 돼요 돼요 돼요."를 여성의 내숭이라 표현하는 것이 이같은 심리 때문이다.

배란기에 여성은 극단적인 두 가지 모습을 보인다. 관대하거나 심한 경계심을 보이거나. 임신에 대한 두려움으로 남성을 경계할 수도 있고 필요 이상으로 관대해질 수도 있고. 이 배란기 전에 많은 여성들은 식욕이 향상되거나 평소와는 다른 음식, 즉 "뭐 맛있는 거 먹을까." 하는 생각을 하게 된다. 특히 단 음식을 찾기도 하고 고기를 먹고 싶어 하는 경우도 있다. 평소 채식 위주의 식사를 즐기는 그녀를 위해 식당을 예약했다가 느닷없이 고기를 먹고 싶었다며 짜증을 내는 여성을 이해하기란 쉽지 않을 것이다. 그것은 마음의 변화라기보다는 몸의 요구인 것인데 말이다.

또 배란기에 갑자기 애교를 부리고 심하게는 교태를 부리던 여자가 단 며칠 만에 심드렁해지는 것은 배란기가 지나면서 남성에 대한 관심이 급격히 줄어들기 때문이다. 그런 여성을 변덕쟁이라고 질타하기 쉽다. 그러나 이 역시 생리적 변화에 따른 심리변화일 뿐이다. 평소 별 관심을 보이지 않던 여성이 어느 날 콧소리를 내며 "밥 사주세요."라고 하면 남성은 헷갈리기 시작한다. 이 여자가 내게 쭉 관심을 갖고 있었나? 싶을 수도 있다. 그런데 바로 이 마법의 시기인 배란기에 일시적인 행동일 수 있다.

생리 기간에는 대체로 소극적이거나 신경질적이고 비관적이기도 하다. 상대로부터 배려를 받고 싶어 하면서도 남성과 함께 있는 시간이 불편하다. 잘 하던 일도 귀찮아하고 상대의 일상적인 표현에도 간섭받는다는 느낌을 가질 수 있다.

가까운 여성들을 대상으로 생리 주기에 따른 변화에 대해 관찰한 바에 따르면 개인차는 있지만 대부분 신체 변화와 함께 심한 심리 변화를 겪고 있었다. 그런데 의외로 생리 주기에 따른 심리 변화에 대해 인지하지 못하고 있다. 남편이나 혹은 이성 관계에 있는 사람은 물론이고 심지어 자신조차도 제대로 파악하고 있지 않은 경우가 대부분이었다.

삼십대 중반의 한 여성은 배란기에서 생리 시작까지의 시기에 우울감으로 사람을 피하고 혼자 있는 시간이 많은데 이때면 심한 자괴감이나 자기 비하 때문에 삶에 대한 의욕을 상실하고 자살충동도 느낀다고 한다. 역시 삼십대 중반의 한 여성은 배란기 바로 전에 낯선 남자에게 식사 요구를 하고 지나치게 애교를 부려서 자주 오해를 산다고 한다. 상대는 갑자기 깊은 관계를 요구해 오는데 그러면 정신이 번쩍 들어 남성을 민망하게 하고 도망치듯 헤어진단다. 사십 중반의 한 여성은 배란기만 되면 남편이 싫어지는 정도가 너무 심해 꼭 크게 다투거나 갈등을 스스로 조장한다. 남편이 현관문을 여는 순간 그 정수리부터 미워지기 시작해서 표정, 손짓, 음성까지 모든 요소가 거슬리는데 그런 자신을 감당하는 게 힘들다고 한다.

이십대 후반의 한 여성은 한 달에 한 번 꼴로 남성과 관계를 갖는데 후회를 하면서도 다시 한 달 후가 되면 자신의 욕구를 통제하기 어렵다고 했다. 그는 매번 낯선 남자의 친절에 기대게 된단다. 사십 초반의 미혼 여성이 매달 자신의 생리기를 직장 동료들에게 떠벌인다. 여성 사이에서는 그같은 행동이 거슬릴 수밖에 없지만 그녀는 멈추지 않는다. 남성들도 의아해한다. 그녀는 자신의 여성성에 대한 인정을 받지 못했고 만족하지 못하고 있다. 남성으로부터 충분히 사랑받는다면 사라질 수 있는 증상이다.

여성은 생리 주기에 따라 변덕스러워진다. 스스로 자신의 심리 변화를 관찰하고 그 변화기의 신체리듬을 살핀다면 자신의 변덕스러움으로 인한 불편을 줄일 수 있다. 그리고 적어도 가까운 이성, 즉 애인이나 남편 혹은 가족들을 이해시킬 수 있다면 훨씬 원만하고 성숙한 관계를 유지할 수 있을 것이다.

나는 배란기 전에 음주 충동을 느꼈다. 초기에는 이유를 알 수 없었다. 증대되는 여성성을 위로받지 못하기 때문에 스스로 억제하기 위해 마셨던 것이 기억돼서기도 하고 또 여성적 욕구를 천박한 것으로 교육받았던 탓에 성적 충동에 대한 자괴감을 잊기 위함이기도 했다. 원인과 충동을 알고 지속적으로 치유하면서 차츰 자유로울 수 있었다.

주위에 "내 마음 나도 몰라서." 혼란스러워하는 여성들에게 생리 변화와 그때마다의 심리 변화를 기록하도록 권한다. 두어 달 쓰다 보면 일정하게 반복되는 패턴을 발견하게 되고 그것을 아는 것만으로도 문제의 반은 해결되는 것이기 때문이다. 여성의 변덕을 이해할 수 있다면 좀 더 자유롭게 사랑할 수 있고 더욱 깊은 인간관계가 가능할 것이다.

여성은 변덕스럽고 그 변덕은 생물학적인 이유 때문이다. 스스로도 자신의 정체성에 관한 고민을 하면서 일관성 없는 성향 때문에 괴로워한다.

바람피우는 남편, 외로운 아내

남편이 다른 여자를 사랑하는 것 때문에 괴롭다는 여자. 밤이면 남편과 다른 여자와의 만남을 상상하며 고통스런 시간을 보내고 휴일에 나가는 남편의 뒷모습은 살의를 느낄 만큼 밉다고 한다. 남편은 생기가 넘치는데 본인은 시들시들한 것이 화가 난다고. 괴로움의 실체를 함께 탐색해 보기로 했다.

처음에는 남편에 대한 독한 미움을 쏟아낸다. 남편이 어떻게 하고 있는지, 어떻게 자신에게 그럴 수 있는지, 그런 남편이 얼마나 미운지. 다음으로 둘이 만나서 살아온 과정을 얘기하고 그리고 고통의 실체가 무엇인지 분석해 봤다. 결국 사랑에 빠진 남편에 대한 미움보다는 사랑받지 못하고 외톨이가 된 자신에 대한 측은함 그런 자신에 대한 분노였다. 그렇게 만든 남편이 미운 건 뒤에 얘기고. 바람피우는 남편의 아내는 외로움 때문에 괴롭다. 괴로움 때문에 더 미운 짓을 한다. 그러면 남편은 더 멀리 달아나고.

그 남편과 만날 기회가 있었다. 우습게도 그도 외로움 때문에 다른 여자를 만나게 됐노라며 아내를 원망한다. 아이만 챙기는 아내, 직장에서도 집에서도 반기는 이 없고 내가 무엇인가 싶을 때 자신의 가치를 인정해 주는 여인을 만나니 숨을 쉴 것 같더라는. 그것이 누구의 잘못인지 가르기보다 그래서 어찌할 것인지를 논하는 게 더 나을 듯하다. 물론 과정에 대한 한바탕의 논쟁도 있어야겠지만.

결국 그들은 서로에 의해 서로가 그토록 외롭고 아파할 것이라는 사실을 알지 못했다는 공감으로부터 화해를 시작했다.

함께 여행을 다녀와 선물을 주며 그녀가 말한다. "이유야 어떻든 아내 있는 남자 사랑하는 여자는 나빠요. 둘이 좋아 죽을 때 그것 때문에 어떤 여자는 괴로워 죽고 싶어지거든요." 남편은 "나야 까짓 사랑 안 해도 살지만 내 사랑 때문에 아내를 죽게 할 수야 없는 일이지요."

쓸쓸하다. 다시 부부로 사랑해서라기보다 죽지 않고 살기 위해 함께한다니.

"이유야 어떻든 아내 있는 남자 사랑하는 여자는 나빠요. 둘이 좋아 죽을 때
그것 때문에 어떤 여자는 괴로워 죽고 싶어지거든요."

그때는

군에 입대한 건 남다른 포부나 그럴듯한 명분이 있어서는 아니었다. 독립하고 싶어서였다. 경제적으로 그리고 사회 구성원으로. 스스로 무엇도 할 수 없는 십대가 답답했는데 여전히 무능한 이십대의 시작을 제대로 해보자 싶었다. 거기에 방송 일을 할 수 있다는 달콤한 유혹으로 시작한 군 생활, 그러나 첫 번째 이유만 최소한 만족할 수 있었다.

여군의 역할이 제한적 성적 특성에 의한 것이 아닌 개인적 사유여야 한다는 내 믿음은 시대착오적 환상에 불과했다. 심리전 방송을 하면서 독립적인 임무를 수행한 것은 나름대로 욕구를 충족할 만했지만 여타의 일들은 선택에 대한 후회를 하게 했다.

동기 K는 빼어난 인물 탓에 근무처가 자주 바뀌었다. 물론 그것은 주변의 떠돌던 설명이다. 부당함에 대한 동기의 저항은 소소한 불이익으로 이어졌다. 결국 K는 약속된 3년을 마치지 않고 자체 영창생활을 한 후 면역했다. 그가 나가면서 한마디 한다. "정말 웃기는 곳이다. 대한민국 군대? 멀었다."

군가 가사처럼 우리는 젊음을 함께 사르며 깨끗이 피고 질 무궁화 꽃이었는데 장미꽃이길 요구받기도 했었다. 지나고 보니 그 또한 한 시대를 지나는 과정이었던 듯하다. 그리고 그 시절에도 끝까지 아닌 것에 용기를 내면 부당함이 정당함을 다 누르지는 못한다는 걸 우리는 더러 확인하기도 했다. 적당히 편안함에 편승하려는 이들은 군인이 아닌 여자로서의 요구나 처우에 저항하지 않았지만 많은 이들은 국방의 임무를 수행하는 순수한 목적에 충실하려 했다.

당시에는 "어 그 여군 예쁜데." 하는 소리에 발끈 했는데 세월 흐르고 이런저런 이유로 참 예쁜 여군 시절이었다는 생각을 한다. 순수하고 열정적이던 그때, 마치 나라를 위해 뭔가 하고 있는 듯한, 그러면서도 한 시대의 게으른 여성을 일깨워 평등한 사회 구성원으로 인정받도록 하는 대단한 과업을 이루는 양 착각하던 꿈 같은 시절이었다.

대부분 그렇듯 내 젊음은 너무나 뜨거웠다. 그렇게라도 에너지를 터트리지 않으면 달리 어찌 감당했을까 싶다. 기력이 쇄해 정신을 놓은 동기의 총과 다블백까지 함께 메고도 그를 부축해 행군을 마치기도 했다. 밤이면 연병장을 수도 없이 뛰었다. 책을 읽으며 가라앉히기엔 속이 너무 끓었다. 그래서 다 탈 때까지 뛰고 또 뛰었다. 그런 가운데서도 지적 갈증을 채우고 미래를 준비하기 위해 학업을 게을리하지 않은 건 잘한 일이다.

젊음의 한가운데였던 여군 3년은 가장 갈등하고 그리고 크게 고심했던 그러면서 참고 견디는 능력을 실험하는 기간이었다. 돌아갈 수 있다면 다른 선택을 할 것이다. 애써 불편부당함의 한가운데 뛰어들지 않고 고요하게 닦고 준비해서 그것을 실현할 수 있을 때를 기다리는 진중한 젊은 시절을 선택할 것이다. 그러나 후회하지는 않는다. 그렇게 보낸 것이 내 젊음이었고 그때 할 수 있는 최선을 다했으므로.

근자에 보는 여군들은 그 시절 우리처럼 측은해 보이지 않아 다행이다. 동기의 말처럼 우리 군, 그 멀어 보이던 것이 이제사 실현되고 있어서일까. 그 속을 들어가 보지 않아 다 알 수는 없지만 사회 저변의 의식과 변화의 기류를 군이라고 언제까지 외면할 수 있겠는가. 잊고 지내다가 아! 나도 군복을 입었던 시절이 있었지 생각하면 맥없이 한 번 웃는다.

여성을 찾다

　건강한 여성성을 찾기 시작한 것은 삼십대 후반이 되고서다. 여자로 바로 서는데 가장 큰 걸림돌이 어머니였다. 물론 지나고 보니 그래도 그 어머니가 계셨기에 여자의 한계를 딛고 홀로 설 수 있었음을 알게 됐지만. 어머니에서 나에게 그리고 다시 딸에게 이어지는 여자의 한계를 이제는 어느 정도 객관적으로 바라볼 수 있다. 그 안에 갇혀 있을 때는 막연히 슬프고 외롭고 힘겨웠다.

　어릴 때 어머니에게서 받은 성교육은 여성성을 억누르고 여성을 감추고 그리고 여성성을 드러내는 다른 여성의 천박함에 맞서 고고하고 정숙한 자태를 보여줘야 하는 것이었다. 내 여성성은 예민한 시기에 속으로 움츠러들었다. 여성으로 충분히 사랑받지 못한 이유가 다른 천한 여성 때문이라는 엄마의 원망은 내 안에 복잡한 구조로 자리했고 성에 대해 무지한 채 외관만 성인이 된 듯하다. 어쩌면 그 시대 많은 여성이 그러했을 것이다.

　권력지향적인 아버지는 내 삶의 좋은 본보기가 되면서 동시에 어머니를 슬프게 하는 대상으로 비춰졌고 존경하는 할아버지 또한 할머니를 마음 아프게 하는 남자라는 사실은 청소년기 내게 참으로 풀기 어려운 숙제였다. 이후에도 마땅히 남성과 여성에 대한 이해를 하지 못한 채 어설픈 결혼생활을 시작했으니 시작부터 힘겨운 과정이었다.

내가 그 입장이 되고서야 어머니가 얼마나 가엾은 여인인지 알게 됐다. 남편으로부터 사랑받고 싶은 욕구가 채워지지 않은 어머니는 마땅히 다른 삶을 찾지도 못하셨다. 그리고 모든 것을 참고 인내하는 것이 미덕이라 믿으신 거다. 학습된 그 같은 태도가 내 결혼생활에서 반복되고 있었다. 함께 사랑을 나누는 관계가 아닌 일방의 요구를 충족시켜 주는 도구로써의 여성, 그러면서 스스로는 억제된 열망이 채워지지 않아 힘겨웠던 시절이었는데 그때는 알지 못했다.

결혼의 실패 원인이 상대에게 있다는 생각은 현상만 쫓을 때였고 그 밑바닥을 들여다보면 스스로에게도 실패의 요인이 내재돼 있었던 것이다. 좀 더 일찍 알았다면 시작도 하지 않았을 관계이겠지만 시작했더라도 같은 결과를 내지는 않았을 것이다. 그래서 딸은 건강한 사랑을 할 수 있기를 기원한다. 남녀의 사랑은 환상적인 것만도 아니지만 그렇다고 무가치한 것도 아니라는 것을 딸에게 차분히 일러줄 것이다. 그것이 말로써 다 깨우칠 수 있는 것은 아니겠지만 알고 하는 것과 모르고 부딪히는 것이 얼마나 큰 차이인지 너무 늦게 알게 됐기 때문이다.

천박하다고 생각됐던 깊숙한 내면을 들여다보며 숨겨진 나를 꺼내 놓는다. 나를 바로 본다는 것은 힘겨운 작업이었다. 그 안에는 비틀린 자아와 숨기고 싶은 여성성도 들어 있으므로 그저 적당히 피하면서 사는 게 낫다고 여겼던 것이다. 그러나 직시하면서 하나 둘 꺼내 놓고 어디서부터 시작된 것인지, 왜 그런 모습이어야 했는지 그것 때문에 얻은 것과 잃은 것은 무엇인지 헤쳐 놓으니 차츰 편안해졌다. 자유로워졌다고는 해도 내면의 욕구를 표현하는 것이 경박스럽다는 생각은 쉬이 바뀌지는 않는다. 다만 스스로에게 솔직해지고 그리고 그럴 수 있음을 인정하고 나를 나로서 받아들이는 일은 중요하다.

혼자 되고 많은 것을 얻었다. 미안하게도 편안함을 얻게 됐고 그리고 아이러니하게도 함께 일 때보다 더 흔들리지 않을 수 있게 된 것이다.

여성성뿐만 아니라 남성성에 대한 이해를 하는 일도 중요하다. 사회생활을 하면서 여성들이 남성에 대한 몰이해 때문에 곤란한 처지에 이르거나 불쾌한 상황에 이르도록 자신을 방치하는 경우를 보면 안타깝다. 성추행의 경우 일단 문제가 되고나면 여성이든 남성이든 그 일로 인해 몹시 불편한 관계가 되고 만다. 상대 성 특성과 그것이 나타나는 과정이나 현상을 안다면 막을 수도 있는 일들이고 보면 아직 우리 사회가 그런 기회를 많이 갖고 있지 않다는 생각이 든다. 그리고 가정에서도 상대의 성에 대한 이해가 부족해 갈등을 빚는 경우를 종종 보게 된다.

어느 중년 여성 모임에서 한 여성이 "남편이 젊은 여성을 보면 좋아 어쩔 줄 몰라 한다."며 한심해하자 주위에서 동조하며 비난을 쏟아낸다. 그 심리를 설명해 주고 이해할 수 있는 방법을 일러주니 흥미로워한다. 이제껏 그런 얘기를 들은 기회가 없어 몰랐다며 더 이상 그런 이유로 비난하지 않아야겠다니…… 알면 스스로 덜 힘들뿐 아니라 갈등도 줄일 수 있다.

지금도 내 안에 남아 있는 어머니를 극복하고 아이들에게는 건강한 성을 일깨워주려 애쓴다. 아는 것과 다르게 학습된 것이 불쑥불쑥 튀어나오기 때문에 경계하는 마음 또한 놓지 않으려 한다. 치마보다 바지가 편해야 했던 이유와 정장 입은 남성에 대한 도전적인 내면의 역동을 알면서부터 필요할 때는 여성다움도 갖추려 애쓴다. 과도한 방어기재로 인해 권위 있는 남성과의 관계가 편하지 않았다. 사회적 지위가 높은 남성의 권위적 태도를 간과하지 못함은 단지 정의감 때문만은 아니다.

지나고 보면 어린 시절 어머니를 힘겹게 하는 아버지에게 목소리를 높였고 학창 시절에는 남자 선생님에게 저항했고 사회생활을 하면서는 강한 남성이라 여겨지는 대상에게 핏대를 올렸다. 공존이나 화합보다 맞서

서 이기거나 힘겨루기를 해야 하는 대상, 모순이 많은 남성성에 대한 분석과 그에 대한 응징을 무의식적으로 표현했던 것이다.

마흔을 넘기면서 여성으로 사는 법을 익히려 하니 늦어도 한참 늦었다. 그러나 다행이다. 애써 왜 나를 사람으로 보지 않고 여성으로 보느냐고 분통을 터트릴 일도 없고 예쁘다는 말에 발끈하지 않아도 되고(아니 오히려 고맙지) 그러나 많은 남성이 사람보다는 여성과 사랑하고, 여성과 함께 살기를 원한다는 사실을 여성들은, 그중에서도 성취욕이 강한 여성일수록 부정하려 한다는 걸 알려주고 싶다. 그리고 정작 그런 여성일수록 더 고독하다는 것도.

많은 남성이 사람보다는 여성과 사랑하고, 여성과 함께 살기를 원한다는 사실을 여성들은, 그중에서도 성취욕이 강한 여성일수록 부정하려 한다는 걸 알려주고 싶다.

그레이트 머더

예전부터 어머니가 너무 드세면 자식 앞길을 망친다는 말이 있었다. 아내가 너무 나대면 남편이 힘을 못 쓴다고도 한다. 융(Jung) 심리학에 근거한 '그레이트 머더' 요소를 잘 표현한 말이다.

상대를 따뜻하게 감싸는 요소와 함께 상대의 에너지를 빨아들이는 요소를 갖고 있는 여성은 스스로의 능력이 남성으로부터 제지당한다고 생각될 때 남성을 상대로 한 공격성이나 적개심이 높아질 수 있다. 때문에 스스로 갖고 있는 여성성에 대한 혐오감을 가질 수 있고 여성다움을 부끄럽게 여기게 된다. 이같은 요소가 강한 여성일수록 자신이 남자 운이 없다고 생각하기 쉽다. 성 감정을 무시하고 한 인간으로만 인정받고자 한다거나 타인에게도 인간적인 측면을 강조하게 된다. 때문에 여성성이 강한 여성을 모멸스러워한다.

'그레이트 머더' 가 강한 여성은 주변의 남성을 쉽게 인정하지 않을 뿐만 아니라 가까운 남성을 힘들게 할 수 있다. 내 안에 있는 그같은 속성을 아는 것은 중요하다. 안다고 다 극복할 수 있는 것은 아니지만 있는 줄도 모르고 마구 표출하는 위험을 줄일 수 있다. 잠재된 그같은 요소를 직시하고 지혜롭게 성숙한 방법으로 승화시키려는 노력이 필요할 터. 내게도 문득문득 강한 '그레이트 머더' 가 꿈틀댄다.

아이가 들어서려니

동네 아주머니들이 나누는 대화를 넘겨듣는 것은 흥미진진했다. 이해할 순 없어도 웃음소리로 봐서 야릇한 얘기임을 짐작할 수 있어 솔깃해진다. 십구 세 청취 불가인 경우 목소리 톤이나 색깔이 다르다.

동네에 가난하고 키도 작은 홀아비에게 늘씬하고 인물 좋은 젊은 여인이 들어왔다. 사정이야 어찌됐건 그녀가 그런 조건에도 불구하고 재혼을 한 것에 대해 아낙들은 "아이가 들어서려니 어쩔 수 없다더라."고 했다. 집에 큰 일을 거들며 두런두런 얘기를 주고받는 여인들은 그 묘한 웃음소리로 공감을 나눴다. 끌끌 큭큭큭.

그것이 여성의 성적 충동이다. 표현이 순하지만 성적 충동성에 대해 여성은 노골적으로 드러내지 않는다. 오랜 학습의 결과 때문만은 아니리라. 신체적 특성에서 오는 자연스런 반응일 수 있다. 임신에 대한 두려움이 무의식에서 여성의 행동을 통제하는 것이다. 어쩌면 다행이고 또한 그것이 조화일지도 모른다. 남녀가 충동이나 표현에 비슷한 성향을 보였다면 인류는 지금보다 더 복잡했을 것이므로.

맨 끝집

마을에서 뚝 떨어진 산 끝자락 집 한 채. 노모에 일만 아는 남편, 올망졸망한 아이들과 살던 아낙이 있다. 그 남편의 목소리를 들은 이가 많지 않다. 묵묵히 그저 일만 하는 그였기에. 그리고 아내는 인물이 없다. 흔히들 박색이라고 했다. 그들 가족은 화전 밭이며 소작농을 해서 겨우 먹고 살았다. 가꾸거나 멋낼 여가 없는 삶이다.

그런데 노모가 어느 날부터인가 며느리와 마을에 좀 산다 하는 집에 인물 좋고 배움도 있는 소씨가 바람이 났노라 흉을 보고 다닌다. 마을에서는 할매가 노망이라고 측은해했다. 그 할매 그러다 세상 버리고 어느 날 새참 차리러 들어간 아내를 따라 집으로 온 남편은 아내와 소씨가 함께 있는 것을 목격한다. 소씨는 그 얼마 후 개울가에서 농약을 마시고 세상을 버렸다. 마을에서는 광복절기념 잔치가 한창이던 어느 뜨거운 여름날이었다.

맨 끝집은 소리 소문 없이 야반도주하다시피 마을을 떠났다. 그런데 가끔 그들을 애처로워하는 얘기들이 나돈다. 그 아낙도 그리고 소씨도 안된 일이라고. 알고 보면 참 외로운 사람들이었고 그래서 아마도 그들은 서로 사랑했던 것 같다고. 남녀가 사랑하는데 인물이며 배움이 뭐 대수겠냐고. 그럼에도 그 얘기는 그렇게 고약하게 끝을 맺었다. 어느 슬픈 사랑 얘기.

살아 있는 이는 모두 사랑을 원한다

사랑! 그것이 영화나 예술작품에서나 가능한 꿈 같은 얘기일까? 사랑! 그것은 멋진 연예인 커플이나 이삼십대 젊은이, 혹은 여유 있는 사람들만의 전유물인가.

살아 있는 모든 사람은 다 사랑을 원한다. 사십대, 오십대, 육십대 어느 시점에서도 사랑에 관한 기대를 완전히 접지 않는다. 살아 있음을 느끼는 가장 최선의 선택이 사랑하는 것이므로 우리는 삶의 어느 순간에도 살아 있음을 느끼고 싶어 한다. 다른 사람의 사랑을 함부로 평가하지 않을 일이다. 그들의 사랑은 곧 그들의 삶인 것을.

남녀 간의 사랑에는 '끌림' 그것이 있어야 한다. 어느 일방의 사랑으로 오래 공들여 비로소 맺게 되는 관계라면 그것은 사랑과는 다른 정성? 혹은 다른 어떤 감정일 수 있다. 남녀의 성적 끌림과 관심은 만나는 순간 강한 자극을 동시에 느낀다. 그것이 안전한 사랑이다.

이십대 때는 마흔을 넘기면 사랑과는 무관한 삶을 살 줄 알았다. 그러나 여전히 사랑을 꿈꾼다. 오십을 훌쩍 넘긴 남자가 그런다. 어느 날 이 사람이다 하는 강한 느낌이 오면 모든 걸 다 버리고라도 사랑을 선택할 것이라고. 그러나 그저 막연한 기대감일 뿐 사랑 때문에 생활을 다 걸 수는 없지 않을까. 그래서 그저 그러고 싶은 갈망만 간직하는지도 모른다.

사랑은 살아 있음을 의미 있게 하는 일이어서 사랑으로 삶의 가치를 제대로 만들고 싶어 하지만 보자마자 가슴 덜컥 하는 대상을 만나는 일은 쉽지 않다. 그런 사람을 만나 서로 뜨겁게 사랑하는 사람에게서는 윤이 난다. 결혼한 이든 아니든 이성과의 뜨거운 사랑에 빠진 사람에게서는 반들반들 기름기가 흐른다. 그리고 말씨도 부드럽고 관대하며 여유가 느껴진다. 사랑에 빠져 있는 동안은 누군가를 곤경에 빠트리지 않고 못된 속셈으로 다른 일에 탐욕을 부리지도 않는다. 진정한 사랑은 다른 욕심을 낮추는 힘이 있기 때문이다.

짐승도 짝짓기를 제대로 하는 놈은 털에 윤이 난다고 하지 않는가? 젊은데도 피부가 까실하고 말에 날을 자주 세우는 사람을 보면 깊이 사랑해 보지 않았거나 사랑이 떠났거나 저 혼자만 홀 사랑하거나 아무튼 사랑을 구하지 못하고 있는 상태일 것이다.

중년에 돈도 별로 없고 지위가 대단하지도 않고 하는 일에 승승장구하는 것도 아닌데 생글생글 웃는 낯에 얼굴이 반들거리는 사람 가까이 가 보니 사랑에 푹 빠져 있었다.

성격이 낙천적이거나 도를 터득하여 삶이 고요하고 풍요롭다면 모를까. 대개의 경우 사랑하면 빛이 난다. 사랑만큼 사람을 훤하게 하는 일도 드물다. 맛사지를 받고 피부관리에 공을 들이는 것보다 사랑에 빠지는 일이 훨씬 아름답게 하는 일인데 그렇게 한눈에 서로 반해 사랑에 풍덩 빠지기가 쉽겠는가? 그저 그런 꿈을 꾸면서 내일이라는 속임수에 넘어가 주는 것이지. 내일은 느닷없이 사랑이 찾아올지도 모른다는.

함께 또 각기 다른

　남녀가 술을 마시며 서로 다른 생각을 한다. 여성은 남성이 술을 함께 마시자고 하면 그가 얘기를 나누고 싶어 한다고 상상하지만 남성은 함께 사랑을 나누고 싶은 마음으로 술을 청한다. 여자는 함께 마시는 술의 깊이만큼 삶에 대한 공감이 깊어진다고 생각하지만 남자는 술의 양만큼 상대가 점점 여성으로 다가온다. 여성은 술이 취하면 집으로 돌아갈 생각을 하지만 남성은 술이 취하면 함께 사랑 나눌 곳을 찾는다. 술이 과하면 여성은 쓸쓸함이 깊어지고 남성이 술이 과하면 매력을 잃어버린다.

　사랑하는 남녀 사이에 약간의 술은 가식을 버리고 순수한 열정을 사를 수 있지만 사랑 없는 남녀가 함께 술을 많이 마시면 체면과 신뢰를 잃을 수 있다. 남녀가 같은 생각으로 함께 술을 마시면 행복에 행복을 더하는 것이 되지만 남녀가 각기 다른 생각으로 술을 마시면 불행과 불신의 굴레가 깊어진다. 남녀는 함께 많은 것을 이룰 수 있지만 그러나 함께여서 많은 것을 잃을 수도 있다. 아, 간단하지만 간단치 않고 복잡하지만 복잡하지 않은 남녀가 서로 사랑하는 마음으로 한 잔 나눌 수 있다는 건 대단한 행운이다.

한 번만 다시 생각해 보자고

군부대 강연에서 한 장병이 묻는다. "그럼 당신은 남자에 대해 잘 아니 연애도 잘 하겠네요." "아니요. 족집게 입시 학원 강사가 자기 아이를 다른 강사에게 맡긴답니다. 실패한 경험을 토대로 하는 얘기예요."

성담론의 대가라 자청하는 모 유모강사도 정작 사석에서는 자기도 그럴듯한 연애 한 번 해 봤으면 좋겠다는 말을 한다. 그러나 강의가 의미 없음을 말하는 것은 아니다. 모르는 것과 아는 것의 차이는 크다. 이론과 지식, 다른 사람의 경험을 토대로 실패를 줄일 수 있고 좀 더 성공적인 관계를 만들 수 있기 때문에……

변심한 애인의 마음을 돌이킬 수 있게 해 달라는 애원에서부터 아내와의 관계를 정리하는 방법을 알려 달라, 아내에게 들키지 않고 다른 여자를 만날 수 없을까 등 난감한 요청을 받는다. 속내를 알고 보면 그다지 혼란스러울 것도 없다.

변심한 애인을 돌이키려는 남자의 경우 사실 그녀가 돌아오지 않는 것이 나을 것이다. 편집증으로 스스로도 괴로워하는 남자는 일단 자신을 들여다보고 그것으로부터 벗어나는 것이 급선무였다. 바람피우고 싶다는 중년의 남자는 아내의 집착과 심한 의존성 때문에 오랜 시간 지쳐 있었고 더 늦기 전에 원이라도 없게 다른 여자 한 번 만나 보고 싶다는 것인데 그는 아내를 벗어날 수 없다는 무력감에 사로잡혀 있었다. 돕고 싶은 그러나 쉽지 않고 시간도 많이 필요한 경우였다. 욕먹을 소릴망정 차라리 몰래 사랑이라도 한 번 해 보길 바라고 싶었다. 가엾은 남자.

동성애와 관련한 상담 요청도 여러 차례였다. 단순하지 않다. 자신의 성 정체성에 대한 판단이 생물학적인 것인지 환경적인 것이지를 알아야 하지만 그의 주변사람들과의 관계도 봐야 했다. 특히 병영 내에서의 동성애는 주위 장병들에게 미치는 영향 등도 고려돼야 하기 때문이다. 최선의 선택이란 사실 없는지 모른다. 다만 최선을 다할 뿐이다.

부모의 문제로 휴가 중에 자살 충동을 호소하는 병사가 술에 많이 취해 있을 때는 힘들다. 위태로운 상황에서 무엇을 해 줄 수 있을지. 그가 하고 싶은 말과 마지막 선택을 앞둔 절박한 아픔을 안다. 사실 내게서 들을 수 있는 말이 뭐 대수로울 게 있겠는가. 그저 무엇 때문에 얼마나 괴로운지를 누군가에게는 말하고 싶었을 것이다. 그가 어떤 선택을 할지 답답하지만 통화 이후 그들은 부대로 돌아가 다시 연락을 해 온다. 감사한 일이다. 내가 오히려 그들에게 고맙다.

오래전 우리 효상이도 구보 중에 대열을 이탈해 활동화 끈을 나무에 묶기 전에 뭔가 하고 싶은 말이 있었을 것이라 생각하며 병사들의 아픈 얘기를 들어준다. 함께 살아 있는 동안 누군가는 해 줘야 할 일이다. 안다고 다 할 수 있는 것은 아니다. 물론 제대로 알고나 있는 건지도 모르겠다. 그러나 여자로서 여자에게 그리고 남자를 이해하려 애쓰며 남자에게 귀와 마음을 열어 놓는다.

정작 내 연애는 제대로 이뤄진 적이 없다. 사랑도 못하면서 어떻게 사랑하는지를 강연하냐고 핀잔을 들을 수도 있지만 내가 경험하고 이해하는 일들이 누군가에게는 도움이 되고 있음을 느끼기에 감히 사람들 앞에 선다. 행복하자고 더 행복하자고 적어도 강사로 서서 즐겁게 얘기하는 그 순간이라도 행복했으면 한다고 말하면 내게 묻는다. "당신은 행복한가?"

"행복하다." 아직 내가 할 수 있는 일이 있어서.

내가 너무나 고독하여 썩은 나무라도 잡고 싶을 때 누군가 그런 나를 비웃지 않고 친절하게 살아 있을 이유를 일러줬듯이 나도 다른 이에게 존재의 의미를 전해 주고 싶다. 가까운 사람들에게 말한다. "당신을 만나 기쁘다."고 "당신과 함께해 행복하다."고. 그리고 누군가 내게 도와달라고 하면 기꺼이 내 곤한 밤을 내어준다. 난 행복하다. 내가 행복해야 내 아이들이 행복할 수 있으므로 나는 애써 행복해지려 노력한다. 그리고 행복을 생각하면 고약한 욕심은 부리지 않게 된다. 그래서 다시 행복해진다.

주위에 행복한 사람을 가까이 함은 더불어 행복해질 수 있는 방법이 된다. 그리고 스스로 행복하다면 힘든 누군가에게 그 행복을 전할 일이다. 같은 세월을 살아가는 사람들의 의무요 책임이다. 그렇게 서로 챙겨줘야 어느 쓸쓸한 밤에 홀로 떠날 채비를 하다가도 전화를 걸어 다시 살 힘을 달라고 외칠 수 있기 때문이다.

"김 상병! 물은 너무 깊고 어둡더라고. 들어가기 전에 한 번만 다시 생각해 보면 어떨까? 해 보니 못할 일도 아니더군. 삶을 끝내는 일보다는 살아서 다시 한 번 더 해 보는 일이 쉽다는 걸 믿어도 좋다네."

선녀와 나무꾼

마음 착한 나무꾼을 위해 사슴이 알려준 방법은 선녀의 날개옷을 감추는 것이었다. 날개옷이 없어 하늘로 올라가지 못한 선녀가 결국 나무꾼과 사는 얘기는 일단 나무꾼에게는 성공적인 결혼이지만 선녀에게는 좌절이다. 선택의 여지가 없었다.

서로를 이해하고 어쩌고 하는 아무런 과정도 없이 돌아갈 수 없어 주저앉아야 하는 선녀였기에 늘 그가 있던 곳 하늘나라를 동경한다. 그래서 두 아이를 낳고도 그리운 고향으로 아이들만 데리고 올라간다.

선녀는 나무꾼을 데려가지 않았고 두레박이 다시 내려온다는 얘기도 남기지 않았다. 다시 사슴에게서 정보를 들은 나무꾼이 두레박을 타고 올라왔다가 홀어머니를 보기 위해 말을 타고 지상으로 내려왔는데 어머니가 준 뜨거운 죽이 말 등에 떨어져 말이 달아나는 바람에 결국 혼자 살게 된다는 얘기.

본인 의사와 관계없이 발이 묶여 함께 살게 됐더라도 그 생활이 만족스러웠으면 선녀가 다시 하늘로 돌아가려 하지 않았을 것이다. 그리고 하늘에 가서도 어떻게든 두레박을 타고 남편이 올라오도록 했어야 하지 않을까. 단순한 옛날 얘기지만 남성과 여성의 심리를 엿볼 수 있는 내용이다.

남성은 원하는 여성을 얻기 위해 다소 강제적인 방법을 쓰기도 하고 여성의 마음 정도는 적당히 무시하기도 한다. 여성은 스스로의 선택이 아닌 만남에서도 다른 이유들 때문에 남성의 요구를 수용한다. 그러나 신뢰관계가 형성되지 않으면 언제고 벗어나길 원할 것이다. 선녀처럼.

신데렐라는 왕자를 만나 사랑에 빠지게 돼서 끝까지 행복하게 살았지만 선녀는 그렇지 못했다. 느닷없이 사랑하기엔 과거 살아온 환경이 너무 달랐던 때문일까? 더구나 나무꾼이 강제로 옷을 감춘 것을 뒤늦게 알게 됐을 때의 심경이 어떠했을까?

남녀의 만남에는 상호작용이 있어야 한다. 물론 어느 일방의 감정으로 시작돼 차츰 신뢰가 도타와지면서 깊은 관계로 발전할 수도 있지만 대개의 경우 서로 간에 느낌, 강한 끌림이 있어야 그것을 사랑에 빠진다고 표현할 수 있는 것이다.

일방적으로 몰래 감춘 날개옷으로 하여 여성은 무력감에 빠질 수 있고 그 관계는 건강한 시작이랄 수 없다. 준비도 없이 현재와 미래를 동시에 잃어버릴 수도 있는 것이고. 아이를 낳았다고 다 잊거나 변하는 것은 아니다.

셋을 낳을 때까지 진실을 알리지 말라는 사슴의 충고는 변화될 때까지 많은 시간을 기다리거나 더 이상 돌아갈 수 없을 만큼 다 포기할 때까지 진실을 알리지 말라는 잔인한 얘기일 수 있다.

여성을 주저앉히고 싶어 하는 남성과 꿈을 접어야 하는 여성은 선녀와 나무꾼처럼 얼마간은 어떤 이유로 함께할 수 있지만 서로의 실체를 알고도 계속 좋은 관계로 이어지기는 쉽지 않다. 만일 그렇게 해서 맺어진 관계라면 더 많은 노력을 기울여야 할 것이다. 나무꾼은 하늘에서의 선녀의 삶을 알려는 노력이 필요하고 선녀는 날개옷을 감춘 나무꾼의 마음을 이해하려 애써야 한다.

산속에서 노모를 모시고 아이들 키우며 사는 재미를 함께 공유해야 하는데 나무꾼은 여전히 나무꾼으로 살면서 그 생활이 지속되기를 바란다면 위험한 욕심 아닐까?

날개옷을 잃어버린 여성들은 비탄에 빠져 누구 때문에 날개옷을 잃어버린 것인지 원망할 것이다. 그리고 다시 찾기만 한다면 돌아가겠다는 미련을 접기 힘들 것이다.

나무꾼은 하늘에서의 선녀의 삶을 알려는 노력이 필요하고 선녀는 날개옷을 감춘 나무꾼의 마음을 이해하려 애써야 한다.

만나고 헤어지고
다시 나로 살아가기

엉킨 매듭을 한 올 한 올 풀면서 이전과는 너무나 다른 세상을 본다.
살면서 버려야 할 것과 남겨야 할 것에 대한 분별도 생긴다.
상처투성이의 승리. 다시 나로 돌아오기까지 많이 지쳤다.
힘겹지만 내가 맺었으므로 다시 내가 풀어야 했다.

만우절

사월 일일, 거짓말처럼 변호사 사무실을 다녀왔다. 하필 이리저리 맞추고 맞춘 날짜가 만우절이라니! 시작은 생각보다 어렵지 않았다. 근 일 년을 망설여 시작한 절차치고는. 아니 어쩌면 준비하는 기간 내내 다 덜어내서 그런지도 모른다.

기다리는 동안 옆에 앉은 여인이 시야에 들어온다. 도대체 무슨 사연인지 모르겠으나 단아한 모습 때문에 오히려 서글펐다. 그리 고운 여인은 무슨 사연으로 이혼을 해야 했는지, 그녀는 사무장이 제시하는 서류상의 조건을 극구 사양하면서 재산을 양보하고라도 빨리 헤어지길 바란다고 했다. 어떻게 해서든 최대한 빨리 끝내고 싶다는 그 절박하고 가엾은 결정이라니. 안다. 생면부지의 그녀와 그저 몇 번 시선을 주고받을 뿐인데 서로 낯설지 않아 정스런 웃음으로 마음을 통했다.

육 개월 전보다 사오 킬로그램은 빠져 보이는 변호사가 기억하고 반겨준다. 대강의 절차를 마치고 세상살이의 지혜도 일러준다. 지나고 보면 대수로울 것도 없으니 여행 계획도 세우고 쉬엄쉬엄 살란다. 홀홀 털고 가벼워지란다. 정작 그녀는 법원에서 힘겨운 투쟁을 마치고 막 나온 참이라며 돌아오는 길에 법원 한구석에 핀 산수유를 보니 마음 싸하더란다.

밖으로 나오니 어느새 봄이 가득 내려앉아 있었다. 두꺼운 겉옷을 벗어 들고 가볍게 걸었다. 사무실에서 빨리 들어오란 전화를 받고 걸음을 재촉

한다. 아직 남아 있는 절차가 싱겁게 끝나리란 기대는 하지 않는다. 그럴 일이었으면 예까지 오지도 않았을 것이므로. 그러나 시작하고 보니 끝이 있을 듯하여 다행스럽다.

봄이 스멀스멀 살을 파고드니 이제 곧 계절성 정동장애도 잠시 숨을 것이다. 이천오년의 봄은 우라지게 화사하다. 만우절의 봄. 그동안 지나온 시간도 거짓말 같다. 거짓말이었음 좋겠다.

사월 일일, 거짓말처럼 변호사 사무실을 다녀왔다. 하필 이리저리 맞추고 맞춘 날짜가 만우절이라니!
만우절의 봄. 그동안 지나온 시간도 거짓말 같다. 거짓말이었음 좋겠다.

결자해지(結者解之)

패배를 자처하고라도 두 손을 들어 끝내고 싶은, 그러나 쉬이 끝나지 않는 전쟁. 그래서 억지로 싸움에 응한다. 모두가 패하는 싸움. 이겨도 이기는 것이 아닌, 그러나 져서도 안 되는 싸움이다.

긴 싸움에서 많은 것을 잃었다. 싸움에 대한 의욕도 동정이나 연민도. 남겨야 할 최소한의 추억마저도 잃었다. 잊을 수만 있다면, 아니면 도망쳐 버릴까를 매 순간 생각했다.

차츰 무력감과 공황 상태에 빠져든다. 싸움이 지리해지면서 무엇을 위해 싸우고 있는지조차 희미해져갔고, 다 포기하고 싶어졌으나 한 발 뺐으니 늪으로부터 벗어나야 했다. 차라리 우울감은 견딜 수 있다. 그러나 완전히 무력한 상태가 되면서 사람 구실조차 못할 것 같았다. 무지한 한때의 잘못된 선택으로 인해 치러야 할 대가가 너무 크다.

엉킨 매듭을 한 올 한 올 풀면서 이전과는 너무나 다른 세상을 본다. 살면서 버려야 할 것과 남겨야 할 것에 대한 분별도 생긴다. 상처투성이의 승리. 다시 나로 돌아오기까지 많이 지쳤다. 힘겹지만 내가 맺었으므로 다시 내가 풀어야 했다.

옥탑방

　방 한 칸, 간이 부엌, 살림살이를 들여 놓을 공간조차 비좁은 옥탑방 월세에서 어렵게 시작한 보람도 없이 거기서부터 이미 금이 가기 시작했다. 싸웠어야 했다. 그때. 나는 참는 거라 했지만 상대는 무시당한다고 생각하는 걸 몰랐다. 싸우되 잘 싸워야 관계가 계속 이어지는데 단지 싸우지 않기 위해 침묵했던 것이 결국 이어질 끈조차 남겨 놓지 않았던 것이다.

　결과가 좋았으면 그래도 낭만의 공간으로 기억될 것이다. 과정도 결과도 좋지 않고 보니 한 사람 겨우 오르기도 벅찬 철계단이 서글프게 기억된다. 잘못될지 모르기 때문에 불행을 끌어안고도 산다. 그러나 상대가 해서는 안 될 일을 하거든 바로 그때 바로잡거나 짚고 넘어갈 일이다. 이해할 수 없는 일이라면 터트려 싸우기라도 해야 한다. 미뤄두면 결국 곪아 상처가 깊어진다. 반복되더라도 본 것을 못봤다 하지 말고 아는 것을 모른다 하지 않아야 할 일이다. 적어도 부부라는 이름으로 한 이불을 덮고 살 것이라면.

　내 방법은 최소한 그에게는 맞지 않은 것이었다. 딱 한 가지 정답이 있을 수 없다. 저마다 다르기 때문이다. 나는 어머니의 가르침을 어설프게 실천하려다 실패했다. 참는 것은 정답이 아니었다. 부부는 좋음도 나쁨도 참지 말고 표현해야 할 것이다. 이미 옥탑방에서 시작부터 곪기 시작했던 걸 너무 늦게 터트렸다. 돌이킬 수 없을 때가 돼서야.

열 번 찍어 안 넘어가는 나무

없다. 나무는 아무리 강해도 찍고 또 찍으면 넘어간다. 꼭 하고자 하는 일이 있거든 포기하지 말고 계속할 일이다. 그러면 원하는 결과를 얻는다. 그러나 왜 이 말이 마음을 열지 않는 여성의 사랑을 구하는 데 쓰이는가? 진심으로 통할 일이라면 열 번 찍을 필요까지는 없다.

한 세 번, 많아야 네 번 정도면 그 마음 충분히 확인하고 알 일이다. 그래도 안 되는 건 안 될 일이어서 그렇다. 그걸 굳이 열 번 찍어 넘기고 말겠다 작정하니 그것은 이미 사랑이 아니라 욕심이고 자기 성취감일 뿐이다. 그 도끼에 찍혀 쓰러진 나무는 안다. 사랑 때문이 아니라 그의 만족을 위해 다시 또 휘두를 도끼자루가 될 수도 있다는 것을. 사랑은 찍어 넘기는 일이 아니다.

이 죽일놈의 사랑

그는 한때 나 아니면 죽겠다고 했다. 그런 그 때문에 살기 힘들었다. 그는 아직도 사랑이라고 우긴다. 그런 줄 알고 있다. 자기 방식의 사랑. 그런 사랑이 상대를 맨 끝으로 몰아갈 수 있다. 잘못된 믿음으로 하여.

건강한 사랑을 할 수 있어야 한다. 그 죽일놈의 사랑이 끝나고 나니 사랑 때문에 죽지 않아도 된다는 걸 알게 됐다. 사랑이라고 믿고 싶었던 많은 시간들이 얼마나 허망한지. 사랑이 아니라는 걸 알았을 때 이미 많은 것에 길들여 있었다. 심한 우울감마저.

죽일놈의 사랑 때문에 아파하는 사람들에게 단호하게 말해 준다. 자기 욕심에 매여 우겨대는 그거 사랑 아니라고. 그거 믿고 어떻게든 버텨 보려 애쓰지 말라고. 사람 잡는 사랑, 그거 내던지면 정작 사랑이 뭔지 보인다고.

누구나

삶의 어느 시점에서든 누군가를 만나거나 헤어질 수 있다. 한 여자와 한 남자가 만나 사랑을 하고 증오나 원망으로 헤어지더라도 만남은 그 순간의 선택이었으며 이별 역시 또 다른 선택이다. 때문에 과정이나 결과로 하여 그 시작을 후회할 필요는 없을 것이다.

나쁜 이별을 하면서 여러 번 잘못된 만남이었다고 스스로와 과거의 일들을 질시했었다. 그러나 나는 과거 만남을 선택했었고 그리고 어느 시점에서 이별하기로 했다. 지금은 그 어떤 선택에도 미련 없다. 만났었고 헤어졌고 다른 삶을 살고 있다. 다만 앞으로는 결과가 고약할 것 같은 만남은 조심할 터이고 더 신중하고 관대하고 그리고 지혜로울 것이다.

만나지 않는 것보다 만나는 일이 낫고 무심함보다 살뜰히 사랑하는 일이 더 좋고 사랑할 것이어든 오래도록 정 나누고 살 일이지만 그래도 어느 순간 티끌 같은 믿음마저 남지 않아 이별해야 하겠다면 놓아줘야 할 것이다.

사람이 사람을 얼마나 고통스럽게 할 수 있는지 그것을 주는 자는 알지 못한다. 그래서 고통의 시간을 멈춰 주지 않는다. 당하는 사람이 벗어나기란 더 어려운 일이다. 고통받는 자는 상대를 멈출 수 없어 차라리 자신을 멈추려 하는 것이다.

그랬던 것을 후회할 수 없다. 좋은 선택은 아니었지만 그것밖에 할 수 없을 만큼 오랜 시간 무너져 버렸기 때문에. 그래서 안다. 여자가 어떤 이유로 삶으로부터 밀려나는지. 여자라는 이름으로 외롭게 삶의 끝에서 모든 걸 던져버리는 아픔을 경험하지 않고는 알지 못할 것이다.

다른 누구도 그를 구하지 못한다. 아픔을 주는 이가 멈추지 않거나 스스로 그 굴레에서 튕겨 나오지 않는 이상. 그보다 더 고통스런 삶도 안다. 고통도 삶이거니 하며 산다는 여자도 있다. 저마다 자기가 할 수 있는 선택을 한다.

누구나 겪는 아픔이니 그쯤 누구나 견뎌야 한다고 말하지 않을 것이다. 누구나 같은 생각을 하며 같은 삶을 사는 게 아니므로 나와 다른 이의 생각에도 귀를 열어줘야 한다. 그래야 못견디게 아프다가도 하소연하고 푸념하며 한 잠 자고 나면 다시 살아갈 수 있는 힘이 생기니까.

누군가를 사랑한 뒤에는 환상에서 벗어나 현실을 바라봐야 하지만 그래도 낮잠에서 꾸는 꿈처럼 아주 잠깐 다른 세상을 볼 수도 있으니 사랑하지 않는 것보단 하는 것이 나을 듯하다. 그런 어리석은 꿈을 꾸며 상처를 잊고 싶어 한다.

이혼의 법칙

도저히 한 하늘 아래 살 수 없어 헤어지더라도 그래도 함께 살았던 시간이나 인연이 있었다면 헤어질 때 지켜야 할 최소한의 것이 있다. 그것을 지킬 예의가 남았다면 헤어지지 않을지도 모르지만 그래도 헤어질 때 아주 조금은 남길 일이다. 그것도 없다면 이별에 대한 일말의 아쉬움도 남지 않는다.

적어도 과거 한때 좋은 일도 있었다고 기억할 수 있게 너무 잔인하게 굴지 않을 일이다. 그러나 이혼에는 그런 것들이 지켜지지 않는다. 이혼 그것만으로도 삶을 지탱할 힘을 소진하는 사람도 있다. 이혼으로 그동안의 삶을 무가치하거나 형편없는 시간으로 기억해야 한다면 다시 살아갈 힘을 내기 어렵다.

이혼할 때 주위사람들까지 번거롭게 한다면 그것 또한 견디기 쉽지 않은 일이다. 혼자의 몫도 버거운데 그것까지 마음 써야 한다면 정말 살맛 잃게 하는 일이다. 비열한 방법으로 뺏지는 말 일이다. 당장은 벗어나겠다는 절박함에 다 털어주고라도 나서려 하지만 헤어지고도 삶은 계속되는 것인데 너무 야비하게 하지 않아야 한다.

이혼은 결혼을 재정리하는 과정쯤으로 여기면 좋으련만 마치 모든 것을 끝내는 것처럼 되는 것은 어느 한쪽이 더 잔인하게 상대를 무너뜨리려 하기 때문이다. 함께 살지 않겠다는 이유로 적이 될 것까지는 없지 않은

가. 이혼하더라도 상대를 파괴하려 들지는 말 것이다. 이혼에도 지켜져야 할 최소한의 예의가 있는데 그것이 지켜지지 않기 때문에 함께 살 수 없는 것이고 그래서 이혼은 힘든 과정이 되고 만다.

이혼하더라도 상대를 파괴하려 들지는 말 것이다. 이혼에도 지켜져야 할 최소한의 예의가 있는데 그것이 지켜지지 않기 때문에 함께 살 수 없는 것이고 그래서 이혼은 힘든 과정이 되고 만다.

말대로

"만일 벗어나려 한다면 빈손으로 가게 해 주겠다."

"만일 벗어날 수만 있다면 아이들만 있으면 된다."

그리고 그 말을 한 지 불과 수년 만에 말대로 했다.

말을 좀 더 잘할 걸 그랬다. 아주 조금만 욕심을 냈어도 됐는데…… 힘들 때 허탈해서 혼잣말로 중얼거렸다. 그랬더니 아직 초등학생이던 딸이 그런다.

"왜 빈손이야? 우리가 이렇게 양쪽 손을 다 잡고 있는데."

그렇구나. 빈손이 아니었다. 외관상 말대로 됐지만 내가 더 욕심을 채운 것인지도 모른다.

이혼 법정

할 수만 있다면 이혼하지 마라. 결혼은 누구나 할 수 있는 것이지만 이혼은 아무나 하는 게 아니다. 쉽게 합의가 이뤄지는 관계라면 부득이 이혼하지 않아도 되는 사이다. 합의가 되지 않아 법정에 가야 한다면 돈을 더 들이더라도 돈으로 해결하라고 말하고 싶다. 이혼 법정은 근본마저 다 캐서 뒤흔들어 쓰러뜨리는 무자비한 곳이다. 심약한 사람은 엄두를 내지 않는 것이 좋다.

마음먹었거든 독하게 처리하라. 변호사에게 너무 많은 것을 기대하지 않을 일이다. 돈을 적게 들이고 하는 일이라면 더욱 그렇다. 판사는 진실보다는 적절한 수준의 합의에 관심이 있어 보인다(내 느낌이다). 자기 맘만 여기고 어설프게 법정까지 간다면 이제까지보다 더 쓴맛을 봐야 할지도 모른다.

이혼 과정에서는 프로처럼 행동하라. 철저하게 준비하고 단단히 각오하고 지독하게 헤어지지 않으면 이혼해야 할 이유만큼이나 고약한 일을 또 겪게 된다. 마음 약한 사람, 준비가 안 된 사람은 이혼 법정에 가지 말라고 말해 주고 싶다.

행복은 미루지 마라

결혼하고부터 행복을 자꾸 미뤘다. 나는 덜 행복해도 되고, 지금은 행복하지 않아도 되고 하는 식으로. 그가 취직하면, 아이가 조금 크면, 나이가 들면 나아지겠지 그러면 그때 행복하자고. 행복은 장기저축이 아니다. 바로 지금 행복하지 못하면서 먼 미래에 행복할 수 없다.

내가 행복하지 않으면 아이도 남편도 행복하지 않다. 나를 희생하는 것도 행복한 가운데 할 일이고 지금의 힘겨움을 참는 것도 그것으로 얻는 행복이 있어야 한다. 그런데 이다음에 행복하길 막연히 기대하면서 지금의 불행을 그저 불행으로 감수하면 어느새 행복감을 잃어버린다.

어려운 가운데서도 얼마든지 행복할 수 있다. 가난해도, 아이가 어려 힘이 들어도, 남편이 실직해도 그래도 그 가운데 얼마든지 행복할 수 있다. 시련은 시련일 뿐 그것 자체가 불행은 아니다. 행복은 어디에도 어떤 상황에서도 찾을 수 있는 귀하면서도 흔한 것이다.

절망의 순간에도 행복은 찾기만 한다면 나타나 준다. 멀리하면 멀어지고 가까이 두려면 다가오는 것이 행복이다. 아무리 힘들고 고달프더라도 행복을 멀리하지 않을 일이다. 지금 즉시 행복해야 내일도, 먼 미래에도 행복할 수 있다. 내가 행복해야 사랑하는 사람들이 행복할 수 있다. 난 아이들로 하여 날마다 행복하고 아이들을 위해 지금 행복을 겨드랑이에 꽉 끼고 있다.

어떻게 하고 싶은데?

이혼 과정에서 보여주는 모습은 어쩌면 부부로서의 살아온 삶의 상징적인 표현인지 모른다. 가시는 걸음걸음 사뿐히 즈려밟고 가라고 진달래꽃 뿌려줄 수 있는 사람은 살면서도 양보하고 참았을 것이다. 억척스레 마지막 순간까지 고통을 주는 사람은 살면서도 그랬을 것이다. 부부라는 합법적 관계 안에서 벌어지는 범죄 그 이상의 일들.

당하는 자는 그가 아내든 남편이든 그 합법적 관계로부터 벗어나는 것이 쉽지 않다는 전제 아래 악순환을 감수한다. 끔찍한 상태라도 결혼관계를 유지하는 것에 의미를 두는 게 현실이다 보니 아무리 문제가 깊어져도 벗어날 엄두를 내지 못하는 경우가 많다.

그때마다 이유를 찾는다. 뭔가 그럴듯한 명분이 있어야 할 것 같아 '아이들 때문' 이라는 핑계를 댄다. 아니면 '부모를 생각해서' 라도 헤어질 수 없다고 스스로 버텨내야 하는 명분을 찾기도 한다. 그러나 무엇보다 우선해서 자신을 위한 선택이 돼야 한다.

자신을 위한 선택을 해도 죄가 되지 않는다. 죽는 것보다는 그래도 살아갈 방법을 찾는 게 낫겠다는 뜻이다. 물론 살면서 문제를 해결하고 더 돈독한 부부가 될 수 있다면 그보다 좋은 게 어디 있을까 마는. 해결할 능력이 있는 문제라면 극단을 생각하지 않을 것이다. 상대로 인해 반복적인 좌절을 경험하면서 '외상유도 의존성' 을 갖게 되면 서서히 무기력하게 변해 간다. 자신을 지켜오던 방어기재가 다 무너지면 종국에는 극단적인 선택을 하게 되고. 주위에 그같이 무너지는 여성들을 보면 안타깝다.

문제는 그 상황 속에 있으면 스스로가 어느 상황까지 와 있는지 어떻게 어디로 가야 하는지를 알지 못한다는 것이다. 심각한 상황에 직면하고서야 돌아보게 되지만 이미 바로잡을 때를 지나는 경우라면 어찌할 것인가? 스스로 지각하기 어렵거나 바꿀 수 없다면 주위의 도움을 받아야 하는데 이 역시 극단적 상황에 이르기 전까지 웬만해서는 시도하지 않는다.

늦은 시간에 전화가 걸려온다. "이제는 도저히 안 되겠어." 사실 그 이전에 얼마나 심각했는지 들은 바 없기 때문에 '이제는'이라는 시점이 어느 만큼인지 알 수 없다. 절박한 심정이 되고서야 터트리는 절규. 거기까지 몰리면서 얼마나 외롭고 고통스러웠을지는 짐작할 수 있다. 그렇게 곪아 터지기 전에 어떤 방법이든 시도해야 할 것이다.

우선은 둘 사이의 관계를 진단하고 서로 소통하는 방법부터 시작돼야 할 것이지만 이미 너무 큰 강을 건너왔다면 좀 더 적극적이고 실질적인 방법을 생각해 볼 일이다. 어느 분야든 전문가나 그 일을 잘할 수 있는 사람이 있다. 그들의 도움을 청하는 것은 문제를 풀겠다는 의지이기 때문에 중요하다.

"어떻게 해야 할지 모르겠어?"라고 도움을 청하면 다시 묻는다. "어떻게 하고 싶은데?" 답은 본인이 알고 있다. 함께 살든 그만두든 본인이 원하는 그것을 선택할 수 있으면 불행을 줄이거나 멈출 수 있을 것이다. 결혼생활이 힘들어 죽고 싶다는 친구에게 묻는다. "그래, 그래서 넌 어떻게 하고 싶은데?"

최진실

탤런트 최진실의 죽음. 이유를 알기도 전에 아팠다. 가슴이. 죽음으로 내몰리는 시간의 그 외로움이 전해져 며칠을 힘들었다. 그녀도 그랬을 것이다. 나처럼. 딸, 아들 낳아 세상을 다 얻은 것 같으면서도 다른 무엇으로 허탈하고 외로웠으리라.

이혼은 할 수 있다. 그러나 어떻게 하는가는 정말 중요하다. 이혼에서 많은 경우 남자는 견디지만 여자는 견딜 수 있는 힘이 남자와는 다르다. 그녀도 많이 아프고 무너졌을 것이다. 어떤 이유가 있더라도 함께 의지하고 이해해 줄 단 한 사람, 그것이 남편이었다면 혼자서 끝을 향해 가지는 않았을 것이기에.

다른 이유는 난 모른다. 하지만 아이를 두고 어찌 그럴 수 있느냐고 하지 마라. 아이를 두고 그래야 하는 그 마음 모르면서.

지인에게 남겼다는 그 말이 더 아프다. '죽으면 알아줄까?' 가엾은 여인. 눈물이 난다. 자꾸만.

더불어 살기

사람과 사람이 서로 통하는 것만큼 신나는 일도 드물다.
누군가 나를 알아주고 또 그의 뜻을 내가 헤아릴 수 있을 때 그때의 기쁨이라니.
그래서 사람 사람의 소통을 예술 중에서도 으뜸이라고 말하고 싶다.
실체나 흔적도 없는 감정의 소통, 말로써 통하는 것,
그것이 우리가 사람이라는 이름으로 이룰 수 있는
최고의 예술이 아닐까.

생선 파는 할머니 1

재래시장시장을 둘러보다가 그냥 지나치기 어려운 곳이 생선가게다. 늘 같은 자리에서 생선을 파는 할머니는 손님이 없어도 뭔가를 바쁘게 하신다. "오늘도 생선이 싱싱하네요." "뭐이?" "생선이 똘똘하다고요." 그제사 씨익 웃으신다.

"난 또 내 생선 타박하는 줄 알고 성을 낼 뻔했네. 젊은 것들은 사든 않든 이놈은 왜 눈이 맛이 갔냐? 저놈은 왜 못생겼냐? 타박이 많아서 그런 것들에겐 내 일부러 생선 값을 배로 부르지." 하시면서 소위 '생선 철학'을 들려주신다. 그리곤 말이 이쁘다며 생선 한 마리를 더 얹어주신다. 극구 거절했다.

싱싱치 않아 그러냐고 오해 하실까 싶어 설명을 해 드렸다. "생선은 냉동실 들어갔다 나오면 비리고 맛이 덜하더라고요. 애써 좋은 생선 주셨는데 냉장고 신세 시켰다가 할머니가 덜 좋은 것 주셨다고 불평하게 될까 봐서요." 할머니는 무릎을 친다.

"그래 고것들이 그래서 그러는겨." 아무리 좋은 생선 팔아도 맛이 없다고 하는 이유를 알았다며 앞으론 먹을 만치만 사가라고 하겠노라신다. "이래서 평생 배우는 거여." 하며 성성한 이를 드러내고 웃는다.

생선을 팔고 있지 않을 때도 할머니는 생선 자리를 이리저리 옮겨 놓거나 물을 뿌리거나 옆의 쪽파를 가져다 다듬어 주기도 하고 아무튼 분주하다.

멍하니 앉아 있는 것보다 주인이 똘똘해 보여야 생선도 싱싱해 보이기 때문이라는 나름대로의 노하우를 일러준다. 그래서인가 유난히 생선이 이뻐 보이는 그곳엔 할머니의 걸쭉한 목소리와 생선 자르는 능숙한 모습을 보는 재미가 있어 자주 들르게 된다.

멍하니 앉아 있는 것보다 주인이 똘똘해 보여야 생선도 싱싱해 보이기 때문이라는 나름대로의 노하우를 일러준다.

생선 파는 할머니 2

"새닥 얼굴 빛이 우째 그려 꼭 대낮 뚜구리 마냥." 말이 재밌어 웃었다. 동사리라 불리는 뚜구리는 야행성이라 낮에는 낯빛이 좋지 않은 게다.

"저는 가만 있는데 나쁜 사람 만드는 이가 있어서요." 뭘 기대하고 한 말은 아니다. "거 말야 생선도 물 좋은 놈은 그냥 그놈 좋으니 그것 주쇼 않하거든." 하시며 끌끌끌 웃으신다.

따라 웃었다. "물 좋은 이는 가만 있어도 주위 것과 비교되는 거여. 아 그러니께 산 사람이지. 죽어 누운 생선도 비교허는디 사람이야 오죽혀. 제각각 갖고 있는 모양이 다른대도 저와 똑같지 않다고 탓을 하는 게 그게 미련한 사람들이 하는 짓이지."

저녁에 먹을 생선 딱 한 마리만 사들고 돌아서는 뒷전에 할머니가 시장 통이 떠나가라 외친다.

"물이 좋아 그러런 혀. 우쩌것어 물들 좋은 건 덤으로도 팔리고 해야지. 그게 시상살이여. 허허허."

과일 아저씨 1

전농동 집 들어가는 입구에 일 년 삼백육십오 일 하루도 거르지 않고 리어커 가득 과일을 파는 아저씨가 있다. 아무리 바빠도 오갈 때마다 인사를 놓치지 않는다. 심지어 동네 이런저런 소식, 우리 가족들 드나드는 정보도 다 알려준다. "그집 아저씨 금방 들어가셨어. 어여 들어가." "애들 이모부가 귤 사가셨어. 사지 말고 그냥 드가서 그집서 얻어먹어." "꼬맹이 아래층 아줌니랑 나와서 호떡 두 개 사들고 드갔어." 과일 상태는 별로라서 그냥 갈까 하다가도 한 봉지씩 사들고 들어가게 된다.

여름, 겨울 두 번만 옷을 갈아입나 싶을 정도로 늘 같은 차림에 적당히 취한 상태로 말도 어눌하게 하는 아저씨의 매력은 역시 후한 인사다. "오늘은 특별히 내가 좋아하는 사과색 옷을 입었으므로 두 개 더." 다음날도 "오늘은 특별히 내가 좋아하는 딸기색 무늬가 든 옷을 입어서 한 개 더." 허술한 과일을 들고 들어가면서도 뭔가 푸짐한 느낌. 그러나 솔직히 그땐 돼먹지 않은 동정심 때문에 그 아저씨 과일을 더 샀다고 해야 할 것이다. 어렵게 사는 분 도와주잔 생각에.

집을 잠시 옮겨야 해서 방을 얻으러 다니다가 시장 통 안에 한 집을 보고 왔다. 삼 층 아담한 다세대 주택. 주인은 제법 실속 있겠다 싶었는데 알고 보니 그 집이 바로 그 과일장사 아저씨 집이란다. 더 알고 보니 제법 실속 있는 살림이었다. "미안합니다. 주제 넘는 동정심."

과일 아저씨 2

사무실 근처 방위사업청 직원 아파트에 과일을 차에 싣고 오는 아저씨, 아니 사장님! 그에 대해 아는 바는 없다. 그런데 과일이 항상 맛있다는 거. 가격이 정직하다는 거. 그는 백화점 판매 금액과 비교하며 혀를 차기도 하고 번드르르 한 장식에 속는 걸 못참아 하면서도 자신도 돈 많으면 번듯하게 차려놓고 팔거라고 한다.

그에게는 과일 고르고 파는 철학이 있다. 가르쳐 주면 밥줄 끊긴다면서도 좋은 과일 고르는 법을 한 가지씩 알려준다. "일단 때깔이 좋아야지만 그러나 때깔에 속지도 말아야 하는거요." 하면서 약 많이 친 과일과 그렇지 않은 과일을 분간할 줄 알아야 한다고 강조한다.

아저씨는 더 많이 팔지도 그렇다고 공치지도 않고 늘 일정한 고객을 유지한다. 대부분 믿고 미리 주문하기도 하고 집으로 배달도 시킨다. 과일 배달하면서 덤으로 간단한 야채 심부름도 자청해서 해 준다. 투박한 말투와 험상궂은 얼굴에도 불구하고 아저씨에게서 달콤한 과일향이 연상되는 건 수년 간 한결같이 믿음을 준 때문일 거다. 그러면서 과일도 잘 판다.

"오늘은 그냥 가? 석류가 물 좋은디. 왜? 회사서 혼났슈? 시든 참외 같어. 이거(한라봉) 값 센 건데 자셔 봐. 기분 싹 바뀔거. 속쌔기는 놈덜 좋은 과일 못먹어서 그려. 불쌍한 놈덜이재 껄껄껄. 그래 여겨버려 까짓거."

어쩌다 거르는 날이 많으면 궁금해진다.

"비가 왔잖여. 비옴 과일 맛 꽝이지 뭐, 괜히 좀 팔라다가 나쁜 놈 돼. 한 번 속으면 다신 안 믿어줘. 못 믿긴 쉬워도 믿었던 거 틀어지긴 순간이여."

아저씨는 재산이 얼마인지 몰라도 과일 맛있다는 인사 많이 받아 늘 풍요로울 것이다.

동현이

사람이 곱기가 그만 할까. 마음 씀씀이가 순하고 깊다. "이모 살기도 힘들 텐데 저희까지 사랑해 주서서 감사해요." 아직 생각이 영글기 전인 초등학교 때 보내온 녀석의 문자 메시지는 아직도 가슴에 남아 있다. 요리를 하고 싶다며 패스트푸드점에서 아르바이트를 했지만 실상은 살림에 보탬이 되고자 한다는 걸 안다.

'하고 싶어서' 라고 말하지만 그보다는 할 수 있는 일을 찾느라 요리사가 되려 한다는 것도 안다. 말을 많이 하지 않으면서도 예쁜 말만 하는 녀석이다. '고맙습니다' 를 입에 달고 산다. 뭬 그리 고마운지. 원망이나 비관을 해도 되련만 언제나 고맙단다. 그런 동현이가 고맙다. 사람을 행복하게 만드는 마술 같은 맛을 내는 훌륭한 요리사가 될 것이라 믿는다.

그동안 참 많이도 힘들었을 텐데 저보다 더 힘든 사람 마음을 알뜰하게 살필 줄 아는 그래서 제 키보다 커 보이는 아이다.

동현이는 가슴으로 소리를 듣고 보통사람과는 다른 눈으로 세상을 보는 듯하다. 언니는 그 아이가 그저 보통 사람으로 사는 걸 소원하며 눈물의 세월을 보냈지만 동현이는 보통의 아이는 아니다. 청각장애나 파란 눈 때문이 아니라 보통의 아이들이 놓치는 진실을 보고 보통의 아이들이 지나치는 아름다운 생각을 하기 때문이다. 동현이가 대학을 간다니 고마운 일이다.

"보통사람처럼 살려고 너무 애쓰지 마라. 보통사람 되기도 어렵지만 그보다 이모는 보통의 사람들이 너처럼 살았으면 한단다. 동현이처럼 살기가 더 어렵다는 걸 사람들은 까맣게 잊었다. 영악하게 살려다가 잃어버린 것을 너는 아직 간직하고 있잖니. 듣지 않았으면 좋았을 얘기를 너무 많이 들은 까닭에 생각지 않아도 될 부질없는 생각도 많이 하고 산다. 너처럼 살면 손해보고 상처받고 그래서 많이 아파야 한다는 것도 아는데 그래도 이모는 사람들이 너처럼 살았으면 좋겠다 싶어."

동현이는 보통의 아이는 아니다. 청각장애나 파란 눈 때문이 아니라 보통의 아이들이 놓치는 진실을 보고 보통의 아이들이 지나치는 아름다운 생각을 하기 때문이다.

무녀

멀쩡한 가정 버리고 그 험하다는 무당이 된 여자. 운명인지 선택인지 굳이 따질 것 없이 그녀는 그 길에 있었다. 그녀를 만난 건 장대비가 쏟아붓던 여름밤이었다.

몸도 마음도 멍이 들어 지푸라기라도 잡아 일어서고 싶을 때 남의 손에 이끌려 간 산속에서 그녀를 봤다. 판을 벌이면 덩실덩실 신명나는 여자, 그녀가 알고 하는 소린지 지레짐작인지 "외롭고 불쌍하구나. 여자여도 여자가 아니고, 남보기는 좋은데 내 속은 썩는구나." 하니 왈칵 눈물이 쏟아진다.

그런저런 사정이 없고서야 그런 곳을 왜 찾겠는가만. 어찌 보면 우리 사회에서 무속인은 상담심리사 역할을 하고 있다는 생각을 한다. 힘들고 지친 사람, 외롭고 고통스런 사람들에게 비난이나 평가를 하지 않고 위로와 격려를 해 주는 사람이다.

물론 여타 이러저러한 일들도 있겠지만 사실 그런 곳을 찾는 이들은 꼭 미래를 점치기 위해서만은 아니다. 누군가에게는 푸념이라도 하고 싶을 때, 혼자 결단을 내리지 못해 누군가 거들어줬으면 하는 그럴 때도 찾는다. 이러면 되겠습니까 저러면 좋겠습니까? 하면 상당부분 자신의 희망사항을 지지해 준다. 그들은 아는 것이다. 가장 좋은 길은 당사자가 제일 잘 안다는 것을.

산자락에 허름한 암자에서 혼자 지내는 그녀는 그때 내게는 나름 위로가 돼 주었다. 실컷 울고 싶을 때 마음껏 울어도 부끄럽지 않게 해 주고 불편하지 않게 넋두리도 늘어놓을 수 있게 하고. 그런데 정작 그네들은 그 길을 가고 싶지 않다고 한다. 하기야 남의 힘든 얘기 들어주고 남 잘되라고 비는 일이 뭐이 좋기만 하겠는가. 지금도 그녀는 그곳에서 열심히 기원하고 있을 것이다. 누군가의 무병식재 무사안온을.

어찌 보면 우리 사회에서 무속인은 상담심리사 역할을 하고 있다는 생각을 한다. 힘들고 지친 사람, 외롭고 고통스런 사람들에게 비난이나 평가를 하지 않고 위로와 격려를 해 주는 사람이다.

그 젊은 죽음 곁에 누가 있는가?

유난히 녹색을 힘겨워하는 사람이 있다. 언뜻 칡덩굴만 스쳐도 풀썩 주저앉는 그녀는 먼발치에서라도 군복 입은 사람을 볼라치면 맥을 놓고 만다. 한여름 뙤약볕 아래 거머리 논의 피도 설컹설컹 뽑아내고 너른 고추밭이며 깨밭에서 하루 종일 일해도 끄떡없는 그녀가 오직 그놈의 녹색 얼룩무늬만 보면 맥을 놓는다.

학원 한 번 안 가고 재수하던 아들이 장학생이 되고 얼마 후 군에 가니 자랑스런 한편 안쓰러워 잠을 설쳤다. 그리고 첫 휴가를 나올 때는 동네 잔치를 열다시피 했다. 시루에 떡 찌어 온 동네 돌리며 안 하던 자랑도 하고 모처럼 홀로 자식 키운 위세도 부려 보고. 아들은 그렇게 늙은 어머니 곁에서 곱게도 휴가를 보내고 돌아갔다. 그리곤 다시 돌아오지 않았다. 전쟁터도 산간 오지도 아닌, 제 키보다 낮은 벚나무 가지에 가느다란 목이 걸려 더 이상 아무 말도 하지 않았다.

미안함과 어떤 책임감에 괴로웠다. 녀석이 그렇게 가도록 무엇을 했는가 하는 아쉬움 이상의 고통이 가족과 주변사람들을 괴롭혔다. 그래서 단 한 명의 생명이라도 그 마지막 순간에 함께할 수 있으면 좋으리란 생각으로 전·후방 각급부대를 다니기 시작했다. 방송 취재라는 명분으로 육·해·공군·해병대, 주로 힘들고 고된 근무지를 찾아다니며 많은 군인을 만났다. 그리고 적지 않은 군인들이 한두 번 이상 죽음의 유혹이나 고비를 지난다는 사실도 전해 들었다. 비단 그것은 군인만의 일은 아닐 것이다. 우리네 인생사가 그러할 것이기에.

사촌 동생도 그 유혹 중에 한 번을 이기지 못했거나 아니면 알지 못하는 다른 어떤 이유로 스물 갓 넘긴 나이에 그렇게 끝나버린 것이리라. 녀석은 마지막 그 순간에도 붙잡고 매달릴 단 한 사람이 없었을까. 최후의 흔적도 찾을 수 없었다.

병사들 중에는 "저놈은 내 손으로 죽이고 말겠다."거나 "저놈을 죽이고 나도 죽겠다."는 말을 하는 경우가 있다. 다행히 말로써 풀고 마는 예이지만, 그러나 몸 밖으로 터져나오지 않고 고여 있다가 행동으로 폭발하는 것보다는 그나마 다행이다. 그런데 외부로의 공격적 행동이 아닌 내적 공격성은 잘 드러나지 않는다. 조용한 모습으로 죽음이라는 거사를 계획한다. 그때 단 한 사람, 그래도 마지막 한 번 몸부림은 쳐보고 떠나겠다는 그 대상이 있어야 한다. 그런데 막상 그 입장에 있는 장병에게는 주위에 그 단 한 사람이 없다. 그래서 참으로 아까운 청춘들이 한해에도 수십 명씩 군복을 입고 죽어간다.

한 병사는 상사의 폭언 한마디 때문에 자살을 생각한 적이 있다고 했다. 단지 생각 없이 던진 '말'이었을 뿐인데, 부모를 들먹이는 말은 참기 힘들다고 한다. "네 부모가 그따위로 가르치더냐!"라는 말은 사실 잘 하라는 의도가 잘못 표현되는 경우일 수 있다. 그런데 듣는 사람에 따라서는 치명적인 상처가 될 수 있는 것이다.

낯설고 외로운 군생활에서 많은 병사들은 순수한 인간 본연의 모습으로 돌아간다. 그때 그들에게 가장 큰 가치라면 조국이니 자유·평화니 하는 거창한 것이 아니다. 그저 내 어머니, 아버지! 즉 존재로의 회귀인 것이다. 그래서 그 근본을 건드리면 그들은 성난 호랑이가 된다. 아니 어쩌면 굶주린 사자가 되는지도 모르겠다. 그런데 참으로 어리석게도 많은 사람들이 그 어설픈 먹이를 던진다.

또 젊은 병사들의 후방에 있는 애인들이 그 건강한 나이에 왜 그리 아픈 사람이 많은가? 육성 편지에서 병사들은 아픈 그녀 곁에 함께해 줄 수 없는 비애 때문에 괴로운 심정을 전하고 있었다. 도대체 무슨 일인가? 그녀들은 왜 한결같이 몸이 아파서 이들 애인의 군생활을 그토록 집요하게 방해하는 것일까? 그들은 낙태문제로 갈등을 겪고 있었지만 그 사실을 의논할 상대를 마땅히 찾지 못한다.

물론 그 많은 병사들 개개인의 심리상태를 일일이 파악하는 일도 쉽지 않고 또 지휘관이나 주변 사람들이 이미 성인인 그네들의 세세한 부분까지 챙겨야 하는지에 대해서는 견해를 달리할 수도 있다. 그러나 그들은 내 선택에 의해 그곳에 보내진 것이 아니기에 다른 조건에 있는 젊은이들과는 달리 봐줘야 한다. 해서 그들이 무슨 생각을 하는지, 무엇 때문에 아파하는지, 왜 죽고 싶은 생각을 할 수밖에 없는지 누군가는 알아줘야 한다.

효상이는 누구에게도 손을 내밀지 않았다. 아무도 없어서였을까? 당장 팔을 베어도 금방 아물 그 혈기 왕성한 젊은이가 다 포기해야겠다고 생각할 때는 얼마나 처절하게 외로웠을 것인가? 우리에게는 조국을 위한 거룩한 희생도 그리고 사사로운 감정의 문제로 명분 없이 죽어간 병사의 죽음도 다 기억돼야 한다. 왜냐하면 그들은 군인이었으므로…….

군인은 스스로 군인이기보다는 조국 때문에 군복을 입었으므로 그들 모두를 바라봐 줘야 한다. 내가 서 있어야 할 어느 낯선 산골 초소에 그가 나를 대신해 그렇게 군복을 입고 홀로 서 있는 것이다. 때문에 군인은 그네들 서로가 무섭도록 아끼고 챙겨야 한다. 그리고 그것은 이미 그 이전에 국민의 의무기도 하다. 헌법에 유일하게 명시된 그 단어 '신성한 의무'를 수행하는 군인은 지금 내 몫의 외로움을 대신해 주고 있는 것이다.

똑같은 고통도 사람에 따라 느껴지는 정도가 다 각각인데, 다들 이겨내는데 왜 너만 못하는가 탓하는 건 얼마나 무책임한 책망인가?

길을 가다가도 군복을 보면 고모는 풀썩 주저앉는다. 이 여인의 아픔을 이 조국은 과연 알고 있을까? 속절없는 죽음이라 누구에게 내세우지도 못하는 가엾은 고모여! 어찌 그것이 당신 탓이겠는가? 조국이 불렀거늘 돌아가지 못했으면 조그만 분향소라도 하나 마련해 주면 안 되겠는지? 허공에 흩뿌려 꽃병 하나 놓을 곳 없는 그 가엾은 영혼은 여전히 아무 말도 없는데, 이제껏 명분도 남기지 못하고 떠나간 그 숱한 젊은 주검 앞에 조국이여 당신은 뭐라 꾸짖으려는가? 나약하고 어리석은 자라 호통이라도 치려는가? 그들에게 입혀준 군복이 무거워 힘겹다고 외칠 때 조국은 어디에 있었는가?

목소리도 작은 가족들은 무덤조차 없는 그들을 위해 가슴에 꽃을 올리고 소리 없이 가던 그들처럼 그렇게 홀로 울음 삼킨다. 오늘도. 장마 속 녹음은 속절없이 짙어만 간다.

내 성공의 비결은 불편함에 있다

인간개발연구원(장만기 회장)에서 주최하는 조찬모임에서 매주 명사들의 강연을 듣는다. 이를 방송하기로 했는데 처음 작가의 제안을 받았을 때 좀 망설여졌다. 명사들의 강연을 제작비 들이지 않고 방송할 수 있다는 건 효율적인 일이지만 과정이 번거로울 것이 뻔한 일이고 보니. 한 시간에서 한 시간 반 이상 진행된 내용을 녹음하고 편집하는 작업도 만만한 것이 아니었다. 그런데 편집하면서 새로운 것을 발견하게 됐다.

반복적으로 들으면서 그들의 성공 노하우나 적극적인 태도가 자연스럽게 삶에 스며드는 것이다. 성공한 사람들의 얘기에는 어떤 힘이 있다. 꼬이고 답답한 부분을 해소시켜 주기도 하고 인생의 방향을 일러주기도 한다. 일찍 일어나는 게 힘들다는 불평을 부끄럽게 여길만큼 강연을 듣는 것이 차츰 즐거워졌다.

첫 회 박대성 화백의 강연. "내 성공의 비결은 불편함에 있다. 한 팔이 없는 정도의 불편함으로 너무 과분한 성공을 얻었다."

청소년기에 한 팔이 없는 자신이 할 수 있는 것이 무엇인지를 찾기 시작했다고 한다. 주위의 냉소와 비웃음을 그는 무던히도 견디고 이겨냈다. 속된 말로 학벌도 인맥도 없이 그저 홀로 헤치고 찾아서 오롯이 한국화단에 우뚝 선 그는 그러나 소박하게 그저 불편함을 이겨내려던 삶이었다고 얘기한다.

그가 커 보였다. 사실 그렇다. 살면서 좀 불편하고 번거로우면 피하고 싶고 에둘러 가고 싶고 핑계 김에 주저앉고도 싶어진다. 삶을 가로막는 벽이 보이면 옆으로 비껴서 지나가고 싶어지지만 그것을 뚫고 가지 않으면 원하는 그곳에 이를 수 없다.

매회 새로운 사람들의 특별한 얘기를 들으며 든든한 재산이 쌓이는 느낌이다. 몇 가지 불편함을 대가로 너무 많은 것을 얻고 있다. 박대성 화백의 겸손한 말씀처럼 불편함을 감수하지 않고서 무엇을 얻을 수 있겠는가? 실패나 장애는 딛고 넘어갈 과정이지 결과는 아니었다. 그의 한 팔은 불편함을 극복하며 위대한 예술혼을 사르는 힘찬 날갯짓이었다.

"내 성공의 비결은 불편함에 있다. 한 팔이 없는 정도의 불편함으로 너무 과분한 성공을 얻었다."

후암동 C내과

사무실 근처의 내과. 실내는 어둡고 시설이 낡아 바쁠 때 한두 번 가는 정도였다. 환자도 동네 노인 몇 뿐. 방송진행 때문에 목이 좀 불편하면 병원을 찾게 되는데 얼마 후 다시 찾았을 때는 인테리어를 새롭게 하고 젊은 의사가 친절하게 맞아준다. 전의 그 나이 든 원장의 아들이란다.

그런데 환자수에 비해 기다리는 시간이 좀 길지 싶다. 젊은 의사는 포근하게 웃으며 이런저런 세세한 것을 묻고 심지어 환부 못지않게 마음까지 살펴주는 것이다. 나이 든 환자가 많아 외로움을 위로해 줘야 하기 때문이라며 양해를 구하기도 하고. 자상한 젊은 의사 덕에 환자가 많아지겠구나 했더니 아니나 다를까 불과 얼마 후 병원은 환자들로 북적이기 시작한다.

의사들은 좀처럼 쓰지 않는 표현도 그는 곧잘 한다. "아이구, 을마나 아팠어요 그래? 걱정 말아요. 내가 아프지 않게 해 드릴게요." 그렇다고 과잉 진료는 하지 않는다. 주사 한 대 맞았으면 하는 환자에게도 살살 웃으며 달랜다. "집에 가셔서 뜨끈하게 하고 한 잠 주무시고 일어나면 나을 거예요."

그는 잘 웃는다. 어깨를 주물러 주거나 부드러운 스킨십도 아끼지 않는다. 대기하는 동안 할머니 한 분이 입에 침이 마르도록 칭찬을 하신다. "아니 젊은 의사양반이 으찌 그리 용해? 아주 손으로 쓱쓱 문질러 주기만

해도 배아픈 게 싹 낫더라니까."

　그렇다. 나이 들수록 몸보다 마음이 아파서 병원을 찾는다. 그런데 잘 나가는 바쁜 의사들은 그 아픈 사정을 다 들어줄 수 없을 것이다. 어디가 아픈지를 설명하려면 "내가 자식이 셋인데……"로 시작해서 마음 아픈 얘기를 줄줄 늘어놔야 하는데 그걸 어찌 다 들어주겠는가.

　그래도 후암동 C내과 젊은 의사는 들어준다. 그리고 맞장구도 쳐준다. 그래서 할머니 할아버지들은 기다리는 게 싫지 않다. 그는 참 용하다. 몸의 병과 함께 마음의 병까지 살펴주고 있으니.

그는 참 용하다. 몸의 병과 함께 마음의 병까지 살펴주고 있으니.

얌전한 고양이

동네에서 양반이라 불리던 이씨 집안에 참한 며느리가 들어왔다. 말이 양반집이지 일만 많고 툭 하면 가문이 어쩌고 하는 명분 내세우기 좋아하는 그런 집이다. 새 며느리는 아이들 쑥쑥 잘 낳고 들일도 야무지게 잘했다. 수건을 둘러쓰고 일하는 모습은 천상 맏며느리감이다. 말수도 적고 얌전하여 동네 큰일에서는 빠지지 않는 일꾼이었다.

어느 날 환갑잔치에서 빈대떡을 열심히 부치던 그녀에게 막걸리를 권했던 모양이다. 당연히 술 한 잔 못하는 순덩이로 알고 있던 동네 아낙들의 치기 어린 권유에 한 잔 두 잔 받아 마시더니 급기야 노래도 한가락 해보라 하니 숟가락을 마이크 삼아 노래를 불러제끼는데 아하! 명창 중에 명창이요 춤사위도 장난이 아니라 구경하던 동네 사람들이 모두 엉덩방아를 찧을 정도였다. 늘 얼굴을 가리고 있던 수건을 풀러 손에 들고 덩실덩실 춤을 추며 노래를 부르는데…….

사람들은 혀를 찼다. 그 끼를 어찌 그리 오래도록 감추고 있었던지. 이후로 동네잔치가 있으면 그녀는 초대가수가 됐다. 아무도 짐작치 못했던 그녀의 끼, 그 철철 넘치는 끼를 아이 낳아 키우고 들일 논일에 살림 살면서 어찌 억누르고 있었던지. 또 양반입네 하는 시댁 어른들 비위 맞추느라 어찌 견뎌냈던고. 그녀의 남편은 뒤늦게 알게 된 아내의 끼를 풀어주기 위해 잔치 집에 데려다 놓고는 슬그머니 자리를 피해 주곤 했다. 마음 편히 놀도록.

그렇다. 고양이가 얌전하기가 얼마나 어려운가? 그러니 슬슬 살피다가 사람 눈이 드문 부엌 부뚜막에 날름 올라가는 것이 아닌가. 방송을 통해 만나는 사람들이 특히 그렇고 이런저런 삶의 어려움을 호소하는 사람들 중에 끼가 넘치는 사람들이 많다. 차라리 연예인이라는 타이틀을 갖고 있으면 좀 자유롭게 끼를 펴기라도 하지만 교수에 연구원, 공무원이라는 외형에 묶여 주위를 살펴야 하는 이들은 부엌처럼 제한된 공간에 자리하면 숨겨 놓았던 끼가 터져나온다.

사람은 저마다 갖고 있는 삶에 에너지 '기'와 그 삶의 색깔 즉 '끼'가 다르다. 스튜디오 안에서 게스트와 마주하다 보면 기의 흐름을 감지할 수 있다. 맑고 강한 기가 흐르는 사람이 있는가 하면 탁하고 어두운 기를 갖고 있는 사람도 있고 서로 기가 통해 에너지가 보충되는 사람, 기를 다 빼앗아 맥이 빠지게 하는 사람 등. 그 각기 다름을 실감할 수 있다.

상대를 마음 편하게 해 주면 자신의 색깔과 에너지를 마음껏 펼쳐 보인다. 그 기의 흐름을 막으면 몸이 아프거나 인생이 고달프다. 의외로 많은 사람들이 기를 펴지 못하고 끼를 발산하지 않으면서 아파한다. 기가 막힌 일이다. 그 에너지의 크기와 색깔을 찾아 속 편히 풀고 살면 좋으련만 또 주위 시선이 그리 관대하지만도 않으니 그 또한 쉽지 않은 일이다. 적어도 내 색깔을 알아주는 이를 만나는 일은 중요하다. 그리고 그에게 인정받고 함께 공유할 수 있다면 그 또한 신나는 일이다. 연예인이 쉬이 늙어 보이지 않는 이유도 그것이리라.

내 기와 끼를 발견하고 인정하고 주위와 크게 충돌하지 않는 모양새로 펼칠 수 있도록 현명한 작전을 짜야 하리라. 그러면 기차게 즐거운 새 세상이 열린다. 주위에 얌전하기 힘들어 하는 고양이에게 말한다. 차라리 부뚜막에 뛰어오르라고.

죽을힘을 다하면

소규모지만 제법 튼실한 기업을 경영하는 동갑내기 사업가다. 그가 삼십 중반에 두 번째로 시작한 사업까지 실패하고 자살을 결심했다. 평소 그답게 자살에 필요한 자료를 수집하고 꼼꼼하게 준비했다. 약을 예서제서 사서 모으는데 처음에는 어렵더니 차츰 방법도 알게 되더란다. 신변을 정리하고 약을 먹기 시작했다. 이쯤이면 의식이 몽롱해져야 하겠거니 생각했는데 약은 줄지 않고 배만 부르더란다. 속된말로 배불러 죽겠다 싶을 만큼. 그리고 보니 자기가 알약을 잘못 삼킨다는 사실을 간과했더라나. 실패다.

다음 익사를 결심하고 결연한 자세로 나서는데 날이 쌀쌀하더란다. 마지막 가는 길 너무 추울 필요야 없겠다 싶어 두터운 점퍼를 챙겨 입고 나갔다. 한강대교에서 망설임 없이 낙하. 어라! 지금쯤 끝났으련 하고 눈을 떴는데 한강에 둥둥 떠 있다. 점퍼가 방수가 되는 것이라 가라앉질 않았던 것이다. 머리가 물에 젖어 추워서 부리나케 수영을 해 빠져나왔다.

한강변에서 운동하던 중년의 남자가 "거 참 취미 한번 독특하네. 아주 대단한 젊은이여." 하더란다. 죽지 않아서 하는 말이지만 "아유 추워 죽겠더구먼." 덜덜 떨며 잠시 앉아 있는데 자살에 실패한 원인이 선명하게 보이더란다. 성공하겠다는 마음만 앞서 달려가다 보니 실패의 요소를 보지 못했다. 성공이란 것도 실패를 거치면서 그것을 반복하지 않다 보면 이뤄질 수 있는 것이란 생각에 그 다음부터는 실패하지 않는 방법에 집중했단다.

더 이상 실패하지 않는 것이 성공이다. 성공의 요인은 다 알 수 없다. 더러는 자신도 모르는 어떤 행운이 작용하기도 하고. 그러나 실패에는 반드시 그 요인이 있다. 그는 그것을 보면서 실패를 줄일 수 있었고 그러다 보니 어느 순간 꽤 성공해 있는 자신을 발견하게 되더라나. 그는 사는 것보다 죽는 것이 더 어렵더라며 죽을힘을 다하면 안 될 일이 있겠냐고 자신만만하게 웃는다.

사는 것보다 죽는 것이 더 어렵더라며 죽을힘을 다하면 안 될 일이 있겠냐고
자신만만하게 웃는다.

행복한 용

　수년간 꼬리에 매달려 힘을 빼던 일이 막 끝나가는 시점, 그 끝을 이틀 앞두고 마음이 번거롭다. 사네마네 하던 일이 단 몇 분간의 행정적 절차와 서류정리 정도로 끝나는 것이라니 허탈하기도 하고. 마지막 절차를 남겨두고 무거운 생각을 떨쳐버릴 겸 다른 사람의 일정에 생각 없이 합류했다. 정치인과의 등반 일정이다.

　사실 그들의 목적과는 전혀 다른 생각으로 복잡했다. 스스로 인식하지 못하는 사이 날이 잔뜩 서 있던 모양이다. 오락을 진행하는 MC가 거슬린다. 예전에 인기 있던 어느 진행자처럼 누군가를 희생시켜 여럿을 즐겁게 하려는 의도 때문에 비아냥거리는 말을 툭 던지고 보니 참 어리석은 언사였다. 마이크만 잡으면 행세를 하려 드는 사람들에 대해 나만 유독 예민한 것인가? 평소에도 어떤 특권을 이용해 침묵하는 다수를 불편하게 하는 일을 참아 넘기기 힘들어 한다. 암튼 그 정치인은 어쩌면 소소할 그 상황을 놓치지 않는 영민함을 보였다. 그의 낮은 한마디가 나의 경솔함을 부끄럽게 했다.

　독선을 견디지 못하는 내 독설을 늘 경계한다. 그러나 방심하면 불쑥 튀어나오는 것이다. 그것이 가시가 돼 나를 찌른다는 것도 안다. 이래저리 마시지 않을 자리에서 술도 마시고 남의 잔치에 흥을 내는 어울리지 않는 행동으로도 머릿속을 어지럽히는 상념을 떨쳐버리지 못했다. 그런데 돌아오는 길이 좀 가벼워진 것은 그 잔치의 주인공 덕인 듯하다. 내려가기 전 그의 책을 봤다.

발가락 장애를 극복하고 써브쓰리(마라톤 풀코스를 3시간 내에 완주하는 것)를 꿈꾸는 그는 최상의 순간에도 교만하지 않았다. 누구나 한 번쯤 꿈꿔 봤을 학력고사 전국 수석, 서울대 전체 수석 입학, 사법고시 수석 합격, 30대 중반 국회의원 당선. 화려한 이력에 한껏 어깨를 젖혀도 좋으련만 그는 일찍이 명상을 하며 지리한 마라톤에서의 가르침을 체득한 듯하다.

주역에 이르는 '謙 亨 君子 有終 謙謙 君子 用涉大川 吉 鳴謙 貞吉(겸양의 도리를 어려서부터 익혀야 하고, 군자도 이를 마지막에 완성한다. 겸손과 겸양의 도를 이룬 군자는 어떤 어려운 일을 당해도 이를 이겨내니 길하다. 명겸의 도를 행하면 결국 길하다)' 는 주역의 이치를 기대해도 좋을 듯싶었다.

수행의 마지막이라는 겸양을 갖추니 사고와 행동이 일치하고 자신의 능력을 정확히 알고 있어 큰 내를 건너는 것처럼 무모해 보이는 위대한 일도 해낼 수 있으니 이로써 길하고 현실에서 변론이나 연설, 대인관계에서 겸의 도를 이루니 시시각각 변화하는 세상의 변화에도 적절히 처세할 수 있다는 뜻이려니 큰 뜻을 품었다면 그러했으면 한다. 진정 강한 자만이 겸손할 수 있다고 하였는데 그의 겸손은 힘을 느끼게 했다.

그의 됨됨이를 따라서일까? 후원하는 이들과 섞여서 보니 어찌하여 시대가 좋아지면 줄 한 번 잡아 볼까 하는 얄팍한 심사를 가진 이들이 아니었다. '中孚 豚魚 吉 利涉大川 利貞' 이라 하였으니 독이 있는 복어를 다루듯 신중하고 조심성 있는 믿음이면 더불어 큰 모험을 해도 이로울 것이다.

정치판에 있는 사람은 하루아침에도 세 번 마음이 바뀐다고는 하지만 먼 길 가는 그가 순수하게 믿음을 갖고 있는 이들 앞에 다졌던 각오를 잊지 않기 바란다. 다행히 덕과 지혜를 가졌다면 예리한 칼과 차가운 심장을 가진 이도 곁에 둬야 할 것이다. 이 또한 참으로 주제넘은 걱정이다. 어깨 너머로 보고서 어찌 안다고.

그가 '咸臨 貞吉 至臨 无咎(순수한 마음으로 펼치는 다스림은 끝까지 막힘이 없고 길하다. 지극한 정성으로 살피고 다스려야 허물이 없다)' 하길 기원한다. 그래서 이름처럼 기쁘고 행복한 용이었으면 한다.

일신상의 유익함을 쫓기보다 많은 이들에게 희망을 줄 수 있도록 날카로운 비늘에 넘치는 힘으로 한껏 용솟음치길, 전설 속에 용이 아닌 현세에 두루 행복을 주는 용으로 비상하길 바라는 마음으로 이루지 못한 아버지의 정치적 꿈을 대신하고 싶다.

사람과 사람이 서로 통하는 것만큼 신나는 일도 드물다. 누군가 나를 알아주고 또 그의 뜻을 내가 헤아릴 수 있을 때 그때의 기쁨이라니. 그래서 사람 사람의 소통을 예술 중에서도 으뜸이라고 말하고 싶다. 실체나 흔적도 없는 감정의 소통, 말로써 통하는 것, 그것이 우리가 사람이라는 이름으로 이룰 수 있는 최고의 예술이 아닐까.